文化雜交

1950年代香港言情小說

黎秀明

獻給父親　黎錦順先生

（1941-2019）

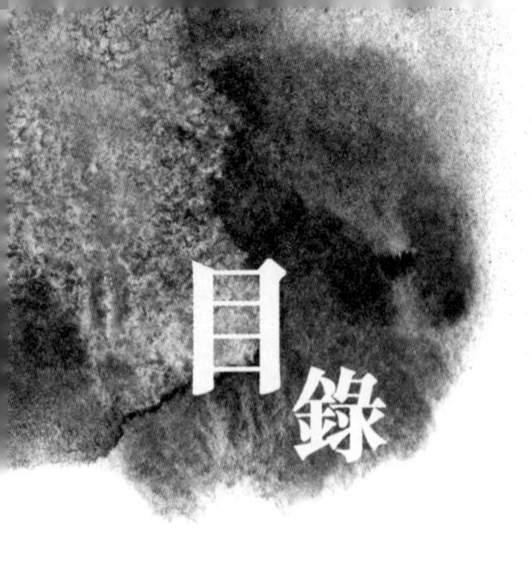

第一章　導論：兒女情長

第二章　傑克
擬古寫今：「荒唐」「亂世」中的鶯鶯燕燕

第五章　結語
打破界限 不拘一形：一個無「雜」不歡的年代

參考資料

第一章

導論：
兒女情長

第一節

太平山下無傳奇？

人稱專寫「才子佳人」小說的「港式鴛鴦蝴蝶派」[1] 作家傑克（亦名黃天石，本名黃鍾傑，1899-1983）在他的小說《東方美人》（1955）中創作了一段很滑稽的情節：主角西班牙大情聖唐璜在其家鄉西維爾被氣死後，天神認為他既非大善亦非大惡之人，天堂與地獄均不適合他，於是把他發放到一個名為「半天吊」[2] 的境地裏。在他還沒回過神來的時候，他的靈魂已被送到半天吊那裏。渾渾噩噩中，他遇見了一個極其英俊的少年，這個「冠帶整齊，貌似春花，眼同秋水」[3] 的美少年問唐璜是甚麼人，主角答：「我是西班牙劍俠唐璜，因生平好色，為天地所不容，發配到半天吊去，不知此是何地？你又是誰？」[4] 少年道：「這裏便是半天吊了。我是頑石。」[5] 頑石於是帶唐璜在半天吊走一轉，並安撫唐璜說這裏跟天堂相差無幾。二人自此成為好友。

可是，這段友誼沒有維持很久，因為頑石被貶到人間去，原因是他犯了半天吊裏不能用情的禁令，戀上了一株他負責澆

1 劉以鬯：〈五十年代初期的香港文學〉，載《暢談香港文學》（香港：獲益出版社，2002），頁 107。
2 傑克：《東方美人》（香港：星聯出版社，1955），頁 46。
3 同上註，頁 49。
4 同上註。
5 同上註。

水的仙草。頑石的離開讓唐璜若有所失了一段時間；不過，他很快便回復了其一貫的遊戲人間態度，每天愉快地神遊半天吊。一天，一件鳥形的龐然巨物突然在半天吊出現，眾靈魂無不嚇個半死，只有那新來的好來塢大明星華倫天奴知道那東西叫飛機，接着並解釋說他生前已坐過那東西。眾靈魂頗為討厭這龐然巨物，因為它破壞了半天吊的寧靜；只有唐璜對它充滿好奇。某一天，這隻機械鳥又路過半天吊，唐璜在好奇心驅使下，飛近這龐然大物，欲看看人類是怎麼樣使它飛起來的；不過，這一看卻出事了。他從一個圓圓的玻璃窗往裏瞧，看到一個令他驚為天人的空中小姐。這下，他凡心大動，一見便鍾情於那個空中小姐。結果，他也跟頑石一樣，被貶到人間去。不過，他卻變成一個武藝高強的 17 歲中國少年，名叫唐小璜。他轉投人間後，與一貞潔的歌女發展了另一段愛情故事。

這段灰諧的情節，與言情的浪漫情調似乎格格不入；還有那些莫名奇妙的角色，諸如頑石和華倫天奴，彷彿無關宏旨。不過，細心觀察，不能不說這是作者別有深意的拼湊。在這段情節裏，我們看到了三個中西文化及文學人物的拼湊：有西班牙民間傳說的唐璜，有美國電影明星華倫天奴，更有中國經典小說《紅樓夢》（18 世紀）裏的頑石。這三個人物，正正是典型的情癡情聖大眾情人的代表，他們的出現和集合，代表了傑克小說裏的核心思想：不同情愛的表達和化身。另外，這段中西角色大匯演的情節裏，更看見了現代及傳統的結合。這段情節所表現的「現代」，以飛機及空中服務員這個職業為代表，那是當時新興的交通工具及職業；而「傳統」指的是常見於志怪傳奇的投胎轉世、靈魂與肉體分離等情節。

這種充滿玩笑性質的拼湊，是名副其實的「東」拼「西」湊，融合了中西和古今的文化產物，這在傑克的言情小說裏屢見不鮮。除了這些古靈精怪的情節角色外，他的言情小說其實多以交際花及舞女為主要角色，內容亦往往圍繞她們的歡場生活及其中的悲歡離合。這些浪漫中夾雜着玩笑、所言之情又充滿風塵味的小說，是出自那個被評為專寫「才子佳人」的「港式鴛鴦蝴蝶派」小說家傑克之手嗎？為何會把他說成專寫「才子佳人」故事的作家？甚麼叫「港式鴛鴦蝴蝶派」？它的形式內容又是如何？還是單單指上海鴛鴦蝴蝶派小說的衍生及延續？為甚麼說起 1950 年代的言情小說，總以傑克為例？香港戰後有着蓬勃的出版事業，難道言情小說的創作就只有他？究竟還有哪些作家？他們又寫了甚麼樣的言情小說？

這些問題會令很多人不知所措。即便是一些曾經研究過此時期的文化或文學的研究者，他們對言情小說的論述也是語焉不詳。例如吳昊，他在〈海角癡魂：論香港流行小說的興盛（1930-1960）〉一文中，討論了在 30 年代流行小說興盛與小報出版發達的關係，還概述了 30 年代到 60 年代有代表性的流行小說及其作家：計有 30 年代著名小報《天光報》中的三大言情小說作家傑克、平可（原名岑卓雲，1912- ？）和望雲（原名張文炳，又有筆名張吻冰，1910-1959）、40年代周白蘋（原名任護花，？-197?）的《中國殺人王》系列、50年代小平（原名不詳，？-？）的偵探小說女飛賊系列，以及60年代四毫子言情小說。[6]吳的這篇文章可能礙於篇幅未能一一羅列相關的流行作家，但周白蘋及小平的作品真能代表四、五十年代的流行小說嗎？流行於30年代的言情作家從此便消失了嗎？而沒有了那些言情小說家，在三十年後的60年代，真能實現四毫子小說的言情盛世？

另一通俗文學研究者范伯群，在其《20世紀中國通俗文學史》一書中，開宗名義指出通俗文學是現代中國文化的一部份，因此在書中全面論述了現當代中國通俗文學的發展，除了中國大陸的情況以外，還包括了香港及台灣的情況。[7]關於香港的流行文學，他雖然指出了言情與武俠小說是香港流行文學的兩個重要支柱，[8]但卻未能寫出任何一個1950年代的言情小說作家來，還認為言情小說在中國繼張恨水和張愛玲於1940年代發光發熱後，便無以為繼，在兩岸三地中出現了一個「斷層」[9]。這個青黃不接的時期，要到1960年後才再在台灣瓊瑤的作品上

6 吳昊：〈海角癡魂：論香港流行小說的興盛（1930-1960）〉，載《孤城記：論香港電影及俗文學》（香港：次文化堂出版社，2008），頁146-171。
7 范伯群、湯哲聲、孔慶東編：《20世紀中國通俗文學史》（北京：高等教育出版社，2006），頁263-275。
8 同上註，頁266。
9 同上註，頁265。

看到另一個「承傳」。[10] 又如王劍叢在〈香港文學思潮論〉中只高舉金庸為香港流行文學的代表。[11] 也斯對香港也作了一系列50年代的文學及文化研究，並結集成《也斯的五〇年代——香港文學與文化論文集》及《痛苦中有歡樂的年代——五〇年代香港文化》二書。可是他書中所有的研究中，卻甚少觸及言情小說這一文類。[12] 勉強說有的，也只有在其中一篇的其中一節中簡單介紹了香港言情小說兼受南北風格的影響，包括南來的廣東作家，如三蘇[13]及李我[14]；以及北方作家，如張恨水。[15] 就連專門討論香港文化的《香港文化導論》也沒有片言隻字提過此時期的言情小說，倒是有一節介紹50年代的武俠小說。[16]

1950年代真的出現了言情小說的「斷層」嗎？那時只有武俠小說支撐整個流行文學嗎？答案當然不是。那時期言情小說

10 同上註。

11 王劍叢：〈香港文學思潮論〉，載楊玉峰編：《騰飛歲月——1949年以來的香港文學》（香港：香港大學中文系「騰飛歲月」編委會，2008），頁31。

12 黃淑嫻、沈海燕、宋子江、鄭政恒編：《也斯的五〇年代——香港文學與文化論文集》（香港：中華書局，2013）；及梁秉鈞、黃淑嫻編：《痛苦中有歡樂的年代——五〇年代香港文化》（香港：中華書局，2013）。

13 三蘇原名高德雄（1918-1981），筆名有高雄、石狗公、史得、許德等。他在1940年代由廣東來港定居，並於1944年在《新生晚報》任副刊編輯。自此大量寫作流行文學直到去世。他以特別的「三及第」語言風格馳名。「三及第」即由英文、文言及廣東話組成的語言。

14 李我原名李晚景（1922-），著名播音員。他從1950至70年代活躍於播音界。他早在1940年代已聞名於廣州播音界。1949年移居香港，並在當時的香港麗的呼聲工作。他最為人懷念的是他一人可聲演多個角色，而他所演的廣播劇是他自己創作的。這些專為電台廣播而寫的小說又名天空小說，李我自己本人就寫了超過180部這類小說，並且多是言情小說。

15 梁秉鈞：〈1950年代香港文化的意義〉，梁秉鈞、黃淑嫻編：《痛苦中有歡樂的年代——五〇年代香港文化》（香港：中華書局，2013），頁3-11。

16 王國華編：《香港文化導論》（香港：中華書局，2014）。

家及他們創作的數量遠比一般學者所描述的來得繁盛及豐富。除了以上曾列出的傑克、望雲、平可外，當時在各大報章雜誌書刊常見的言情作家還有歐陽天（原名鄺蔭泉，1918-1995）、司空明（原名周為，1921-1997）、靈簫生（原名衛春秋，？-1963）、怡紅生（原名余寄萍，？-？）、筆聊生（原名陳霞子，？-？）、王香琴（？-？）、任達年（？-？）、徐訏（原名徐傳琮，1908-1980）、碧侶（原名陸雁豪，1916-1992）、潘柳黛（1919-2001）、俊人（原名陳子雋，又名萬人傑，1919-1989）、孟君（原名馮畹華，1924-1996）、鄭慧（原名鄭慧嫻，1924-1993）等等。

正如吳昊所言，報章的副刊是流行文學的温床；而這些流行文學創作，又以言情小說為主。一般而言，這些作品，很多先以連載方式出現於報章副刊。以 1953 年 3 月 23 日的《星島晚報》副刊為例，八篇創作中，四篇作品便是連載的言情小說，包括傑克的〈大亨小傳〉、歐陽天的〈茶杯裏的愛情〉、司空明的〈鶯飛草長〉，還有一篇沒註明作者的〈落日〉。[17] 另一份 50 年代很受讀者歡迎的報紙《成報》，其副刊創作同樣充斥着言情小說的身影。九篇創作中有五篇為此類作品，包括靈簫生的〈點水蜻蜓〉、怡紅生的〈爭葬美人屍〉、王香琴的〈慾海情狂〉、呂大呂（？-）的〈太太世界〉，及柳如虹（？-？）

17 〈副刊〉，《星島晚報》，1953 年 3 月 23 日，第 5 版。

的〈巫山倩魂〉。[18]對四、五十年代舊報紙雜誌甚有研究的學者黃仲鳴說，靈簫生、怡紅生及筆聊生在1940年代是言情小說大家，他們的作品雄霸各大小報副刊，並有「三生分銀」之說。[19]黃又稱靈簫生是「香港鴛蝴派大師」，其小說以半文言專寫失意才子及佳人，他以這種風格在言情世界中從40年代一直驅馳到讀者對這類半文言的鴛鴦蝴蝶派小說失去興趣及支持的50年代末期，從那時起，靈簫生便不再創作這類小說。換言之，言情小說早就攻陷了各大小報章的副刊，成為業界兵家必爭的重要武器。

此外，言情小說也以單行本的形式出版。流行文學的作者，特別是言情小說家，常常在報紙連載完其作品後便出版書本。此舉其中一個重要原因可能是基於利益考慮，因為出版商及出版者想從中賺取更多的利潤。不過，幸好有這樣的利益考慮，讓這些被認為無價值的流行文學得以較為完整地保留下來。否則，要從那些連載它們的報紙裏找尋它們的蹤影實在不是易事，因為這些報紙常常沒有被好好地保存，不是散落各處，便是殘缺不全。另一方面，大量流行文學的出現，可能也

18 〈副刊〉，《成報》，1952年9月3日，第7版。

19 黃仲鳴：〈香港鴛蝴派大師〉，《香港文化》，2012年4月15日，http://hongkongcultures.blogspot.hk/2012/04/blog-post_5832.htm，2016年4月28日讀取。靈簫生著有《海角紅樓》，此書於1947年被拍成電影，文字與影像版同樣大受歡迎。黃仲鳴說靈簫生喜以「紅樓」為書名。這個做法，很有可能源自上海鴛蝶派創始人周瘦鵑，因周氏的作品也多以紅樓命名或以紅樓為故事背景。靈簫生的作品可以看到上海鴛蝶派在香港的承傳。

使出版社大量湧現。據王梅香的研究，香港當時有六十多家出版社，比當時台灣的出版社多出三倍。[20]

前面提到過的言情小說家，他們的作品均可以在香港的主要兩間大學圖書館找到，分別是香港大學及中文大學。根據書目統計，傑人的作品被保留得最多，達六十本之多，其中有二十九本是在 1950 年代寫的。而有記載指出，他於四十年的創作生涯中，總共寫了超過三百本小說。[21] 這個數目看起來頗驚人，但也不是完全地誇大，因為在他一本 1952 年出版的書中，他自己宣傳說戰後已出版了超過三十本小說。[22] 如果按這樣的速度，四十年出版了三百多本小說也就一點也不出奇了。傑克被保存下來的小說比傑人少一點，有四十六本，其中二十九本是寫於 50 年代的。值得留意的是，女性言情小說作家終於出現了，打破了以男性作家為主導的局面。孟君及鄭慧便是其中兩位作品保存得頗多的作家。前者有三十八本作品，其中二十二本是寫於 50 年代的。後者在 50 年代總共出版了約十八本小說，不過，其中十本已無法在香港找到單行本，只能看流行雜誌《西點》的連載了。[23] 蓋因她的小說先在這雜誌連載，然後出版單行

20 王梅香：〈隱蔽權力：美援文藝體制下的台港文學（1950-1962）〉（台灣：國立清華大學社會學研究所博士論文，2015 年 1 月），頁 62。https://www.ntl.edu.tw/public/ntl/4216/ 王梅香全文 .pdf，2019 年 8 月 25 日讀取。

21 中華民國當代名人錄編輯委員會編：《中華民國當代名人錄》，第 4 冊（台北：台灣中華書局，1985），頁 2285。

22 傑人：《天堂夢》，第 2 版（香港：傑人書店，1952），沒有頁數，在故事完結後的一頁。

23 《西點》是一本刊載娛樂名人明星報道，以及流行文學的雜誌，於 1950 年代初由環球圖書雜誌出版社出版，1960 年代初停刊。

本。還有碧侶及徐訏，他們在50年代的作品也不少，但兩間圖書館保存的相對來說較少。其他提到過的作家，能在圖書館找到的作品就更少了，只有寥寥數本。

從以上的資料可以看出言情小說及其作家群，實在是當時流行文學一股不容小覷的力量。言情小說在當時那麼的繁盛和流行，我們該如何看待這個香港流行文化中極其重要的一個文類？它在1950年代的真正面貌是怎麼樣的？其在香港社會及文化的意義又是如何？

第二節
研究目的

筆者認為1950年代是香港文化史上一個史無前例的言情年代。這些言情小說不單有着各自不同的藝術特色，更銘刻着當時社會及文化氛圍及面貌，而且，更可以說反映了香港流行文化承先啓後的發展特色和意義。本書是香港言情小說的開創研究，本着以下三大目的對這些1950年代的流行小說展開深入的探討；雖然這三大目的牽涉的層面很廣，但它們卻是互相關聯：

1. 釐清有關50年代言情小說的諸多誤解、扭轉言情小說乃不值一提的偏頗狹隘的觀念，並希望藉此引起更多的討論、促進更深入的相關研究。坊間有關此時期言情小說的文獻及評論除了充斥着錯誤及「想當然爾」的資訊外，而這些言情小說更常被譏為公式化商品化，只有「市場價值」而沒有「藝術魅力」。[24] 這種對言情小說的忽視及輕視的態度，實在限制了我們對香港流行文化這個其中一個重要組成部份的了解，而且還窒礙了相關研究的發展。對自己文化的不了解，會造成文化的失語症；而保守單一同質化的的研究，亦難以擴闊我們知識的視野。故此，本書除了鬆動對言情小說的固有看法，亦旨在開啟一個評價言情小說的新方向，冀能使它像同樣大盛於50年代的武俠小說一樣，不但有紀念館紀念及保存相關作品，還能進入學術殿堂，迸發更多的討論和研究。

2. 本書會以一開放及文學性的閱讀方式，致力呈現其各方面的「魅力」，分析不同作家的創作特色，打破言情小說只有商業價值而沒有藝術性的傳統過時的二元觀念。所以，本書會細讀這時期四位當時得令、創作量豐沛、各自有其標誌性風格、同時留下來的作品數量又相對地多的作家，他們分別是傑克、俊人、孟君及鄭慧。這些作家及其作品的藝術魅力在於他們作品中共同展現了一種各有特色的「混雜性」。這個「混雜性」指的是他們在創作時把不同時期、不同國家文化，以至不同創作媒體的材料，如內容，創作技法等，混入到他們自己的作品中。筆者把這種跨界別跨時空的挪用再創造的創作特色名之為「混雜／混種」（hybridization）。

24　同註1，劉以鬯：〈五十年代初期的香港文學〉，頁107。

「混種」源出於西方生物學，形容雜交及因雜交而產生的物種。後來，西方的文化理論學者借用雜交的理念，借喻及理論化後殖民文化中因受殖民文化影響的文化產物。混種的理論在上世紀八九十年代開始被廣泛應用，成為相當流行的文學及文化理論。然而，本書中所說的混種，絕無後殖民理論的用意，只用作形容這些作家借用、挪用、拼用多種本地或外來的藝術文本及創作風格，融會、重整，並再創造他們的愛情故事。所以，這些混合體展現了令人眼花繚亂的文本互涉，像傑克的作品結合了中國傳統白話小說的不同文類、主題和創作技法；而俊人則挪用荷李活黑色電影及希治閣電影的主題及情節，並利用電影語言來豐富小說的視覺、動感及心理描寫；孟君及鄭慧的作品充滿了西方的歌德小說藝術色彩。這些改寫及再創造的作品，充滿着作者自身的藝術偏好及人生觀，同時也反映了社會文化的面貌。這種混雜的風格，在在顯示了當時的藝術創作特色，並反映了香港乃一名副其實的中西文化交匯的國際城市本色。

本研究同時探討這些言情小說另一個被人忽略但又很有意思的「魅力」：大量及頻繁的心理描寫。這些心理描寫通常與一些「不正常」的心理騷動有關，例如人們那些如饑似渴的情愛慾望，以及焦慮不安的情緒。這在 1950 年代或之前的流行小說中，實屬罕見；同時，在香港流行文學中，亦可說開創先河。

3. 本書亦旨在發掘這些言情小說反映的社會和文化意義。

其一是 50 年代香港的形象。這些作家在作品中往往把香港描寫得非常負面。例如，在傑克的許多作品裏，他筆下的香港是一個燈紅酒綠，又充滿誘惑的妓院；而孟君的小說則把這個城市描寫成一座精神病院，或一間陰森的大屋，裏面充斥着瘋癲和死亡的威脅。這些給香港的比喻，在在顯示了對這個「新」處的城市的不安和害怕。這種不安焦慮感，還表現在對偵探解謎情節的着迷，因為俊人、孟君及鄭慧的作品中常常有着像偵探小說裏需要主角去破解的秘密和謎團。這種「偵探化」的愛情小說，其實可看作是作者們表達對香港這個大都市生活的焦慮。詹姆士·當奴（James Donald）曾經說過，城市就像一個急需要破解的謎團，解開那些謎團，意味着了解這個城市，從而對抗城市生活裏的孤獨及不安感。[25] 俊人、孟君及鄭慧那些「偵探化」的言情小說裏每一個解謎的故事，其實也反映了他們渴望了解這個城市，欲消除生活其中的焦慮和疑惑。

其二，便是探討這些小說裏所表露的性別關注。孟君及鄭慧這兩位女性作家的出現，不但打破了男性作家壟斷流行文學的局面，其成功在香港文學發展史上是前所未有的。更重要的是，她們的作品，每每表達了當代女性生存的困境和女性意識的覺醒，這些內容是當時男性作家甚少描寫的。她們的作品，豐富了言情小說面貌的同時，也記錄了當時女性的生存情況，

25 James Donald, *Imagining the Modern City* (Minneapolis: University of Minnesota Press, 1999), p.70.

同時亦打破了言情小說只重風花雪月的慣性印象。

第三節

1950年代言情盛放（況）

言情小說在50年代的而且確存在，更可說是無處不在且果實纍纍。不但本地各大報小報的副刊、文藝或消閒雜誌有言情小說的連載，還有大量的單行本面世，更遠銷至海外，尤其聞名受捧於東南亞，如台灣、馬來西亞、星加坡等地，真可謂足跡遍及全球。

當時言情小說的繁盛可從其產生的經濟利潤反映出來。許定銘曾聽聞一位資深報人說在50年代寫一本言情小說可賺港幣250至300元，這個價錢相等於當時一般「打工仔」一個月的薪金。[26] 出版商肯如此高價求稿，意味着背後有龐大的市場支撐其非常進取的稿費。龐大的市場需求及可觀的經濟利潤還惹來不法書商的盜版印刷。劉以鬯這樣說傑克的創作：「發表大量言情小說，甚受讀者歡迎，報攤且出現冒用『傑克』筆名的偽作。」[27] 傑克為了盜版的問題，還曾經在各大日晚報發表聲明揭

26 許定銘：〈幾種青年文藝刊物〉，載《舊書刊摭拾》（香港：天地圖書，2011），頁223。
27 劉以鬯編：《香港文學作家傳略》（香港：市政局公共圖書館，1996），頁105。

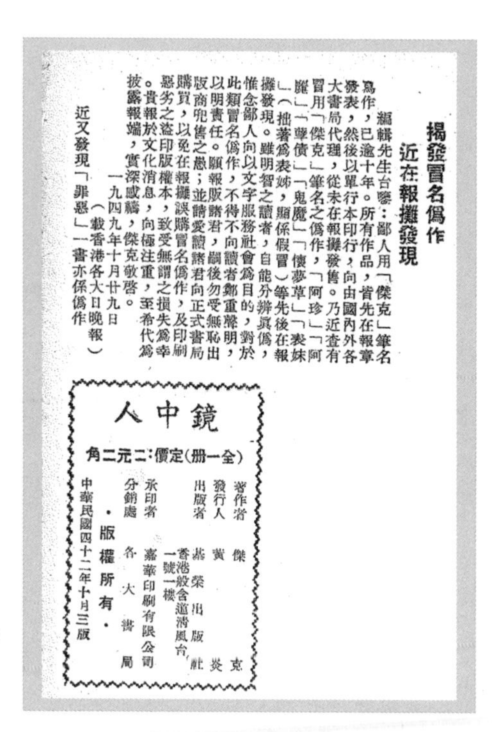
揭發冒名偽作
近在報攤發現

編輯先生台鑒：鄙人用「傑克」筆名為作，已逾十年。所有作品，皆先在報章發表，然後以單行本印行，向由國內外各大書局代理，從未在報攤發售。乃近查有冒用「傑克」筆名之偽作，「阿珍」「阿麗」「孽債」「鬼魔」「懷夢草」「表妹」（拙著為表姊，顯係假冒）等先後在報攤發現。雖明智之讀者，自能分辨眞偽，惟念鄙人向以文字服務社會為目的，對於此類冒名偽作，不得不向讀者鄭重聲明，以明責任。顧報販諸君，嗣後勿受無恥出版商兜售之愚；並請愛讀諸君向正式書局購買，以免在報攤誤購冒名偽作，及印刷惡劣之盜印版權本，致受無謂之損失為幸。貴報於文化消息，向極注重，至希代為披露報端，實深感禱，傑克敬啓。

一九四九年十月廿九日

（載香港各大日晚報）

近又發現「罪惡」一書亦係偽作

鏡中人

（全一冊）定價：二元二角

著作者　傑克
發行人　黃炎
出版者　基榮出版社　香港般含道清風台一號一樓
承印者　嘉華印刷有限公司
分銷處　各大書局

・版權所有・

中華民國四十二年十月三版

傑克在其小説《鏡中人》最後一頁刊登了揭發偽作聲明。（來源：傑克，1953）

發偽作。[28] 這個聲名還在他其他的單行本裏出現。所以楊國雄説傑克「因此事創辦基榮出版社，出版自己小説的單行本，以免利益外溢」[29]。由此可見，言情小説之受歡迎，不但出版商重金利誘作家加入寫作，它還讓不法商人大量盜版謀利。

除了傑克外，俊人、孟君、及鄭慧等作家亦受冒名盜版的困擾。這種情況同樣説明了他們受歡迎的程度。例如，星加坡

28　楊國雄：〈黃天石：擅寫言情小說的報人〉，載《香港戰前報業》（香港：三聯書店，2013），頁 141；傑克：《鏡中人》，第 3 版（香港：基榮出版社，1953），書的最後一頁。

29　見註 28，楊國雄：〈黃天石：擅寫言情小說的報人〉，頁 141。

國立圖書館有一本《星加坡故事》，作者印上鄭慧的名字；不過，真正的作者卻是劉以鬯。[30] 可能鄭慧比當時的劉以鬯受歡迎及暢銷，書商才以鄭的名字作招徠。不過，鄭慧的確有一個短篇〈星加坡之戀〉，收在其《女子公寓》（1954）中。俊人和孟君在對付盜版書的問題時，也如傑克一樣，在他們的書中刊出聲名，提醒及敬告讀者要提防冒名之作。像俊人在其《天堂夢》（1952）的末頁便發出這樣的提示：

> 本人戰後六年間所著小說近三十種……幸蒙讀者歡迎，行銷海內外各地，銷途甚暢。惟因而引起不肖書儈垂涎，偽版迭有發現……冒有本人名義印行，此不獨侵害本人名譽利益，且為讀者重大損失。最近市面發現在澳門冒印之偽書四種……必須加以正義之制裁也。本人小說叢書，自本年起，封面設計，形式統一，別無其他花樣……敬希讀者鑑別，切勿上當，是幸！[31]

這段聲明有幾點值得注意。第一，言情小說作家的產量頗驚人，像俊人平均一年可以出五本書，更不要說那些早已成名的作家如傑克了。第二，香港言情小說的吸引力可跨越地理及

30 劉以鬯被認為是「香港現代主義文學之父」。他也曾寫過不少「娛人」的言情小說，一方面用以維持生計，另一方面用以支持他的嚴肅文學創作。

31 俊人：《天堂夢》，沒有頁數，在最後一頁。

文化的界限，俊人在澳門想必也很受歡迎，才會在那裏也出現盜版書。最後一點，言情小説替這些作家賺到的不只是文化名聲，還有實質的經濟收益。像俊人及傑克均為了保障自己的利益而創辦了自己的出版社，俊人那家以其筆名名之，名為俊人書店。

不過，50 年代言情小説的足跡不止於澳門，更遍及東南亞很多國家，還遠至歐洲及北美洲。或許我們還可大膽地説，只要有華僑的地方，便有這些言情小説。其實，這個推測也不是毫無根據，其中一個證據便是刊登在這些小説裏最後一頁的促銷廣告，推銷説這些言情小説能在海外書報攤購買得到，可見這些作品不以內銷本地為滿足，還會行銷海外。另外，書裏亦看到替海外讀者郵寄訂購之通告，説明了這些流行小説的確有能力遍及世界各地。通過這些細心的銷售策劃，它們能行銷全球實在一點也不出奇。

香港

基榮出版社

函購簡章

（1）本社爲便利海內外書局及讀者購書起見，特設有郵購部；凡交郵寄，及大批裝箱，或航空寄遞等各項手續，經驗熟諳，快捷穩妥。

（2）惠購書籍，請示明書名，數量，及貴客之詳細通訊處，國外請加註英文或羅馬音譯名，指明寄遞方法，如（航空，平寄掛號等）以憑辦理。

（3）匯寄書款請由銀行或購郵局匯票封固掛號寄下（各地郵票恕不通用）倘有餘款，留爲立收存，備作下次購書之用；貨款均以港幣爲單位，倘附寄其他外幣，當按收到日之市價折之。（信內勿附寄現款）

（4）書籍如中途遺失，本社代爲查詢。

（5）書局函購，請函商另有特別低折辦法。郵購讀者不論多寡得享以八折優待。

（6）地址：香港西營盤第三街一六六號黃炎先生收

Mr. Wong Yen,
166, Third Street. (2nd, flr),
Saiyinpon, HONG KONG

傑克在其小説《無意之間》的最後一頁附上「函購簡章」，讓海外讀者知悉購買其出版社出品的方法。（來源：傑克，1951）

言情小說的勃興也反映在如繁花盛放的出版社上。不同的出版社紛紛成立，欲在市場上分一杯羹。前面已引王梅香的研究，說 1950 年代香港約有六十家出版社，是當時台灣出版社的三倍。除了俊人的俊人書店及傑克的基榮出版社外，還有環球出版社，鄭慧便屬於這家出版社的作家；碧侶的書便是長興出版社出版的，還有孟君的書多在星榮、世界、及藝美出版社出版。其他當時常見的出版社還有星聯、實用、幸福、萬里、勝利、大公、海濱等。當然還少不了出盜版書的出版社。

言情小說的流行，也吸引了電影業界的注意，他們常就地取材，改編言情小說為電影。很多在報章連載完的小說，或是剛出版為單行本的小說，馬上便會有電影版的出現。怡紅生的小說便是最佳例子。有說改編自他的作品的電影多於二十部。[32] 根據筆者的觀察，幾乎每一部怡紅生的作品在《成報》連載完後，便會被拍成電影，諸如《辣手碎情花》，在 1949 年 7 月連載完的兩個月後便有其電影面世了；《明珠淚痕》也是這樣，1951 年 3 月連載完後 5 月便有同名的改編電影了；《人海狂潮》在《成報》於同年 7 月連載完後，12 月便上映電影。[33] 類似的情況也發生在其他言情小說作家身上。俊人的《長恨歌》於 1950 年 9 月在《華僑日報》連載完畢後，兩年後的 3 月便有同名電

32 梁秉鈞、黃淑嫻編：《香港文學電影片目：1913-2000》（香港：嶺南大學人文學科研究中心，2005），頁 18。

33 同上註，頁 77-79。

影出現。[34]傑克的《名女人別傳》於1952年5月在《星島晚報》連載完後，翌年的4月便有同名電影上演。[35]鄭慧、望雲、傑克及俊人各有最少四本小説改編成電影。[36]毫無疑問，這些言情小説家跟當時的電影工業有着密切的關係，有些如望雲、俊人及孟君等作家，有時兼作電影編劇。這種聯繫，可以看作是兩者互惠互利的結果，因為暢銷的流行文學在一定程度上可幫助電影票房，而流行文學作家也會因電影版的出現令其名聲更響作品更暢銷。電影業者對流行文學的倚重，同時亦間接證明了流行文學在社會上是一股不容忽視的熱潮。可以這麼説，戰後電影業能迅速復甦及成長，流行小説家及他們的作品實在功不可沒，因為他們成為了電影劇本的重要來源之一。

事實上，言情小説在1950年代突飛猛長，並不是偶然的事。某些50年代火紅的作家，早在戰前已經很受歡迎了，例如傑克及望雲。吳昊在〈海角癡魂：論香港流行小説的興盛（1930-1960）〉已明確指出香港流行小説的興盛始於1930年代，而流行文學裏的一個重要文類——言情小説，更是流行小説興盛的其中一個重要推手。[37]吳的文章以「海角癡魂」來命名，便是要突出言情小説的地位，因為當時一位當紅言情小説

34 同上註，頁82。
35 同上註，頁86。
36 同上註，頁86-100。
37 見註6，吳昊：〈海角癡魂：論香港流行小説的興盛（1930-1960）〉，頁146-171。

家靈蕭生其中一本廣為人知的小說便是以海角為題，名為《海角紅樓》（1940 年代）。文章首先指出 30 年代的小報《天光報》及裏面的三位言情作家為流行文學發達的重要貢獻者。這三位作家分別是傑克、望雲及平可，吳更將這三人冠以「三大天王」[38] 之名。他們因投稿該報而成名，並成為該報的皇牌作家。吳認為流行小說的興盛是隨着 1930 年代報業的發展而來，尤其是各式小報的相繼面世。他解釋，除了看電影及聽收音機以外，閱讀小報是當時一般市民的主要娛樂，而這些小報便刊載了各式各樣的流行小說，諸如言情、偵探、歷史、俠盜、冒險、間諜、武俠及「天空小說」[39]。 它們往往先在報紙副刊連載，然後出版單行本。[40]

由此看來，傑克、望雲及平可等作家早已在 30 年代便播下了言情的種子；及至二戰結束，香港重光，在稍為安定的環境下，這顆種子迅速成長，並在 50 年代開出纍纍的果實。這種遍地開花的情況，卻讓好些創作新文學 [41] 的作家感到不安，他們認為這些流行文學會危害才剛在香港扎根的新文學的發展。與傑克同輩的作家，又是新文學的擁護者侶倫回憶說，1949 年

---

38 同上註，頁 153。

39 天空小說是專指為電台廣播劇而寫的小說，這些小說在 1950 年代大為盛行，那時也是電台廣播業冒起的年代。

40 見註 6，吳昊：〈海角癡魂：論香港流行小說的興盛（1930-1960）〉，頁 146。

41 新文學的創作旨在提倡用白話中文創作，以取代文言。這是新文化運動為了文化改造而提倡的其中一項文學創作運動。新文化運動於 1910 年代中至 1920 年代中在中國大陸發生，是一個以西化中國文化為目的的大型文化改革運動。

國共內戰結速後，很多文化人返回中國，創作新文學的人突然減少，「原來的一股熱辣辣的空氣給另一股低沉的冷流所代替」，[42] 香港文壇由是興起了一種「不涉政治，逃避現實……風花雪月的……新鴛鴦蝴蝶派的章回體小說」。[43] 而這種充滿了逃避主義的新鴛鴦蝴蝶派的章回體小說又以言情小說為主，其盛況是「差不多每一份報紙的副刊版面，充滿的都是這類『作品』」。[44] 在他看來，這類小說是一種黑暗的勢力，把新文學所帶來的光與希望都給遮蓋了。在另一篇文章〈寂寞地來去的人〉裏，侶倫也道出好些原本寫新文學的作者，也轉去寫言情小說。這些作家包括傑克、望雲及平可，他們分別以《紅巾誤》（1940）、《黑俠》（約 1940-1941）及《山長水遠》（1941）為其成名作。侶倫指出他們寫的作品是應大眾的需要而寫，所以，贏得不少讀者，並為他們在新文學的園地之外開創另一（通俗）文學的天地。[45] 從侶倫的這段描述，可以推論出言情小說在當時肯定比新文學成功及受歡迎，而作家得以成名則是因為寫言情小說，而非新文學作品。侶倫說的三位言情小說家，也正正就是吳昊所說的「三大天王」。

戰後三大天王中只剩傑克及望雲繼續創作，平可轉做編輯

42 侶倫：〈四十年代的光與暗〉，載《向水屋筆語》（香港：三聯書店，1985），頁 42。
43 同上註，頁 42。
44 同上註。
45 見註 42，侶倫：〈寂寞地來去的人〉，頁 31。

及翻譯。[46]望雲出版過超過三十本作品，[47]但現今只有數本存世。傑克創作不斷，其流行文學的地位在戰後更鞏固了。有人曾把他與另一流行小說家張恨水並列，稱為「南黃北張」，[48]以顯示其在南中國的地位足以與流行於北方的張恨水媲美。楊國雄指稱，傑克的作品在 1950 年代風行一時，其熱潮一直燃燒到 1960 年代才退卻。楊還列出傑克一系列當時甚受愛戴的作品，包括《一曲秋心》（1947）、《合歡草》（1948）、《改造太太》（1950）、《紅衣女》（1951）、《名女人別傳》（1952）、《疑雲》（1952）、《春映湖》（1953）、《一片飛花》（1953）、《鏡中人》（1953）、《大亨小傳》（1953）、及《桃花雲》（1955）。《改造太太》還於 1953 年出版了日譯本。[49]而他的五本小說也被改編成電影，與小說同名，分別是《癡兒女》（1943，同年電影上演）、《阿女》（1948，同年電影上演），《名女人別傳》（1952，1953 年電影上演），《改造太太》（1950，1954 年電影上演），及《一片飛花》（1953，1956 年電影上演）。他的小說除了被改編成電影，有些也被改編成廣播劇，包括《癡兒女》及《一片飛花》（分別在 1953 及 1969 於電台上廣播）。楊國雄因此論說，他的受歡迎程度是跨界別的，涉及視與聽的

46 見註 6，吳昊：〈海角癡魂：論香港流行小說的興盛（1930-1960）〉，頁 153-154。
47 同上註，頁 153。
48 見註 28，楊國雄：〈黃天石：擅寫言情小說的報人〉，頁 141。
49 同上註，頁 140。

範疇。[50] 他的名聲及地位，除了為普羅大眾所熟知外，連另一當時得令的小說家張愛玲也對他評頭品足一番，她說：「低如傑克、徐訏，看了起反感。」[51] 可以推斷，張對於傑克的流行狀況必定有所知悉及好奇，而且很可能看過他的書，要不然，她不會說出如此的「讀書心得」。

言情小說除了創造了傑克的成功外，也創造了好些不得不提的現象。首先，此時期出現了非常成功的女作家，例如孟君及鄭慧。前者被指為「香港第一代流行小說女作家」[52]；而後者被其出版公司形容為「東南亞第一暢銷小說家」[53]。她們的成功，足與其他男作家並駕齊驅。其次，則是香港當時的言情小說跨地域的影響，可見諸於傑克其中一本小說的日文翻譯，也可見諸於猖獗的跨境盜版情況，可發展到星加坡及澳門。其影響範圍，更可說遠至北美洲，因為北美有幾所大學圖書館藏有不少這四位作家的書。可以這麼說，這些言情小說的流行可說是一個跨地域的盛大文化現象。

50 同上註，頁 141。
51 張愛玲、宋淇、宋鄺文美：《張愛玲私語錄》，宋以朗編（香港：皇冠出版社，2010），頁 65。
52 許定銘：〈《拂牆花影》的孟君〉，《大公報》，2008 年 6 月 31 日，C4 版。
53 見註 12，梁秉鈞、黃淑嫻編：《香港文學電影片目：1913-2000》，頁 46。

第四節

文獻回顧

1950年代的言情小説可説是一個很有意思的文化及文學現象，但是，相關研究卻少之又少。有趣的是，學界並不是沒有關注1950年代文學發展的情況，而且，早在1980年代已有不少學術研究的成果，但是他們的着眼點主要是嚴肅及高雅文學，幾乎沒有對流行文學進行深入的討論。這些研究所討論的焦點是西方的文學現代主義如何影響1950年代的本地詩人及小説家的創作。劉以鬯也許是最早提出此觀點的人。他於1984年在深圳一個文學研習班的演講中提到西方的現代主義主要由詩人馬朗（馬博良，1953-）、崑南（岑崑南，1935-）及葉維廉（1937-）引介到香港及台灣的。劉並明言這新引進的現代主義思想及創作技法對當時文壇有積極及正面的影響。[54] 同年，文學學者、作家及評論家也斯發表了〈香港小説與西方現代文學的關係〉，同樣是探討了現代主義與香港幾篇小説的關係，如李維陵的〈魔道〉（1956）、劉以鬯的《酒徒》（1963）和崑南的《地的門》（1962）。[55] 兩位作家學者所提出的有關現代主義

---

54 這次演講其後收錄在《暢談香港文學》一書中。見註1，劉以鬯：〈三十年來香港與台灣在文學上的相互聯繫——1984年8月2日在深圳「台港文學講習班」的發言〉，載《暢談香港文學》，頁78-98。

55 也斯：〈香港小説與西方現代文學的關係〉，載陳炳良編：《香港文學探賞》（香港：三聯書店，1991），頁68-88。

與香港文學的創作和發展關係引發了學術界熱烈的討論，而在這方面的興趣與熱情彷彿還一直持續着。[56]

踏入1990年代，學術界開始把政治及社會因素放進1950年代文學的討論中，嘗試從這兩方面探討它們對文學的生產或創作的影響。例如，鄭樹森認為香港文學在1950到60年代發展非常蓬勃，究其原因，主要是兩個關鍵的政治事件。[57] 第一個是1946至1949年的中國內戰，期間大量文人及知識分子因躲避戰爭紛紛從中國大陸逃到香港，令香港文壇熱鬧非凡。第二個便是冷戰的爆發，香港成為共產主義及資本主義兩大政治意識形態敵對的戰場。兩大陣營為了鞏固其勢力及加強其影響力，紛紛在文學及藝術領域上大灑金錢，贊助藝文活動，如設

---

56 關於現代主義與1950年代本地詩作關係的研究，有陳國球：〈宣言的詩學——香港五、六十年代現代主義〉，《文學世紀》，第54期（2005年9月），頁62-68；陳國球：〈「去政治」批評與「國族」想像——李英豪的文學批評與香港現代主義運動的文化政治〉，《作家》，第41期（2005年11月），頁39-51；Pin-Kwan Leung（梁秉鈞）："Modern Hong Kong Poetry: Negotiation of Cultures and the Search for Identity," *Modern Chinese Literature* 9, no. 2 (Fall 1996), pp.221-245；鄭樹森：〈五、六〇年代的香港新詩及台港交流〉，載《通識人文十一講》（台北：麥田出版社，2004），頁153-163；葉維廉：〈現代主義與香港現代詩的興發〉，載香港藝術發展局編：《第六屆香港文學節研討會論稿匯編》（香港：香港藝術發展局，2006），頁105-138；須文蔚：〈葉維廉與台港現代主義詩論之跨區域傳播〉，《東華漢學》，第15期（2012年6月），頁249-273；及鄭蕾：〈葉維廉與香港現代主義文學思潮〉，《東華漢學》，第19期（2014年6月），頁449-476。另有博士論文詳細研究現代主義與香港文學的關係，見鄭蕾：〈香港現代主義文學與思潮：以「香港現代文學美術協會」為視點〉（香港：嶺南大學博士論文，2012年6月），http://commons.ln.edu.hk/cgi/viewcontent.cgi?article=1027&context=chi_etd，2015年7月10日讀取。

57 鄭樹森：〈遺忘的歷史．歷史的遺忘——五、六十年代的香港文學〉，載黃繼持、盧瑋鑾、鄭樹森編：《追跡香港文學》（香港：牛津大學出版社，1998），頁1。

立出版社、雜誌及報紙等。這樣一來，文藝創作量因而大大提高了。他還認為這樣的政治干預非但沒有給香港文壇帶來災難性的破壞，相反，文藝界因這樣的政治風暴而得益。[58] 陳子善在〈多元與多樣：香港文學的獨特性〉一文中也提出類似的觀點。他指出香港特殊的地理環境及它開放的特性，吸引了來自世界各地的不同聲音及意見在這個城市裏匯聚、交流；而香港 50 年代文學的獨特性便體現在文學作品中充斥着各種刻意傳播及推廣的意識形態，例如，反共主義，擁護社會及共產主義、支持自由主義等。陳子善說在中國根本不可能出現這些各式各樣政治意識形態的作品。[59]

除了探討政治及社會因素對香港文學的影響，學者在此時期也開始論述香港文學的獨特性，而「混雜」便成為香港文學特性的最常見描述。黃繼持在〈香港小說的蹤跡——五、六十年代〉中勾勒出 50 至 60 年代香港不同種類的小說的發展情況及面貌。[60] 他把這時期創作的小說分為三類，第一是完全商業化及大眾化的小說，以高雄的作品為代表；第二是一種大眾化了的寫實小說，以侶倫、黃谷柳（1908-1977），及司馬文森（1916-1968）的小說為代表；最後一類是夏易的「半通俗文藝

58　同上註，頁 5。
59　見註 56，陳子善：〈多元與多樣：香港文學的獨特性〉，載香港藝術發展局編：《第六屆香港文學節研討會論稿匯編》，頁 166-171。
60　見註 57，黃繼持：〈香港小說的蹤跡——五、六十年代〉，頁 11-25。

小說」。[61] 他並肯定了這二十年中香港創作的小說數量不但驚人，種類更是多樣，而且「雅」「俗」並存。[62] 此外，有一點要特別說明的是，黃在文中指出在50年代中期，武俠小說家也開始用現代主義的手法，如心理描寫來創作他們的作品。總的來說，黃繼持的文章主要指出香港當時的小說創作特色是雅及俗的混雜創作手法。

踏入2000年，學者更從不同種類的文學作品來研究40至60年代香港文學的特色，並以「傳承」和「轉化」來概括它的特性。2011年出版的《香港文學的傳承與轉化》便集合了此類研究的成果，各篇文章均以討論香港文學「傳承」和「轉化」的特色為主。據書中各文章的研究顯示，所謂「傳承」者，意指香港文學乃上承中國文學的傳統，而「轉化」者則指香港文學善於吸收並再創造中國文學的傳統。這種融會貫通並加以轉化的創作特色，均出現在嚴肅和通俗的文學作品中。

然而，這本論集裏各文章的討論大多集中在嚴肅文學方面。例如，陳智德研究兩位從上海移民到香港的現代派詩人戴望舒及柳木下（原名劉慕霞）的作品，探討他們作品中如何承傳上海的現代主義創作手法。[63] 李雄溪則從一本1924年英華書

61 同上註，頁16。
62 同上註，頁11-12。
63 陳智德：〈詩的探求：論40年代的戴望舒與柳木下〉，載梁秉鈞、陳智德、鄭政恆編：《香港文學的傳承與轉化》（香港：匯智出版，2011），頁43-56。

院出版的中學文學雜誌《英華青年》中發現了承傳自中國五四的新文學作品，此五四文學的特色，尤見諸於裏面的短篇小說創作。李氏更認為這是香港最早的新文學作品。[64] 魯嘉恩探討上海作家葉靈鳳的「香港故事」裏如何融會中國的現代文學創作技法。[65] 也斯則從四個 50 年代的短篇小說中分析香港文學的混雜特色。這四篇小說的作者分別是葉靈鳳、曹聚仁、張愛玲及李維陵。也斯分析他們的作品有着中國傳統文學、五四新文學、西方文化及本地流行文化的影響。這四位作家把這些文化加以改造，在他們的作品中創造了一種新的文化身份。也斯認為這種吸收及再創造的行為實乃一種對當時的文化及環境的積極回應，並稱這種行為為「文化磋商和文化挪用」。[66] 他在文章中也提及 50 年代的廣東粵劇及武俠小說，認為它們也體現了混雜的特色。這本集子唯一討論通俗文學的文章是吳昊的〈暗夜都市：「另類社會小說」——試論五十年代香港偵探小說〉，主要研究上海作家小平的偵探小說如何影響香港當時偵探小說的創作。[67]

除了文字文本的研究外，學者也從不同種類的文化文本來研究當時的香港文學，當中不能不提的文化文本便是電影。《香

64 見註 63，李雄溪：〈早期香港文學史料管窺——淺談《英華青年》〉，頁 3-16。
65 見註 63，魯嘉恩：〈回憶的花束——葉靈鳳在香港〉，頁 91-104。
66 見註 63，也斯：〈「改編」的文化身份：以 50 年代香港文學為例〉，頁 107-130。
67 見註 63，吳昊：〈暗夜都市：「另類社會小說」——試論五十年代香港偵探小說〉，頁 151-169。

港文學電影片目：1913-2000》一書便把香港文學和電影的關係連繫起來。這本書提供了一個頗全面的有關香港電影改編文學作品的資料整理，讓讀者了解到不論是嚴肅或通俗文學，香港的電影與這些文學作品實有着千絲萬縷的關係。書中提到香港在 1980 年代以前，尤其是 1950 至 60 年代所生產的電影，很多時候都有改編的習慣。故事來源取自刊在報紙的連載小說。而在 50 年代中期以前，改編的故事多以偵探懸疑及愛情故事為主，主題多環繞道德說教及家庭關係；50 年代後期，電影工作者則把視線轉移到武俠小說上，電影改編逐多以此文類為主。此書並詳列了電影改編的所有來源，從中可看到香港電影業在戰後發展的初期對文字媒體的依賴。同時，此書另一細心的地方是為所有曾經參與過香港電影的作家寫了一簡單的生平簡介或補以軼事回顧。這些小補遺讓某些作家得以被存檔，不至於消失於人們的記憶中。這些生平簡介和軼事少不了一群言情小說作家，如怡紅生、靈簫生、平可、傑克、望雲、易文（1920-1978）、鄭慧、孟君、俊人、碧侶、楊天成（1919-1969）等；還有善寫歷史小說的南宮搏（1924-1983），及寫偵探小說的司空明和小平。

有關香港 50 年代文學的討論更有從跨地域文化的角度來詮釋，當中尤以香港文學跟其化東南亞國家的互動為焦點。這個角度的討論在上世紀 80 年代已展開，主要圍繞香港台灣之間對現代主義的引介及應用，及其在詩歌創作上的影響。這些討論已在前面的章節中提到過。除了研究港台互動，也斯也看到當時香港文學與日本的關係。他在〈1950年代香港文藝中的一種亞洲想像：以桑簡流的《香妃》為例〉一文中細列不少當時港日文學交流的例子，如好幾本當時出版的小說有日譯本的出版，包括黃谷柳的《蝦球傳》（1947）、阮朗（1919-1981）的《某公館散記》（另名《人渣》，1951）、傑克的《改造太太》（1951），及張愛玲的《秧歌》（1954）。他也提到有香港作家以遊記體寫日本經驗的，如司馬長風 （1920-1980）及桑簡流（1921-），更有以日文寫香港的，如邱永漢（1924-2012）的《香港》（1955）。[68]

值得注意的是，到了千禧年代，終於出現了一些用新視角研究香港50年代的文學，這種新視角便是轉向有關流行文學的研究。例如，在2002年，有黃仲鳴的《香港三及第文體流變史》，詳細調查了流行於50年代的香港獨有語言文體——「三及第」的歷史淵源及演變，並分析了當時運用此文體的大家——高雄的流行小說。[69]另一方面，武俠小說，尤其是金庸（查良鏞，1924-2018）的作品，亦吸引了學術界的注意，在1998年更有一個大型學術研討會在美國的科萊拉多（Colorado）舉行，專門討論金庸及其作品，是次會議的文章並結集成書，

68 見註12，也斯：〈1950年代香港文藝中的一種亞洲想像：以桑簡流的《香妃》為例〉，載黃淑嫻、沈海燕、宋子江、鄭政恒編：《也斯的五〇年代——香港文學與文化論文集》，頁118-120。

69 黃仲鳴：《香港三及第文體流變史》（香港：香港作家協會，2002）。

於 2000 年出版。[70] 武俠小說在國際學術界受到如此關注，無怪乎范伯群及王劍叢會認為這些小說是香港 50 年代流行文學的代表。

近年，對 50 年代文學的興趣更擴展到當時的文化發展情況。相關的討論結集成《也斯的五〇年代——香港文學與文化論文集》（2013）及《痛苦中有歡樂的年代——五〇年代香港文化》（2013）。前者是也斯從 1980 年代到 2010 年代二十多年間研究香港 50 年代文學及文化所寫的論文。當中大部份的文章是探討 50 年代香港不同文學作品中如何呈現文學的傳承及創新。有些文章在前面已提過。《痛苦中有歡樂的年代——五〇年代香港文化》可說延續了也斯對 50 年代文學及文化的關注。此書以研究 50 年代香港各方面文化的發展為主，並多以流行文化為討論焦點，包括電影、音樂、粵語流行曲、武俠小說及藝術發展，並由相關領域的學者撰寫其相關研究的成果。[71] 也斯本人為此書寫了一篇序，名為〈1950 年代香港文化的意義〉。他在文章中詳列了香港的電影、武俠小說、現代主義文學、粵劇、甚至新儒家思想、出版社及言情小說如何呈現出香港文化吸收及轉化傳統中國文學、西方文學及離散書寫。文章中有一點關於言情小說的討論很有意思，他說言情小說除了受五四新

70 劉再復、葛浩文、張東明等編：《金庸小說與二十世紀中國文學國際學術研討會論文集》（香港：明河出版有限公司，2000）。

71 見註 12，梁秉鈞、黃淑嫻編：《痛苦中有歡樂的年代——五〇年代香港文化》。

文化影響外，還保存了晚清以來的俗世藝術傳統，而這一傳統卻在 1910 年代中國大陸發生新文化運動時給摒棄掉了。[72] 可惜的是，由於篇幅關係，也斯沒有深論這一俗世藝術傳統的定義，及其以何種面貌保留下來。

以上所述的一系列關於 50 年代香港文學的研究可說是非常豐富，而且所涵蓋的領域也很廣，由嚴肅文學，如詩歌及文學小說，到流行文學，如武俠小說及偵探小說。然而，言情小說卻從未被仔細地研究過。不過，綜觀以上這些研究，對於 50 年代香港文學特性的分析，大致可歸納為充滿混雜的特色，例如，黃繼持形容為「雅俗純雜」[73]、也斯說是「文化磋商或挪用」、陳子善稱為「多元與多樣」等。不管怎樣形容，香港文學混雜性的意義大致上是雅與俗文學的混合、不同政治意識形態的共生共存、中西文化的集結，還有融會了粵劇及電影元素等不同的藝術媒介。這種有趣的混雜特色，其實也體現在當時的言情小說中，而這個特色對於理解及討論那些言情小說至關重要。

最近這十多年，香港言情小說的研究終於有所進展。2007 出現了第一篇以言情小說為主題的學術研究，題為〈塑造本土身份：香港的言情小說〉（"Forming a Local Identity: Romance Novels in Hong Kong"），作者為李慧心（Amy Lee）。

72 見註 15，也斯：〈1950 年代香港文化的意義〉，頁 11。
73 見註 57，黃繼持：〈香港小說的蹤跡——五、六十年代〉，頁 12。

這篇研究主要討論言情小說的演變和香港人身份建構的過程，探討兩者之間如何互動又如何互相影響，並以性別身份的建構為討論重點。作者以1960年代言情小說家依達為討論的起點，因為她認為60年代是香港人開始有意識地建構其文化及文學身份的關鍵時刻，而依達的作品在當時是言情小說的代表。作者同時亦討論了亦舒（1946-）、張小嫻（1967-）、及李碧華（1959-）的作品，這幾位言情小說家分別代表了1970、80及90年代的言情小說。[74]這篇文章也許是首篇有關本地言情小說的學術論文。可惜的是，文中的討論以60年代的言情小說為始，並未觸及50年代的作品及作家；而且，文章錯誤地把1950年代視為通俗愛情小說開始之年代，還認為這類小說在1960年代才變得極為流行；作者更把依達和傑克說成是1950年代言情小說大盛的功臣。這些謬誤，在上一節已清楚說明，這裏不再累贅。

真正探討50年代的言情作家是黃淑嫻。她有三篇文章討論兩位上海來的言情作家：易文及杜寧（出生年月不詳），並以他們的小說及其電影改編為討論焦點。這三篇研究分別是〈重塑50年代南來文人的形象：易文的文學與電影初探〉、〈與眾不同：從易文的前期作品探討50年代香港電影中「個人」的形

74 Amy Lee, "Forming a Local Identity: Romance Novels in Hong Kong," in *Empowerment versus Oppression: Twenty-First Century Views of Popular Romance Novels*, ed. Sally Goade (Newcastle: Cambridge Scholars, 2007), pp.174-197.

成」〉，及〈不妥協的流行文藝：電懋與邵氏鏡頭下的「三毫子小說」〉。第一篇分析了易文不同的文字作品及其電影，從中勾勒出一個與當時很多南來文人形象不同的作家。黃認為易文在作品中呈現了一個開放及適應力強的文人，自上海來港定居的他，很快便融入香港的生活。他的這種風格及態度跟那些當時心懷中國並一心要回去的文人非常不一樣。[75] 第二篇文章也是以易文為研究對象，主要探討他的電影作品如何呈現一個香港人的精神面貌。黃認為易文的作品沒有把社會及人生浪漫化，反而把這個個人描寫成是一個機會主義者但同時又能自我約束的混合體。[76] 第三篇文章的題目看似是討論那些廉價的三毫子小說，其實是分析另一作家杜寧的四個文字作品及比較這些作品與後來被改編成電影的相異之處。黃認為易文的文字作品裏的女性角色是西化的、思想開放及摩登的，可是在電影裏這些女性角色卻被馴化成跟隨傳統家庭價值的女性，因此，她認為流行文學很多時候比電影來得更開放前衛。[77]

黃淑嫻的這幾篇研究讓我們認識了兩位50年代的言情作家，除了分析文字文本外，她也分析那些被改編成電影的版

75 黃淑嫻：〈重塑50年代南來文人的形象：易文的文學與電影初探〉，載《香港影像書寫：作家、電影與改編》（香港：香港公開大學出版社、香港大學出版社，2013），頁69-81。

76 黃淑嫻：〈與眾不同：從易文的前期作品探討50年代香港電影中「個人」的形成〉，載《香港影像書寫：作家、電影與改編》，頁82-95。

77 見註76，黃淑嫻：〈不妥協的流行文藝：電懋與邵氏鏡頭下的「三毫子小說」〉，頁96-106。

本，讓我們了解文字及影視文本的異同，及其所透露的社會意義。可是，可能限於篇幅，這些論文只討論兩位作家，所分析的文本數量也不多，而且更只着眼於那些跟電影有關的作品。至於所討論的兩位作家，雖然也寫言情小說，卻並非此文類的代表性人物，因為易文以執導見長，其《曼波女郎》（1957）及《星星、月亮、太陽》（1961）兩部電影聞名於東南亞；而杜寧在整個50年代的作品不多，他的作品遲至50年代中後期才陸陸續續出現。

儘管李及黃的文章顯示出我們開始重視言情小說的探索，但是有規模及系統的研究還是未成型。而其他現存的討論，只能說是非常粗略及概括的評價及觀察，而且它們大多是印象式和片段式的，所引用的資料既不足夠又錯誤，有時候更充滿偏見。所有的這些關於言情小說的討論根本算不上是一個完整有系統的研究。

其實通俗愛情小說的研究在歐美一早已起步，而且成果豐饒。這類研究一開始時是專門針對一特定文類：中世紀浪漫史（medieval romance）。顧名思義，中世紀浪漫史是五到十六世紀在歐洲非常流行的文學創作，多以散文或韻文寫成，內容通常講述一個騎士追尋愛情及身份的歷險故事。後來這文類的研究延伸到包括所有中世紀以前或以後，甚至到現當代的，只要涉及愛情，不管是出自平民還是宮廷的手筆、是口述的還是書寫的，均成為研究的對象，而研究浪漫史便幾乎等於研究通俗愛情故事。其中一個最舉足輕重的研究是諾普 · 弗萊（Northrop Frye）的《批評的解剖》（*Anatomy of Criticism*, 1957）。他以科學化及形式主義的分析手法，探討文學的特性，以及文學作為一藝術形式的用途。此研究其中一部份的內容是把所有小說分類，這個分類的基礎以小說中主角的行動力為根據。在他的分類裏，傳統浪漫史裏主角的行動力是超等的，遠勝於其他文類的主角。弗萊把他說成是一個擁有超能力的非凡人類。另一方面，弗萊認為浪漫史充斥着創作慣例、原型人物、以及重複的主題思想，這些元素在某程度上與「神話模式」（mythical patterns）[78] 相似；然而，在浪漫史中，主角的經歷並不似神話裏的神，而是塵世裏實實在在的「人」的經歷。[79] 弗萊因而肯定那些浪漫史的主角是一些超卓的人類故事，不但是文學中的文學，而且更優於其他種類的小說故事。同時，他認為浪漫史反映了作者對人類和社會的深切關懷，所以，我們必須肯定這些浪漫史在社會中的價值。[80]

弗萊後來把此書中有關浪漫史的研究獨立開來作更深入全面的探討，於二十年後寫成《俗世聖典：浪漫史結構的研究》（*The Secular Scripture: A Study of the Structure of Romance*, 1976）。有學者曾經說過此書是最具影響力的有關浪漫史的「文

78 Northrop Frye, *Anatomy of Criticism* (Princeton: Princeton University Press, 1971), p.139.
79 Ibid., pp.130-140.
80 Ibid., p.186.

關係，因為這些愛情故事其實充滿着歷史、社會、及人類經驗的烙印，並不單單如很多學者評論說的只是慾望投射、逃避現實，或寄託烏托邦的幻想。

弗萊的兩本有關浪漫史的研究，既全面又深入，肯定了這個文類在我們文化上的意義，並為後來的研究建立了一堅實的基礎。因是之故，在 1980 年代，通俗愛情故事的研究在西方大量湧現，而且都是長篇論著。其中一本重要的著作是珍尼斯·韋妮（Janice Radway）的《閱讀通俗愛情故事：女人、父權社會及流行文學》（*Reading the Romance: Women, Patriarchy and Popular Literature,* 1984）。[88] 此書用了好幾種研究方法來解讀美國社會的通俗愛情小說，這些方法包括社會學的問卷調查、心理分析，以及作歷史的爬梳，藉此探究那些不同社會階層及婚姻狀況的女人「如何及為甚麼會讀這些故事時會覺得快樂」。[89] 換言之，此書其中一個重點是研究通俗愛情故事的女性讀者與社會，特別是父權社會的關係。

隨着韋妮這個研究的問世，不多久之後便出現了很多以不同角度討論通俗愛情小說的研究。在 1980 年代，這些研究多以性別探討為中心，及後，相繼以不同的理論作研究基礎，如階

88 此書最初於 1984 年出版，並於 1991 年再版。作者在再版中附加了一篇自己寫的序言。本文所引用的為 1991 年版。Janice A Radway, “Introduction,” in *Reading the Romance: Women, Patriarchy, and Popular Literature* (Chapel Hill: The University of North Carolina Press, 1991)，pp.1-18。
89 Ibid., Janice A Radway, “Introduction,” p.11.

級、種族、殖民，以及東方主義等。[90] 此外，美國更於2005年成立了一基金，以鼓勵更多的原創言情小說及有深度的評論，款項除了用作支援財務及技術的運作外，還會撥款資助作者創作及評論者評論，更設立免費的網上平台讓各創作者及評論者發表作品，方便讀者、作家及評論家在這平台上交流溝通，冀能激發更多的聲音及創意。[91] 所有這些跨文化跨學科的努力，確實給這個歷久不衰的文類帶來了豐碩的研究成果。

近年，艾力・馬菲・史令加（Eric Murphy Selinger）及莎拉・法茲（Sarah S.G. Frantz）努力開拓一個新的研究言情小說的方向。他們提議用一個深讀的手法研究某一個作家或某一個作品，竭力主張獨立研究個別作家或個別作品，並強調注重文本的細節。[92] 他們因此提醒評論者放棄那個被沿用已久的「普遍化的歸納傳統」（heritage of generalization）。[93] 他們所說的這個傳統，是指1980年代以來由韋妮及坦尼亞・莫尼斯基（Tania Modleski）所開創的對言情小說的研究方式。史令加及法茲說這

90 艾力・馬菲・史令加（Eric Murphy Selinger）及莎拉・法茲（Sarah S.G. Frantz）在〈研究流行愛情小說的新方法：評論文章〉（New Approaches to Popular Romance Fiction: Critical Essays）一書的序言中羅列了詳細的相關學術著作，當中更包括未出版的博士論文。詳情請參看此序言的註腳。Eric Murphy Selinger and Sarah S.G. Frantz, "Introduction: New Approaches to Popular Romance Fiction," in *New Approaches to Popular Romance Fiction: Critical Essays*, ed. Eric Murphy Selinger and Sarah S.G. Frantz (Jefferson: McFarland & Co., 2012), pp.15-19。

91 Ibid., p.9.

92 Ibid., pp.5-7.

93 Ibid., p.6.

兩位女性主義批評者創立的方法是「第一波」[94]通俗愛情小說研究的潮流，這個方向主要是集中研究某一特定時間內所生產的某幾個通俗愛情故事文本，而且只注重這些小說表現的意識形態。因為這個方法中分析的文本不夠多，史令加及法茲因而認為研究所得的論述太籠統。此外，這個方法也產生另一問題，那便是把這些小量的文本當作其他所有作品的代表，這樣，無疑把這些小說單一化，以為它們是全由一個作家於同一時期創作出來的固定整體。

史令加及法茲提倡的深讀及細讀的方法的確會減低論述以偏概全的弊病，故此，本書會細讀四位言情小說家的作品，冀能還原這四位作家及其作品的各自面貌。因此，本論文並不是要把 1950 年代的言情小說作一系統的排列表敍，而是集中研究當時幾位作家及其作品，從中分析各人的作品特色。同時，本書亦發現雖然四人作品特色各異，但卻有着一共同特點，那便是混雜的創作手法。他們在創作中混合其他文類或文化文本。這種借用或挪用其他文本的創作方式，其實反映了每一位作家的美學傾向及人生觀，而這些美學傾向及人生觀又受當時的社會氛圍所影響。所以，他們的作品，不管看起來是怎樣的奇情夢幻，其中卻隱含了不同面向的社會意義，本書會一併探索這一層為人忽略的社會意義，讓我們能更立體地了解這些流行文學。

94 Ibid., p.3.

第五節

章節摘要

本書分為五章。第一章為此導論。主要介紹問題意識、研究目的和方法、勾勒言情小說的發展、回顧文獻資料，以及概述本書架構。

第二章討論傑克的作品。人們慣以「港式鴛鴦蝴蝶派」來形容他，筆者卻認為他是最後也是最出色的一位融貫古今創作技法的現代作家。因此，本章主要探討他如何在創作中結合傳統中國小說的藝術特色、內容及思想。他的作品清楚地看到傳統章回小說的痕跡，例如《水滸傳》（14-15 世紀）及《紅樓夢》；也有六朝志怪及唐傳奇的影子，更有《史記》（公元前 10 世紀）的烙印。事實上，黃仲鳴就曾一針見血地說傑克是一個專注於修辭的作家。[95]

在這一章裏，我會進一步發揮黃的見解，除了分析傑克的修辭手法，更會從主題及文類特色來探討他小說中古典小說的傳統。這個傳統，在五四新文化運動中被當時及其後的知識分子否定及排斥，而傑克之能繼承及延續這個傳統，其實反映了兩個重要意義：其一，新文化運動及文學的現代性並不如五四作家及知識分子所認為的那樣成功，至少，在香港流行文學的

95 黃仲鳴，〈從看不見的文學到抗世〉，載香港藝術發展局編：《第七屆香港文學節研討會論稿匯編》（香港：香港藝術發展局，2008），頁 196。

創作中並不如此，因為，傳統通俗文學不但得以延續，還能大行其道，繼續受讀者的追捧；其二：這個傳統文學的再現，其實有着深層的心理意義。筆者認為傑克借用古典小説的模式入文以重構一個古老的過去，這個過去指的是普羅大眾熟悉的文學傳統及故事。這種充滿舊小説味道的愛情故事不但滿足了那些戰後新移民對熟悉的渴望，同時安撫他們失根後的不安和對新生活的焦慮。詹明信説過，當代所有的文學及藝術創作，不管是高雅的或通俗的，同樣表達出對「群體」（collectivity）[96]的暗暗渴望。他解釋説群體的力量既能幫助人們對抗現代社會中各團體日益嚴重的碎片化個體化的情況，又能減輕碎片化個體化後的孤獨感。傑克一再借助傳統技法來創作現代愛情故事，其實也是一種對群體的潛意識渴求，希望回到那集體的、完整的古老中國，以對抗戰後流落他鄉而生的那份不完整的國家及身份認同感。

第三章討論俊人的作品。有記錄説他自 40 年代到 80 年代一共創作了超過三百部小説，其中大部份是言情小説。[97]他 50 年代寫的那些言情小説有着明顯的電影元素，特別喜歡從黑色電影（film noir）及緊張大師希治閣的作品中擷取資源，其作品與這些電影常出現互文指涉的情況。可以説，他的小説正正是「跨

96 Fredric Jameson, "Reification and Utopian in Mass Culture," in *Signatures of the Visible* (Routledge: New York and London, 1990), p.34.
97 見註 21，中華民國當代名人錄編輯委員會編，《中華民國當代名人錄》，第 4 冊，頁 2285。

界別」的標準範例。「跨界別」常被用作描述50年代的藝術創作手法，例如50年代電影與粵劇紅伶及歌曲的混雜情況，便是電影跨界別的創作。人們也以「跨界別」的方向探討那時期的電影如何融會粵劇元素、或電影如何改編文學作品；然而，反過來討論電影如何影響文字創作卻極罕見。本章便是從電影如何影響文字創作的角度討論俊人的作品，因為他的小說除了涉及不少電影文本外，在創作技法上更有大量的電影表達方式，如非常倚重視覺、聽覺，以及動感的描述。這些電影語言，成為俊人小說混雜的一大特色。

本章除了討論電影如何影響俊人的文字創作外，同時也會探討俊人黑色電影式的愛情故事所反映的社會及心理特徵，特別是男性在戰後城市生活的恐懼和不安情緒。與此同時，本章並會分析那些看來與抄襲無異的電影情節及人物的挪用實乃經過作者精心的改寫，其意義在於反映了外來文化本土化的過程。在這些可說是毫無版權概念的抄襲改寫裏，我們還會探討其中所透露的後現代主義式的美學傾向：胡鬧的「惡搞」中滲透着清醒豁達的自嘲。俊人的這種寫作風格，實可被稱為「港式二次創作」的元祖之一。

第四章是關於孟君小說的討論。本章旨在分析她作品中西方歌德小說元素的混雜。她的故事常以幽冷陰森的氣氛為背景，而故事情節多以一個孤獨及無親無故的女主角到一個荒郊或偏僻大屋的經歷為主。這個孤獨的女主角在幽閉的大屋裏必定遇到一連串神秘的事件，例如謀殺案、通姦案、遭到瘋癲女人的騷擾等。主要角色全是女性，有貞潔勇敢的，也有貪愛縱慾、不守傳統家庭倫理的。本章也會分析她的歌德風格中的現代精神，例如，她的小說摒棄了傳統的貴族人物及超自然的神怪情節，而着重描寫一個普通女孩移居到香港後所產生的憂懼及精神變態。她所描寫的是一個更貼近真實人生的世界，而非傳統歌德小說那些貴族古堡，這正正就是現代歌德故事所呈現的一個關於「人及其社會的世界」；[98] 不過，這麼一個真實的世界卻還是充滿着「群體及家族歷史造成的謎團及罪孽深重的秘密」[99]。除此以外，本章也會探討她小說中呈現的性別議題。這些性別關懷，是西方「女性歌德小說」（female gothic）的重要元素；所以，她的小說，也同時摻雜了女性歌德的特色。所謂「女性歌德小說」，是歌德小說的次文類，主要是女人並以其角度來創作的有關女性的故事。這些故事裏的性別議題可分四方面來分析：首先，她的小說多描繪女性對婚姻及母親角色的抗拒及恐懼；其次，描寫女性深層真實的慾望；第三，異於常態的母女關係；最後，便是有關女主角的歌德式的重像／雙身（gothic doubling）故事，即在貞潔勇敢的女主角故事線外，同時發展一個與她完全相反的女性故事，作為女主角另一面的黑暗鏡像故事。後面三種有關女性的故事實展現了作者顛覆女性

98 Fred Botting, Gothic, 2nd ed. (London: Routledge, 2014), p.105.
99 Ibid., p.106.

特質的傳統定義及呈現女性生存複雜性的野心和企圖。

本章除了討論孟君的小說外，也會兼論鄭慧的幾篇小說，因為鄭慧的這幾篇小說與孟君的創作特色一樣，展現了歌德小說的風格，諸如獨自歷險的女主角、荒郊大宅、謀殺案等。兩位作者的作品均呈現了當時年輕一代女性在這個新居中面對的複雜生活，從女性的角度反映了當時的社會和文化面貌。

本書最後的一章為總結，除了重申四位作家各自不同的混雜創作方式外，同時並帶出三種與此混雜手法息息相關的課題。第一，每位作家的混雜創作方式其實與其他三位作家互有重疊，即每位作家在不同程度上也會利用到傳統小說的技法、或電影美學及電影語言等。本章會討論四位作家如何摻合着其他作家所善用的混雜創作技法，例如，傑克及鄭慧的小說也有着明顯的電影藝術語言；而鄭慧小說中亦能看見傳統白話小說的技法。第二，這些作家用以混雜的材料遠不限於已討論過的三方面，還包括中國現代文學及其他多國文學。例如，鄭慧有模仿巴金的《家》（1933）及張愛玲的〈沉香屑·第一爐香〉（1944）、孟君有擷取美國劇作家田納西·威廉士（Tennesse Williams）的《玻璃動物園》（*The Glass Menagerie,* 1944）的意念、傑克有挪用居伊·德·莫泊桑（Guy de Maupassant）的短篇故事〈月光〉（"Moonlight"，1880s）等。所借用的西方文學涵蓋了法國、美國、英國、西班牙等地的作品，而且文類包括了詩、話劇和小說，可見混雜材料的多樣和繽紛。第三，有關這些作家身份的混雜性。本節會揭示他們的多重身份：既是流行小說作家，也是報人、雜誌編輯、電影編劇、翻譯者、出版社老闆、甚至可以說是女權推動者。他們輕鬆巧妙地游走於高雅與通俗文學之間、文學與電影媒體之間、東方與西方文化之間、以及傳統與現代文學之間。憑着這樣的彈性及靈活性，讓他們突破創作的規範、擴闊創作空間，從而獲得了更多的想像及創作可能。

由是觀之，言情小說之能夠在當時受讀者追捧及愛戴，關鍵之一在於其不囿於一形的流動力與包容力，使其適應不同的讀者需要。作家們除了自身的文學背景及學養外，也能就市場不同的需要融合不同媒介的內容及創作方式，成就其充滿個人風格及品味的作品，而這些言情小說因與不同的文類雜交而衍生更多的言情次文類，如俊人的作品可視為愛情懸疑小說，而孟君的則可稱為港式歌德愛情小說。丹娜．海勒（Dana Heller）因為言情小說的這種變異能力而把它形容為「破界的文類」（limit-breaking genre）。[100] 所以，50 年代的這些「大雜燴」式的言情小說絕不能簡單地冠以「港式鴛鴦蝴蝶派」、或「三毫子小說」之名，這樣的話，我們會因此而錯過了這些小說的多元面貌，並陷入了單一化的閱讀模式裏。言情小說確實是 1950

100 Dana Heller, "Housebreaking History: Feminism's Troubled Romance with the Domestic Sphere," in *Feminism beside Itself*, ed. Diane Elam and Robyn Wiegman (New York: Routledge, 1995), p.222.

年代流行文學一根重要的支柱，但它卻得不到如武俠小說般應有的重視及尊重，所以，本書冀能扭轉這情況，嘗試給言情小說一個新的、更立體的，以及更全面的閱讀方式。

第二章

傑克

擬古寫今：「荒唐」「亂世」[1]中的鶯鶯燕燕

1　標題源自傑克的兩本小說：《荒唐世界》（195?）和《亂世風情》（1959）。

唐璜回到西班牙故鄉塞維爾城的那一年，滿頭白髮，人老得不成樣兒了。

那天下午，春永晝長，和風如醉，他端了一把安樂椅，坐在前院的一片淺草坪上……他忽又春思萌動，想起一生際遇…他消受過的美人恩，攤開十隻手指，數千百回也數不清……他在情場經歷，猶如身經百戰的老將一般，烈士暮年，壯心未已，還想在邊疆上立功。……當下唐璜換上一身紳士打扮，他的年齡已不再容許他作騎士裝了。

——《東方美人》[2]

2　傑克：《東方美人》（香港：星聯出版社，1955），頁1。

盤龍江畔的一個月明之夜。

史華從一個應酬的席上喝得醉醺醺的回家……靠着沙發椅，望着從玻璃格子透進來的一片銀輝，彷彿置身在龍宮裏一樣。……他……腳步輕浮浮的飄飄然晃到花園裏，忽覺天旋地轉，站不住腳，眼前一黑，一跤跌坐草地上面。

不知經過了若干時間才醒……發覺滿身都是花瓣，自己躺在一樹櫻花底下，一個美麗的少女微笑地坐在他身旁……這時月亮是涼澄澄的，照得滿園子如同白晝……史華越想越吃驚……必然是鬼狐之流……正想得出神，那少女遞過一盞香茗……接着又遞手巾遞香煙，服侍得十分熨貼。

——《桃花雲》[3]

3　傑克：《桃花雲》（香港：基榮出版社，1955），頁 1。

以上所引分別為《東方美人》（1955）及《桃花雲》（1955）的開首。作者傑克（亦名黃天石，本名黃鍾傑，1899-1983）以別出心裁的方式把西方及中國的文學材料分別混入到兩個故事中，並以這個混合體作為故事的開端。《東方美人》以年華老去的西班牙傳奇人物情聖唐璜為故事之始；《桃花雲》則以主角史華晚宴後回家，在半醉半醒下突見一少女出現眼前而開始了一個神奇的故事。美少女於夢中出現的情景使人聯想到《聊齋誌異》（1680）裏的鬼狐傳説。這兩個充滿戲劇性的開頭，融會了中西古今的材料，是傑克的招牌創作風格。這樣的開端，不單是用來吸引讀者注意力的「噱頭」，它也是作者用心經營的故事風格和結構，因為這種中西文化混合的風格和結構貫穿整個故事，成為這本小説的基本骨架。以《東方美人》為例，傑克把佐治．哥頓．拜倫（Geroge Gordon Byron）的諷刺詩《唐璜》（*Don Juan*, 1821）的第一章改頭換面，把原來在詩裏唐璜與其母的朋友有私情寫成唐璜的母親與別的男人通姦，傑克筆下的唐璜因而在成長後對女人抱着玩世不恭的態度。另外，作者又借用了奧斯卡．王爾德（Oscar Wilde）的《多雷格的畫像》（*The Picture of Dorian Gray*, 1890）的意念來描述年老的唐璜在自己年輕時的畫像前悲嘆年華消逝；還有，當唐璜突然暴斃，被天神分配到一個介乎天堂與人間的「半天吊」境界居住時，出現了一個叫頑石的人，與唐璜成為朋友，此人明顯是脱胎自《紅樓夢》（18 世紀）。他投胎轉世及到天界的經歷均看到六朝志怪及唐傳奇等神怪故事的痕跡。再者，故事發展到中末段時出現的打鬥場面，還有唐璜投胎轉世後的妻子闖蕩「綠林」的情節更是從章回武俠小說變奏而來。

這些看起來既惹笑又天馬行空的改寫和混合絕不是作者隨手拈來的胡亂拼湊；相反，它們實乃作者的精心安排，因為這些改寫不但與內容融合得天衣無縫，令人拍案叫絕，而且，還經常出現在他的其他言情小說中。可以說它是作者用心經營的「招牌」創作特色。他的很多小說不但混合了中西古今不同的文學作品，有時更有當時的新聞事件；不過，在這些材料中，作者最經常利用的文類又以中國文學裏的神怪小說、青樓文學和武俠小說這些通俗文學為主。

除了拼湊不同的文學材料，傑克最具特色之處是仍沿用「舊」小說敘事技巧的寫作手法，這在他 50 年代出版的作品裏最為突出。我們可以從以下四方面看到這種敘事模式。首先，他的小說無一例外地以第三人稱全知觀點為敘事角度，並常夾雜着說書人的敘述模式和口吻；其二，故事結構如清末長篇小說般採用「珠花式」及「雜錦式」的結構，前者指的是小說以數個故事及人物串連成一書，並以有一個相對完整的中心故事及人物貫穿其中；後者指的是以不同的人物故事連綴而成一故事，當中並沒有統一的情節和人物。[4] 其三，喜以序言帶出故事情節及中心思想；最後，他的故事像很多章回小說一樣，常常摻入強烈的道德說教色彩。

這樣的說故事方式無疑在當時仍為大多數讀者所喜愛，也許因為這樣，他的小說才能立足流行文學文壇三十多年，從 30 年代一直「紅」到 60 年代中期。而且也因為他的號召力，有人把他與當時另一流行小說家張恨水相提並論，冠以「南黃北張」的稱號，以傑克代表南方的中國，而張則稱雄於北方。

可惜的是，他這種以古混今的寫作方式及技巧，卻常被人忽視。與傑克同期、被稱為「香港現代文學之父」的劉以鬯把他說成是上海鴛鴦蝴蝶派的追隨者，專寫一些「才子佳人」[5] 故事的言情小說家。而劉亦批評傑克的作品為「市場價值很高，藝術魅力是沒有的」。[6] 在劉看來，傑克寫過唯一有意義的作品是在 1952 年出版的《托爾斯泰短篇小說集》。[7] 而另一自認深受中國傳統小說影響的作家張愛玲對傑克似乎也沒多大好感，她曾批評傑克說：「低如傑克、徐克，看了起反感。」[8] 二者對傑

---

4 「珠花式」的比喻是《孽海花》（1904）的作者曾樸首創，並以此來比喻他這本小說的故事結構。他說這本小說的故事情節「蟠曲回旋……時收時放，東西交錯，不離中心」。引自陳平原：《中國現代小說的起點——清末民初小說研究》（北京：北京大學出版社，2005），頁 129-130。有關「珠花式」及「雜錦式」的詳細解釋及例子，請參閱陳平原這本著作的第五章，頁 128-162。

5 劉以鬯：〈五十年代初期的香港文學〉，載《暢談香港文學》（香港：獲益出版社，2002），頁 107。

6 同上註。

7 同上註，頁 108。

8 張愛玲，宋淇及宋鄺文美：《張愛玲私語錄》，載宋以朗編（香港：皇冠出版社，2010），頁 65。

克的評語很難讓我們正確地了解和認識傑克的作品，因為張愛玲的批評太簡短且流於個人的主觀感覺；而劉以鬯的批評又太保守及傳統，他把傑克的成就放在二個完全對立的天秤上，即市場及藝術價值，暗示在市場暢銷的作品必然沒有藝術價值。另外，一般人以「港式鴛鴦蝴蝶派」來稱呼傑克也大有問題，因為「鴛鴦蝴蝶派」有廣義及狹義之分，廣義是泛指一般流行小說，而狹義則專指「才子佳人」的愛情故事。劉以鬯指傑克專寫「才子佳人」，意即把他歸為狹義的「鴛鴦蝴蝶派」。這也許有一半是對的，因為他早期的創作生涯的確與鴛鴦蝴蝶派頗有關係，例如他在1920年代曾編過雜誌《雙聲》，裏面有不少上海鴛鴦蝴蝶派作家的短篇小說，像徐枕亞、周瘦鵑、許厘父和吳雙熱等。他自己也寫過幾篇短篇小說刊登在這雜誌上，分別是〈碎蕊〉、〈誰之妻〉和〈燕子歸時〉。不過，我在〈導論〉中已指出，傑克40年代以後的小說有不少以妓女交際花為主角的故事，何來才子佳人呢？而且，「港式」這個形容詞也頗令人摸不着頭腦。何謂「港式」呢？其定義又如何？

這些模糊不清、疏漏輕忽的評論，要到千禧年才有了突破。黃仲鳴便以一個另類的角度看傑克的作品，一針見血地說他是一個「專注修辭」[9]的作家。可惜的是，他沒有再進一步分析傑克如何修辭，而修的辭的又是甚麼。

---

9 黃仲鳴：〈從看不見的文學到抗世〉，載香港藝術發展局編：《第七屆香港文學節研討會論稿匯編》（香港：香港藝術發展局，2008），頁196。

其實，當時香港流行文學有趣的地方是與傳統通俗文學的內容或修辭混合的寫作方式，而筆者認為傑克是箇中能手之一，更可以說「自成一家之格」。自從1919年新文學運動興起以來，通俗文學便一直被排斥及打壓。那些不管是用白話還是文言，不管是當代還是古代所創作的通俗文學，均被新文化運動以現代化文學為由，通通被貶抑。王德威便批評這個由「五四傳統」[10]所發明的文學現代性過於專橫及單一，因為它提倡的文學現代性只單一地模仿和跟從西方模式。五四知識分子之所以打壓傳統通俗文學，尤其是晚清小說，因為他們看到了這些受大眾歡迎又不西化的文學創作對他們文學的啟蒙工程造成威脅及污染。[11]

然而，我們卻在1950年代的香港仍然看到這些經典流行文學的蹤影。這說明了中國現代文學發展的一個弔詭現象：新文學運動並不如很多五四知識分子所堅稱的那樣成功，儘管他們很努力地辦報紙辦文學雜誌去推廣新文學，但在香港的流行文學裏，我們看到廣大群眾所喜愛的，以及仍然暢銷的，還是那些充滿傳統趣味的舊世界文學。

弗德．詹明信（Fredric Jameson）在〈大眾文化裏的物化及

10 五四運動是1919年5月4日北京學生發起的一個反帝國主義，以及要求改革中國文化及政治的運動。此運動源於1910年代中至1920年代發生的新文化運動。

11 詳見 David Der-wei Wang, *Fin-de-siecle Splendor: Repressed Modernities of Late Qing Fiction, 1849-1911* (Stanford, Calif.: Stanford University Press, 1997)。

烏托邦〉（“Reification and Utopia in Mass Culture”）一文中便清楚地指出：「大眾文化所生產的作品，壓根兒就是充滿意識形態，同時又或明或暗地給予大眾一種烏托邦的幻象，因為這些作品為人們提供了那麼一點點真實的滿足及憧憬，用以哄騙及操弄這些正等待被操弄的大眾。」[12] 詹明信所說的有關大眾文化的兩面性，即既是充滿意識形態的社會批判，同時又提供烏托邦的幻想給普羅大眾，以達致其操弄群眾的目的。另外，詹明信在這篇文章裏也指出當代所有的文學及藝術創作，不管是嚴肅或通俗的，同樣表達出對回歸「集體」（collectivity）[13] 生活的渴望。他解釋說群體的力量能幫助現代社會裏越來越孤立的個人對抗那支離破碎及異化感。而藝術家為了提供這種集體感，便借助那些古老又熟悉的藝術表達形式。筆者認為傑克的小說正正表現了詹明信對大眾文化的看法。傑克一方面透過女孩在香港墮落成為妓女或交際花的故事來批判這個現代大都市的貪婪和敗德；另一方面，他模仿、複製及再現那些深入民心的傳統通俗文學，是製造一個文化的烏托邦中國，以滿足大眾潛意識對群體、對完整、對熟悉的渴求，彌補他們在新世界的孤獨徬徨感。

---

12 Fredric Jameson, “Reification and Utopia in Mass Culture,” in *Signatures of the Visible* (New York: Routledge, Chapman & Hall, Inc., 1990), p.29.

13 Ibid., p.34.

第一節

滿懷理想　多才多藝

傑克生於中國廣東省一個書香世家。他在1899年出生，是年正是中國現代史上充滿社會及政治危機的一年。他1920年秋初次來港，24至46歲期間，即1923至1945年，曾先後在雲南、桂林、重慶、東京及馬來西亞等地短暫居住，最後，於1945年二次大戰結束後定居香港，1975年退休後隱居元朗直到老死。[14]

傑克少時曾在粵漢鐵路局任職，不過，工作了一段短時間後，便從機械工程轉投新聞業，並以此為終生職業。他的第一份報業工作是在廣州新成立的《新中國報》任職，當時他19歲；其後分別在廣州的《民權報》及《大同報》、香港的《大光報》及《循環日報》任編輯，並曾於馬來西亞的《中華晨報》為社長。29歲那年，他與幾個同是從事新聞行業的朋友創立了香港新聞學社，志在教育及訓練有志於成為優秀記者的年輕人。[15]

傑克不單對新聞行業懷着終生的熱忱，他對文學創作也抱持同樣的態度。他年輕時曾大力提倡新文學，1921年以白話中文寫了一短篇小說〈碎蕊〉，刊在香港出版的《雙聲》雜誌

14 楊國雄寫了兩篇有關傑克的文章，它們可說是目前為止有關傑克生平最詳細的記載，請參看楊國雄：〈清末至七七事變的香港文藝期刊〉，載《香港身世：文字本拼圖》（香港：香港各界文化促進會，2009），頁166-168；及楊國雄：〈黃天石：擅寫言情小說的報人〉，載《香港戰前報業》（香港：三聯書店，2013），頁131-153。本文有關傑克生平的記述多摘自此兩篇文章。

15 見註14，楊國雄：〈黃天石：擅寫言情小說的報人〉，頁131-153。

上。[16] 另外他也出版了一本被認為是「具有清新氣息」[17] 的白話散文集《獻心》，還有一白話中篇小說《露惜姑娘》連載於報紙上。與傑克同時代，同樣是新文學的愛好者及提倡者侶倫（原名李霖，1911-1988）稱讚《露惜姑娘》是「新文學花園裏的第一朵鮮花」，[18] 並特別提醒我們不要忽略傑克對香港新文學發展的貢獻。[19] 不過，傑克後來改行寫言情小說，侶倫語帶感慨地說：「隨了讀者『口味』的轉變而轉變。」[20] 傑克為了促進新文學的發展，更於任職《大光報》副刊編輯時，特別開闢了一個副刊，專門刊登新文學作品。[21] 在創作流行小說的數十年間，他對嚴肅文學還是牽縈於心，最明顯的例子便是於 1954 年創辦了文學雜誌《文學世界》，以翻譯推廣世界文學為宗旨，所以雜誌內有不少外國經典文學的翻譯；此外，雜誌內也有不少文學批評及文學創作。許定銘及楊國雄二人介紹過此雜誌，並提醒我們此雜誌在早期香港文學發展上的重要性，值得我們仔細研究。[22] 1955 年，他還被選為國際筆會香港中國筆會的主席，並連任多屆。當時此會的會員多為「老師宿儒，及愛好文藝的新

16 同上註，頁 132。
17 侶倫，〈寂寞地來去的人〉，載《向水屋筆語》（香港：三聯書店，1985），頁 30。
18 同上註，頁 30。
19 同上註，頁 30。
20 同上註，頁 31。
21 見註 14，楊國雄：〈黃天石：擅寫言情小說的報人〉，頁 134-135。
22 請參閱上註，頁 131-153；及許定銘：〈黃天石的《文學世界》〉，載《舊書刊摭拾》（香港：天地圖書，2011），頁 256-262。

一代」，[23] 傑克在任期間更舉辦了不少藝文活動。

傑克出身書香門第，對古典中國文學很有素養，英文造詣也很了得，楊國雄說他造詣最高的是古典詩詞，英文翻譯及寫言情小說次之。[24]《文學世界》刊載了不少他評論詩詞的文章及翻譯作品，而他更於 1952 年翻譯出版了《托爾斯泰短篇小說集》的單行本。儘管傑克有不同種類的創作，遺憾的是，他常常只被冠以「言情小說家」之名。傑克於 1930 年代中期始廣受歡迎，並以這個筆名同時替八份報紙寫連載小說。據稱令他聲名大噪的是兩本 40 年代的小說：《紅巾誤》（1940）及《癡兒女》（1943）。[25] 前者於報章連載完後即被改編成電影，並於 1940 年 7 月放映。自此，他便成為一個多產的流行小說作家。戰後，他寫作更勤，1950 年代更是他創作的豐收年，期間一共寫了近三十部作品。有些被拍成電影，有兩部小說更被改編成廣播劇，於 1953 及 1969 年播出。楊國雄因而說傑克小說的「流通是跨媒體」[26] 的。

傑克的作品不單單是跨媒體地流通，作品本身更是跨文類的創作，因為裏面混合了傳奇志怪、歷史、章回小說等傳統文學的敘事模式、主題思想及文類特色，使它們幻化成亦古亦今的小說創作。

---

23 見註 14，楊國雄：〈黃天石：擅寫言情小說的報人〉，頁 142。
24 同上註。
25 同上註。
26 同上註，頁 141。

第二節

舊瓶新酒

二·一　傳統小說的敘事角度

第三人稱全知觀點

論者均認為傳統中國小說的敘事角度一般採用第三人稱全知觀點。柏翠克·韓南（Patrick Hanan）指這種敘事角度常見於文言小說，通常由一個「編年史家或傳奇作家」（chronicler or biographer）[27]般的敘述者以「歷史學者般的敘述方式」（historian's narrative method）[28]記述故事，即客觀地記敘發生的事件，並把自己對人物及事件的態度表現出來。而古典白話小說的敘述方式則是由一個「全知的說書人」（omniscient storyteller）[29]來執行。韓南也指出在文言小說裏面，雖然偶爾會看到第一人稱限知視角（first-person limited point of view）[30]的應用，但這種敘事角度從來沒有在晚清以前的白話小說裏出現

27　Patrick Hanan, "Language and Narrative Model," in *The Chinese Vernacular Story* (Cambridge, Mass.: Harvard University Press, 1981), p.20.

28　Ibid.

29　陳平原：《中國小說敘事模式的轉變》（北京：北京大學出版社，2003），頁63。

30　韓南強調這種第一人稱限知視角敘事僅指故事是由裏面其中一個角色所敘述。Patrick Hanan, "Language and Narrative Model," in *The Chinese Vernacular Story*, p. 20.

過。[31] 而陳平原更進一步說，基本上自古以來所有中國小說家均只會用第三人稱全知視角敘述模式。可是這個模式到 20 世紀初徹底改變，因為當時大量西方小說湧進中國，啟發了當時中國的小說家使用新的敘事角度。[32]

從晚清開始，小說家企圖打破只用第三人稱敘事手法這個傳統，嘗試以不同的敘事方法來說故事，過程篳路藍縷；到了五四運動時，終於修成正果。五四作家從晚清作家那些慘澹經營的實驗基礎上，逐步完善了第一人稱敘事手法，熟練地以一個限知視角來敘述他們的故事。[33]

所以，到了 1950 年代，不管是第一還是第三人稱的敘事手法對文學創作再也不構成任何障礙了。下面兩章要討論的俊人及孟君等言情小說作家，在敘事手法上已能嫻熟地使用第一或第三人稱限知角度去說故事。可是，傑克卻不一樣，他仍然沿用那古老的第一人稱全知敘事角度的傳統。可以這麼說，他 50 年代所寫的小說，幾乎全部都用這個敘事手法，唯一例外的便是《長姐姐》（1950）。這本小說的上半部份是由「我」來敘述的，雖然這個「我」是故事裏其中一個角色，但他並不是主角，而在故事裏幾乎沒有任何份量，這個「我」只是把他朋友的故事說出來，所以，他其實更像一個說書人的角色。

31 Ibid.
32 見註 29，陳平原：《中國小說敘事模式的轉變》，頁 63。
33 同上註，頁 62-69。

傑克小說裏那個全知敘事者的特色是他對每一個角色及每一件事情的來龍去脈均瞭如指掌，也因此這個敘事者能穿梭於不同時空、經歷發生於不同時期的事情，以及知曉每一角色的感覺和思想。以《珊瑚島之夢》（1957）為例，這本小說由最少十個故事組成，每一個故事從十個不同的角色發展出來。把這些故事串連起來的，便是一個全知敘述者。此敘述者緊隨每個角色，小心地捕足及記錄每個角色的行為思想和經歷。像這種由數個角色的故事組成的小說還有《鏡中人》（1953）、《春映湖》（1953）、《亂世風情》（1959）及《荒唐世界》（195?）。有些時候，這個全知敘述者還能把同一時間同一地點出現的不同角色的想法清清楚楚地描述出來，像《隔溪香霧》（1956）裏其中有段描寫關於三個曾經相識的人在醫院重聚的情節：

> 趙昂應該走了，卻沒有走，坐在一張舊木椅上，注視地板發獃……準是在替施美美設法……室中靜悄悄地三人都各想各的心事：施美美的感想最複雜，一會兒想到十年前……跟趙昂初遇的情境；一會兒又想到跟趙昂……談情……多少美麗的機會都錯過了！……然而像以前那些美麗的機會，她還敢再想嗎？她泫然不敢再想下去了。……王琦有王琦的想法……也算歷盡枯榮了。那些不必要的感慨，犯不着

再去感慨。今後是從頭做起，重新再做一個人！[34]

女的施美美是男主角趙昂的前任女友，她因與惡棍男友王琦做了太多虧心事而自殺被送到醫院，趙昂與王琦隨後一同到醫院探望她。關於男主角趙昂的描寫，敍述者先是客觀地描述他的外在行為——發獃，然後，告訴讀者他其實在替其前任女友想辦法；接着便鑽進施美美的內心去，讓我們知道這個剛從鬼門關回來的病人原來一方面在回憶她與趙的戀情，另一方面又在懺悔其所作所為；最後，輪到描述王琦的心事，敍述者告訴我們他要準備重新做人。三人同處一室，默默無語，可是心裏思潮洶湧澎湃，這些如潮的思緒，全是這個全知敍述者以無所不知的角度記錄了下來。

說書人的聲音

在傑克的小說裏，我們常常看到一些只有在章回小說才會用的說故事套語，例如：「前面說過⋯⋯這是補敍的」、「事情的經過是這樣的」、「以下是[人名]敍說的」、「先從⋯⋯說起」、「話又歸到本題」、「那是往事，如今再敍述他這時的心事」、「原來」、「話雖如此」、「正說着」及「正沒做奈何處」等。前面六種用語，其實是從章回小說常見的用語如

34 傑克：《隔溪香霧》（香港：有聯出版社，1956），頁 298。

「後說」、「卻說」、「話分兩頭」、及「話分兩說」等演變而來的；而後面四種用語，則完完全全便是章回小說中原來的套語，如「正沒做奈何處」 便是出自《水滸傳》。這些用語源出於古代在市井茶館說故事的那些說書人的習用語，後來被文人用到創作章回小說中去。無論是說書人，還是小說的敍述者，這些用語其實是表示敍述焦點的轉移，代表敍述者要從一個角色跳到另一個角色，或是從某一時某一地跳到另一時另一地。

在章回小說裏的這個敍述者往往把自己偽裝成說書人，像要跟觀眾直接說故事。這個說書人原本是在市場或茶館免費跟一堆人說故事，是一個專業的說書人。他不單直接面對觀眾，而且完全控制了說故事的方法及步伐。韓南的研究說，這種說書人的說故事方式，被文人吸收過來創作短篇故事，在晚明的文學作品開始大行其道，像馮夢龍的《古今小說》（又以「三言」這名稱為人熟知，約於 1621 年出版）。韓南形容這種敍述者的刻意偽裝說書人為「模仿」（simulation）。[35] 另外，他也歸納出全知敍述者慣用的三種敍述技巧：評註（批評、概述及總結）、描述（用陳腔濫調的言詞來形容角色性格或外貌，以及

35 Patrick Hanan, "The Nature of Ling Meng-chu's Fiction," in *Chinese Narrative: Critical and Theoretical Essays, ed. Andrew Plaks* (Princeton: Princeton University Press, 1977), pp.87-89; 及 Patrick Hanan, "Language and Narrative Model," in *The Chinese Vernacular Story*, pp.20-27.

故事背景），及展述（展示故事如何發展）。[36]

傑克小說裏的敍述者就如一個說書人那樣，很多時候都不會採取一個客觀中立的態度說故事，而且他經常浮現在文本上，與讀者對話、作批評及解釋。尤其明顯的是喜愛批評故事裏的角色或時事。有時，這個敍述者的批評很簡短，只三數字或一兩句交代其想法，如用「然而」、「事情從此完了嗎？」、「哪裏會想到……」及「哪裏會知道……」等；但更多時候，這個主觀的敍述者卻是長篇大論的。以《鏡中人》為例，此書主要描述三個香港交際花的故事，但敍述者在說她們的故事時，不忘趁機大肆抨擊當時的香港世情：

> 匆匆又是新年。
>
> 在大亂中還比較承平的時候，浪費慣了的老百姓，窮極還是要浪費。別國把火藥節省來建國防，我們把許多物資，許多努力，劈劈拍拍的燒着炮仗兒，把國防就這樣玩去了。[37]

敍述者在交代完新年的到來時卻突然現身，不但沒有把故事繼續說下去，還借機對中國人在亂世中浪費資源過新年的這

36 Patrick Hanan, "The Early Chinese Short Story: A Critical Theory in Outline," in *Studies in Chinese Literary Genres*, ed. Cyril Birch (Berkeley and Los Angeles: University of California Press, 1974), pp.305-306.

37 傑克：《鏡中人》，第3版（香港：基榮出版社，1953），頁32。

一陋習加以批評。

這個敍述者對世事的不滿及批評在此書中頻頻出現。以下是另一例：

> 在車站上便可看出人口激增的市勢。這天堂，只有人來，來了便在此賴死，即使淪落為叫化子，似乎也升了仙。這是國人應該警惕的，為甚麼內地活不下去呢？每一個人都應該爭氣些了。[38]

在這段批評出現之前，是描述女主角被僱主無故解僱，一個人失神地站在人群當中，不知何去何從，感到孤獨及無助。敍述者在描寫人群及女主角心情之後，突然話鋒一轉，趁勢對香港這個人口不斷膨脹的彈丸之地加以嘲諷，並以語重心長的語氣告誡中國人不要對這個所謂的天堂抱有幻想，還勸勉讀者要自強，以及反思中國人離鄉背井的原因。

除了對時事作批判，敍述者對角色的行為操守也常大加評論。這些評論有時是對角色的為人表現作正面的讚賞，如對《鏡中人》裏面的女主角改過自新加以稱讚，但同時又藉此教訓那些只靠出賣肉體以換取富貴的人：

38 同上註，頁 65。

不動，便永遠不會動；一動，就動出興味來了。天生一副腦筋兩隻手，為甚麼不好好兒用呢？機械不動則生鏽；人不動，活着也就白活了！[39]

另外一些時候，敍述者會譴責角色的惡行。如在《珊瑚島之夢》裏：

凡屬人類，都有一種是非正邪的觀念。……那觀念與生以俱來。然而人就是那麼一種脆弱的動物，拿得定，站得穩的，畢竟屬於少數，到人慾與天理交戰的時候……一般人極易動搖……人獸之間全在一個轉念。[40]

這是譴責一位從大陸來香港的將軍，欲在港以其職權之便轉運一批軍械到外國，從而謀取私利。故事先是敍述其心理掙扎於榮華富貴與道德責任之間。最後，他決定要轉運這批軍械時，敍述者於是發出以上的感慨和批評，直指其貪腐令他的將軍地位蒙羞，更使他變成一個毫無善惡是非觀念的禽獸。

此外，韓南亦指出這個模擬說書人的敍述者有時也負起為故事解疑的責任。在傑克的小說裏，這個責任當然也落在敍述

39 同上註，頁 184。
40 傑克：《珊瑚島之夢》（香港：自由出版社，1957），頁 6。

者身上，尤其見於解釋故事中一些不按時間先後順序發生的事件上。這個敍述者通常會以一句簡單的敍述交代一些突然插入的事件，如：「前面說過……這是補敍的」、「事情的經過是這樣的」、「以下是 [人名] 敍說的」。也有一些比較詳細的，例如在《長姐姐》的第三章裏，敍述者回憶長姐姐的初戀。這一章是一個倒敍的故事，出現在第二章敍述「我」的背景之後。到第四章時，時間又回到「現在」。敍述者為了讓讀者更明白時間的過渡安排，特意在第四章一開首便說：「以上所述，是補敍十數年前長姐姐的一段戀史」，[41] 清楚說明第三章是一個補敍。雖然有如此清晰的交代，敍述者好像還是怕讀者會在這些插敍補敍的事件中迷失，故在第二段的結尾，再一次解釋：「我（書中第一人稱）過去雖也認識長姐姐，那是在我太太還在世的時候，轉眼已十多年了。」[42] 這不單再一次提醒讀者時間已從十多前的故事回到現在，還說明敍述角度的改變，即從這三章的第三人稱敍述回到如故事開首的第一人稱「我」身上。

除了如韓南所說的這些說書人慣用的敍事技巧外，大衛．羅斯頓（David Rolston）也提出了另一個「偽說書人」的重要技巧，那便是解釋故事的來源。這個技巧在晚明時開始廣為文人所採用，歷久不衰，「像在《花月痕》或《兒女英雄傳》的

41　傑克：《長姐姐》（香港：基榮出版社，1952），頁 63。
42　同上註。

第一章那樣詳述故事來源，主要想把故事加以戲劇化。」[43]《花月痕》是一部晚清（約19世紀中葉）的文學作品，其敘述者在第一章時已說明此小說來自五年前所掘出的一個鐵箱，裏面便藏着故事的原文。至於與《花月痕》差不多時候出版的《兒女英雄傳》也是在第一章裏把故事的來源告訴讀者，敘述者說故事是來自一個叫「燕北閒人」的人所做的夢，這個閒人把夢記錄下來並告訴敘述者。

傑克的小說也常常看到這種記敘故事來源的做法。不過，這種做法又可再細分為兩種方式。首先，作者會在小說的序言中清楚交代。作者說這些故事有時是朋友或鄰居轉告的，如《紅衣女》（1951）、《花瓶》（1952），及《銀月》（1958）；有時則是來自報紙的報道，如《名女人別傳》（1952）；或是從唐朝傳下來的神話，如《桃花雲》；也有些故事是啟發自其他文學作品，如《東方美人》，作者說其靈感源自拜倫的詩《塘璜》（*Don Juan*, 1820s）。

第二種交代故事來源的方式是以第一人稱「我」在小說的第一章解釋說明。《鏡中人》便屬此類。這個「我」在第一章敘述自己遇到一個擁有一面神奇鏡子的外國人，從這個鏡子可以看到大千世界中各式各樣的人。這個外國人讓「我」看這

43 David L. Rolston, *Traditional Chinese Fiction and Fiction Commentary: Reading and Writing between the Lines* (Stanford: Stanford University Press, 1997), p.232.

面鏡，但要求「我」把看到的人和其經歷寫成小說出版。而這書的故事便是「我」在鏡中看到的其中一個人物的經歷。這個「我」在第一章交代他如何遇見這個外國人及這面鏡子，乂如何把故事記錄下來後，在第二章以後，變回一個敘述者，以第三人稱全知角度完成這個故事，期間再沒以「我」的身份出現過。《鏡中人》這本小說不單在說故事的方式上予人一種熟悉感，就連其書名及內容主題也令人有似曾相識的感覺，因為它使人聯想起一些經典小說。最明顯莫過於鏡子的意象，活脫脫是《古鏡記》、《紅樓夢》及《品花寶鑑》等有關鏡子故事傳承下來的。《古鏡記》是一千多年前唐傳記中有名的作品，傳為王度所寫，敘述其憑藉汾陰侯生給予的一面鏡除魔斬妖治疫；《紅樓夢》裏也有一面專照風月之事以警示世人的鏡子，更不要忘記此小說的另一名稱為《風月寶鑑》；至於在 19 世紀中葉出版，由陳森所寫的《品花寶鑑》，則以鏡子作為書的題目，以裏面描寫的風月故事為鏡，反省中國社會既定的道德倫理價值。

前面已提過《長姐姐》大概是傑克 50 年代唯一以第一人稱來敘述的小說。即便如是，這個敘述者「我」雖是故事其中的一角，卻跟故事的情節發展沒有多大的關係，「我」只是負責把「我」所認識的長姐姐的故事說出來。所以，在很大程度上，這本小說也可以說跟傳統小說那樣，是一個以全知觀點寫成的故事。

這本小說的第一章便是「我」回憶二十年前他在某地工作時與長姐姐相識的經過。可是，到了這章的末段，這個「我」在說完自己的經歷後，已不能自制，很想把故事發展告訴讀者，於是他說：「這事無關宏旨，我們關心的還是長姐姐。」[44] 他所說的「我們」已經顯示了他以說書人的身份直接跟讀者對話了。不單如此，他更以「欲知後事如何，請看下回分解」的口吻續說：「她後來怎麼樣？」[45] 並在這一章最後問道：「你猜猜，長姐姐的命運怎麼樣？」[46] 這種說書人說故事的慣用口吻，除了增加懸疑的氣氛，其實最重要的是要「吊」讀者的「胃口」，保持他們繼續收看／聽的興趣。

傑克小說中這些第三人稱全知角度的敘述方式、說書人般的說故事方法、及其常用的套用語，構成他小說的一種特別的風格，深深烙刻着中國古典小說如話本、章回小說的修辭敘述特色，這種風格，從14世紀的明朝一直流傳到20世紀的清末，成為中國讀者一種根深蒂固的閱讀習慣，也成了傑克言情小說的基本敘述模式。

44 同註41，傑克，《長姐姐》，頁20。
45 同上註。
46 同上註，頁21。

二・二　章回小說的故事結構

寓言式的楔子

傑克小說另一有趣的特徵是其故事結構。這個特別的故事結構可以分開兩方面來討論。第一，在故事正式開始前常附有一個充滿戲劇性的序言；第二，以片段式的情節組合成一個故事，這方面會在下一節詳細分析。關於序言方面，它往往由一個看似與故事本身無關但卻非常戲劇化又引人入勝的小故事作為序幕。這個序幕故事其實是傳統小說裏常見的楔子，幾乎在每一部章回小說裏也有它的蹤影。論者普遍認為第一部章回小說附有這類楔子的是《水滸傳》，此後便被其他小說廣泛採用及模仿，成為明清以來章回小說的基本開端。李小菊及毛德富從這些小說裏研究歸納出三大楔子的模式。第一種是以詩的形式為始，如《三國演義》（於 14 世紀出版）；第二種是以寓言故事的形式出現，如《水滸傳》；最後一種是在楔子中解釋故事的來源，如《紅樓夢》。[47]

傑克小說的序言模式多以寓言故事及解釋故事來源為主。剛才在討論說書人的敍事手法時已分析過後者在他小說中的用法。至於寓言模式的序言，在《野薔薇》及《花瓶》兩本小說中出現。在《野薔薇》裏，這個寓言名為〈老鼠拉貓〉，光看

47　李小菊、毛德富：〈論明清章回小說的開頭模式及成因〉，《河南大學學報》，6 號（2003 年 6 月），頁 80-85。

標題好像跟一個浪漫故事沒甚麼關連，而在閱畢這一章後更令讀者覺得莫名奇妙。故事是這樣的：在中國瑤頭村裏正盛傳着一個驚人的消息，那便是「老鼠拉貓」。這隻連貓也敢拉又拉得動的老鼠，異常兇猛，由一個中年的窮教書匠飼養和訓練出來。由於教書匠堅信這個宇宙是沒有相生相剋這回事，所以他養練一隻老鼠，試圖打破老鼠一定被貓吃的這麼一個定律。於是他以「軍事訓練」[48]的方式來飼養他的老鼠；結果，這隻老鼠變得又暴力又高傲，沒有一隻貓能逃過牠的巨爪。這當然給教書匠帶來莫大的麻煩。牠不單把家裏的東西都咬壞，還把村裏的貓都殺掉，更甚者，竟敢在大白天跟牠的主人爭食物。於是，教書匠很後悔把老鼠養成這樣，而且也因而明白到「習慣了鬥爭，便永遠只想鬥爭」[49]的道理。 接着，他便想辦法把這隻老鼠消滅。他找了好幾隻更壯更會打架的貓，但沒有一隻能打敗牠。直至他找來一隻獨眼貓王，放牠與老鼠在屋內作「困獸鬥」，最後，貓王發威，一把捉住老鼠，先咬其頸，後抓破其肚，這隻老鼠終於「血流腸潰，嗚呼完了」[50]。

這一章之後，便再沒有出現過任何有關貓鼠的描寫，讀者不禁要問：這麼一個醜怪又暴力的動物故事怎麼會跟接下來的浪漫愛情扯上關係呢？其實它是一個寓言，以章回小說裏楔子

48 傑克：《野薔薇》（香港：基榮出版社，1951），頁 1。
49 同上註。
50 同上註，頁 8。

的形式帶出全書的主旨。中國有名的文學批評家金聖歎認為：「楔子者，以物出物之謂也」[51]，意即楔子是把故事的意旨引出來。自金聖歎這個點評一出，楔子便被認為是小說的必然有機體。《野薔薇》是一個有關二女爭一男的愛情故事。這兩個女人性格完全不同，一個是那個教書匠的女兒，她被父親教導成一個包容及溫婉柔順的女孩；另一個則相反，倔強又愛競爭。二人卻偏偏同時愛上同一個男人，故事便是描述男主人公如何在二女中周旋。他後來因不知要選擇誰而躲到郊外去，令二女大為心痛，最後二女互相協商並作出讓步，承諾不再吵架鬥爭，三人一起相親相愛地生活。

讀者在閱畢《野薔薇》後，會發現〈老鼠拉貓〉跟整個故事有着主題上的關聯，故此，這個小故事的作用，正如依金聖歎之言，是要帶出故事的題旨。〈老鼠拉貓〉主要想用寓言的方式點出兩個主題：第一，只要有決心，兩個天生互相衝突的事物是可以和諧共存的；第二，避免發展好鬥的習慣。這兩個主題，在第一章先以鼠貓相鬥不得好下場來作為引子；其後，在二女一男的愛情故事中以二個不同性格的女主角為男主角爭風吃醋之行為，再詳細演繹一次鼠貓相鬥的情景；不過兩個女主角彷彿吸取了寓言的教訓，她們作出妥協，成就了「三人行」的「圓滿」結局。

51　金聖歎評點：《第五才子書水滸傳》，第5冊（上海：上海古籍出版社，1990），頁3-4。

《花瓶》這本小説也是以一個看似不相關的故事開始的。這個故事與〈老鼠拉貓〉很不同，它既滑稽又荒謬，並且足有兩章之長，分別名為〈快人快事〉及〈怪人怪事〉。它的背景為二次大戰時的成都，一對頗有學識的年青兄妹為逃避戰火，從他們的故鄉廣東逃到成都去。當他們到達成都時，在一間旅館投宿，並打算以此作暫時的棲身之所。住在他們隔壁的正好是旅館當家兩夫婦。在兄妹住下來的第二晚起，他們便聽到旅館男當家打罵他的妻子。兩晚之後，充滿正義感的哥哥受不了丈夫對妻子的殘酷打罵行為，便到他們的房間勸止，可是卻被那丈夫反罵多事。哥哥在妹妹的勸阻下，不再多事回房。可是，到了下一個晚上，丈夫又再打罵妻子，哥哥又再跑去與之對質。這次，那毒舌刻薄的丈夫激怒了不太會吵架的哥哥，一向習武的哥哥唯有以拳頭還擊。遭到痛打的丈夫以更刻薄惡毒的説話還擊，説那個哥哥這麼維護他的太太是因為哥哥跟其妻有染，並打賭説哥哥一定不敢娶他的妻子。哥哥在盛怒之下失去理智，中了丈夫的計，魯莽地答應娶那個目不識丁的鄉下妻子。這話一出，嚇呆了在場觀戰的眾人，包括他的妹妹。雖然妹妹力阻，最後哥哥還是娶了那個鄉下女子。

他們的故事在兩章完結後，兄妹二人再沒出現過。第三章開始，便出現了新的角色，他們是男主角薛春明，女主角召芬及林小犟。故事此後的發展便是圍繞着薛、召及林的戀愛關係。薛是一個忠直儒雅的國民政府中層官員，先後與召芬及林談戀愛。但二人在與其戀愛期間均性情大變，前者為了金錢甘心出賣肉體作交際花，後者為了在政府裏攀上高層職位而變得勢利諂媚。薛認為他們都是「沒有靈魂」及「令人絕望」。[52] 即便如此，薛還是把召芬從火坑裏拯救回來，雖然當時二人已經分手；在與林戀愛期間還成功勸服林作一克己奉公的好官員。

他們三人的故事，與兄妹的〈快人快事〉及〈怪人怪事〉看起來更風馬牛不相及。可以這麼說，即使把頭二章刪掉，對故事的發展也沒多大的影響。可是，細心一看，不難發現，第一、二章裏那個正直的哥哥根本就是另一個薛春明。哥哥不管妹妹如何勸阻，也不管他自己只是旅館的一個過客，還是義無反顧地替那個受虐妻子討公道，免她再受丈夫的語言及身體暴力所折磨，雖然結果那麼令人意外。薛也是一個這麼充滿正義感的人，更重要的是，他對女性也充滿責任感，他跟那個哥哥一樣，是女人的守護神，是他引導她們重回道德的正軌，免於墮落。這兩個男人的故事，根本就是他們作為女性守護神的故事；而哥哥的故事，是後來整個故事的預言，預告了以後有關薛春明的經歷和所作所為。

52　傑克：《花瓶》（香港：大同出版社，1952），頁 202。

紛繁蔓衍的角色 走馬燈式的情節

傑克的小說內容結構往往以多個不同的故事組合而成，而每個故事會出現不同的角色。不過通常裏面會有一兩個特別的人物作為綴連，他／她們會在小說的前段或中段的幾章出現，然後消失，最後結局時又會再次出現，所以，他的小說常會出現紛繁蔓衍的角色和情節。這種故事結構，在西方小說的標準裏常被批評為情節不連貫及散漫。然而，這種編排，卻是傳統長篇章回小說常見的結構特徵。論者稱這種故事結構為「珠花式」，即小說裏有一個貫串始終的角色或故事情節，例如像「《水滸傳》的一環扣一環……《三個演義》的縱橫交錯……《西遊記》之以取經事件為線索……《金瓶梅》之以家庭生活為中心」。[53] 論者更說這種以多事多人來說故事的方式其實是模仿或傳承《史記》（公元前 10 世紀）的寫作手法。《史記》主要是記述從黃帝至漢武帝以來不同的歷史事件和人物，以達到「究天人之際，通古今之變」的目的。其以史託寓、借古諷今的寫作精神，戲劇化的敍事手法，細緻精妙的人物性格刻劃等風格深深影響着後世的史學和文學創作。

傑克的小說如《鏡中人》、《荒唐世界》、《珊瑚島之夢》、《亂世風情》等故事結構就如「珠花式」的章回小說一樣，有着縱橫交錯的情節，而且混合傳統傳記小說的人物刻劃

53　見註 4，陳平原：《中國現代小說的起點——清末民初小說研究》，頁 131。

手法，專事描寫人世百態。讀者光看書名大概也能猜着幾分故事內容。事實上，這幾個故事全以描寫「荒唐」世界、「亂世」城市、及「珊瑚島」上的人情世態為主，不限一人一事，而是多事多人，從而呈現亂世社會裏各式各樣的人生。

《鏡中人》的第一章敘述者「我」從一個外國朋友那裏借來一面鏡而寫成這個故事。這面鏡可看盡天下人事，那個朋友借給他的唯一要求是要「我」把看到的故事寫出來。由於「我」看到的人物眾多，寫出來的故事自然牽涉不少角色。第二章開始，便是這些人物的故事。首先出場的是一對男女小童，女的是富有人家之女，男的則是這家人其中一個傭人的兒子。兩人自幼青梅竹馬，其後男的在青年時期跟母親移居到上海。然後，便敘述這富人之家的太太與一黑社會老大有婚外情，期間穿插黑社會的運作及情況。這個富太太的丈夫知悉妻子的不忠，企圖謀殺妻子及黑社會老大，可惜失敗告終，他自己從此出家去了，這個大富之家的家道從此中落，母女移居香港，而女兒長大後成了交際花。接着又描寫與這個女孩共事的另外一位交際花的遭遇。她的故事佔了好幾章。隨後又有幾章敘述另一位交際花的故事。這個交際花的故事完了之後，那個傭人的兒子又再出現，不過，他的出現又帶出他的朋友的一段愛情故事。這個朋友，最後協助他找回他的青梅竹馬。結尾是這對青梅竹馬有情人終成眷屬。

這本小說由五對戀人的愛情故事組合而成，分別發生在廣州、上海及香港。第一對戀人，在小說的一始一終出現，初為兩小無猜，及後各自歷經滄桑，最後終成眷屬。其餘的四對戀人，均與這對男女各有關連。作者在〈序〉中說過，這是一本「反射社會相」[54]的小說，所以裏面有着「老的少的，男的女的，正直的，邪僻的；事有可愛的，可憎的，可歌可泣的，可笑可憐的」[55]故事和人物，以反映一個「光怪陸離的世界」。[56]

《荒唐世界》說的是一對從上海來香港的姐妹的人生轉變。她們初來是玉潔冰清，其後做了交際花，不過最後改過自新，從良嫁作人婦。小說一開始描寫她們因內戰逃難到香港，沒多久，姐姐因家庭經濟問題而做了交際花。開首的幾章便是這個姐姐的故事，期間，又加插了幾個她的客人，及她的交際花姐妹的故事。之後，焦點落在一個賭客的角色上。這個賭客也是姐姐的客人之一。接下來的幾章，便是這個賭客的賭博活動及他與黑社會的瓜葛。他的故事完了之後，又出現另一個交際花的故事，她是姐姐的工作夥伴。然後，便是妹妹的故事了。這個妹妹沒有成為交際花，可是她卻跟她的有婦之夫的老闆發展婚外情。敍述妹妹的故事時，也穿插了這個老闆與另外五名婦人的婚外情史。這些章節完了之後，姐姐又再出場，描述她與那個賭客的愛情故事：二人均改過自新，最後以他們的

---

54 見註 37，傑克：〈序〉，載《鏡中人》，頁 2。
55 同上註，頁 6。
56 同上註。

婚禮作結。這也是以多個故事及人物組成的小說，然而，它也不盡然是「珠花式」的結構，雖然以姐姐的故事為始，也以她的為終，但裏面沒有一個貫穿中心的情節，只是把不同的故事拼湊成書，這就有點介乎「珠花式」與「雜錦式」之間的結構了。

《珊瑚島之夢》也是一個「珠花式」結構的故事。這本小說充滿政治宣傳的味道，主要攻擊中國共產政權，結尾部份尤其明顯，敍述者大力勸喻珊瑚島上的人要團結起來，打倒共產政權，光復祖國，還吶喊：「珊瑚島的人懺悔吧！醒來吧！」[57] 其實這本小說有這樣的政治傾向一點也不奇怪，因為它由美國資助用以宣傳反共思想的自由出版社出版。當時這個資助頗為普遍，形成了一股所謂「綠背（美元）」文化和文學的浪潮。

雖然這本小說頗為政治化，但傑克還是花了很多功夫把這個故事說得精彩動聽。他透過在小說中大量加插社會不同人物的故事，務求令情節更曲折豐富。這些不同人物的故事便是發生在珊瑚島上。這個島，其實指的是香港。他們各自有其夢想，這個故事便是敍述這些人物如何在香港努力去實現他們的夢想。這些人物當中，有撤退到香港的國民黨將軍，有從中國避戰移居香港的一個鄉下人和一個知識分子，有一個假裝成粵劇演員的共產黨女間諜，也有香港本土人：一個純情學生及一

57　見註 40，傑克：《珊瑚島之夢》，頁 476。

個作惡多端的流氓。國民黨將軍、鄉下人及兩個香港人的夢想是不惜任何代價要在香港發財；女間諜的夢想是要達成黨給她的任務：監視及彙報敵人的行蹤，並招攬更多新黨員；而知識分子則希望透過散播反共思想來團結群眾，伺機反共復國，重回故鄉懷抱。縱然角色繁多又枝節橫生，但裏面也有一個貫串整個故事的人物——辛嘉玉。他雖生於富裕的家庭，卻是一個正直的年青人。他在這個小說裏，當然也有他的愛情故事，但他卻不時旁觀、或在一定程度上參與不同角色的追夢過程。他不是主角，他是一根線，把裏面所有的故事串連起來，而這些追夢的故事，便是不同樣式的「珠花」了。

《亂世風情》是一本長篇家族小說，故事發生的時間從民國初年到第二次中日戰爭，地點包括日本、上海、廣州及香港。小說主要是講述李氏父子二人的生平故事，分成上下兩部份，上半部份及下半部份的一段集中在父親李淩雲身上，餘下的則為其子李幼雲的故事。

其實，第一部份有關李淩雲的故事是一個結構統一的故事，主要說他在日本求學時的經歷。這部份的情節及內容，與郁達夫的〈沉倫〉（1921）很相似，兩者均以一個青年求學日本時所遇到的性壓抑的經歷為故事主要骨幹。可是到了第二部份，卻突然多了一個商人的故事，這個商人是李淩雲的生意朋友；而他的兒子的愛情故事，在小說完結前幾章才登場。這個商人的故事頗為滑稽誇張，主要是有關他與他的十二個妻妾的故事。這些妻妾，包括千金小姐、歌女、工人、侍應生、售貨員、廣東自梳女及一個醫生。小說的下半部份用了很多篇章來說他和她們的故事，例如她們如何成為商人的寵妾，及她們之間的爭寵行為。最後，以兒子李幼雲與他的日本表妹的愛情故事作為尾聲，並以他們的大團圓結局作結。

事實上，評論一般認為這種跟蹤每個角色的經歷、並以不同事件寫成小說的方式與中國的繪畫藝術有密切的關係。最明顯的例子便是宋朝畫家張擇端的名作《清明上河圖》（1085-1145）。這幅畫精細地繪畫了清明節那天汴京市民的日常生活，裏面包含了社會各階層人物的活動、汴京城裏城外的地貌、以及城裏各式各樣的建築物。畫裏的一切被繪畫在一個平行的時空裏，觀眾在卷軸慢慢展開時，可一覽無遺在汴京城的一切人及其活動。很多中國小說的評論家也注意到中國小說裏這個非線性故事結構的重要特徵，一如《清明上河圖》這種繪畫藝術，在一個平面的畫布裏，聚集了不同的人物和事情。這是中國視覺藝術文化裏的一個根深柢固的特質，有趣的是，1950 年代在流行小說裏還看到這種特質。

雖然傑克的很多故事呈現「珠花式」的結構，但仔細察看卻發覺這些故事均缺乏一貫穿全書的中心情節，只以一個中心人物來連綴全書，她／他的故事成為小說的開端，中間不再出場，而結尾則再以她／他來結束整本小說，這種結構既非珠花亦非雜錦。筆者認為這種以一個角色把雜錦式的故事情節連結起來，有「始」有「終」的形式，其實更像中國文化裏一種「圓合」的傳統哲學及美學特質，蒲安迪（Andrew Plaks）稱之為「環狀式再現」（cyclical recurrence），[58] 並說這是「整個中國文學發展的邏輯基礎」。[59] 傑克的小說以這環狀的情節推展作為他小說結構的基石，其實也顯示了這種傳統審美思維的承傳與再現。

二・三　誨人不倦——世俗化的儒釋道哲理

夏志清在其《中國古典小說》裏曾指出在通俗文學裏，包括長篇小說，幾乎每一部作品均滲入「三教」的思想，創作者希望在娛樂大眾的同時，亦達到教化他們的作用，這個充滿道德說教的寫作潮流在元明朝時開始大為盛行。[60] 夏說的所謂「三教」，即儒釋道，它們已經內化成為中國文學寫作的一個必然傳統。傑克的小說亦傳承了這種亦娛亦教的創作特色。

例如，儒家很着重建立、強化、及傳揚正確的道德觀，而其中一個宣揚道德觀的方法，便是以文字作品來達成這個目的。故此，在中國的寫作傳統裏，每每有着道德說教的意味，

58 見註 35，Andrew Plaks, "Towards a Critical Theory of Chinese Narrative," p.335。

59 Ibid.

60 C.T. Hsia, *The Classic Chinese Novel: A Critical Introduction* (New York: Columbia University, 1968), p.20.

欲以達致「文道統一」。傑克的《名女人別傳》及《大亨小傳》便充滿了儒家式的道德教誨。這兩本小說，可以說是以反面教材來灌輸正確的道德操守。

《名女人別傳》是一本描述一個野心勃勃的窮家女從「發達」、破產，最後失心瘋而浪蕩於山林的經歷。《大亨小傳》則是講述一個從上海逃難到香港的年輕男子的故事，他以無恥及不法的手段在香港成為大亨，最後也因感情錢財被騙而自殺。這兩個故事，分別以邪惡無恥又非常戲劇性的一男一女為主角，講述了他們從身無分文到家財萬貫，再從家財萬貫到一無所有，兼且失掉靈魂，甚至失掉生命的人生故事，反面地傳遞並教導諸如仁義、正直不阿、富貴不能屈、明辨是非等善行的重要性。

《名女人別傳》裏的女主角便是個既不能明辨是非又毫無羞恥之心的女人。她因為沒有能力分辨是非黑白，以致誤信一個花花公子的甜言蜜語，捨棄一個正直又愛他的男人，後來更失身於花花公子，可是卻被他拋棄。她發瘋的原因，主要也是因為盲信巧言令色的金錢騙子，一次又次地墮入了他們大大小小的騙局中而盡失家財，致令自己不堪打擊，精神失常。另外，她寡廉鮮恥的性格見諸於她屢屢為名為利而出賣自己的靈魂及肉體。例如，她最初為了多賺點錢而拋棄了自己的親妹遠赴南洋當交際花；為了擁有更多的權力和賺得更多的金錢，她甘願作走私犯、賭徒、政府高官、社會名人，甚至侵華日軍等人的情婦。

《大亨小傳》裏男主角的惡行一如上面的那個「名女人」，同樣是一個沒有禮義廉恥的惡棍。他初來香港之際，身無分文，理應努力工作，他卻不務正業，想盡辦法從他身邊的每個人身上騙取大大小小的利益。那些給他騙過的人有街邊的小販、裁縫店的小職員、校工、他的補習學生、富商之妻、黑幫分子等。校工更因被他騙去所有積蓄而跳樓自盡。即使他後來發了財成了真正的大亨，他也沒有因此發財立品，更與中國做起各式各樣的走私生意。

這兩個廉恥盡喪的人，不單給大眾說明惡行是如何的令人不齒，他們的下場，更說明了「多行不義必自斃」的道理。那個曾經風光無比的名女人，最後卻落得身無分文、孤獨色衰、瘋瘋癲癲、無處為家的下場；而那個「譽滿香江」的大亨，在騙盡所有人後，反被一個他所愛的交際花騙盡家財，落得逃亡避債被警察通緝，後來更被一個朋友騙得一個假的手榴彈，本來想利用它來脫身躲避追捕，卻因為它的失效以致不能脫身，最後便跳樓自殺。他在跳樓前，彷似看到那個被他騙過的校工向他招手。

這兩個故事同時也宣揚要在金錢、名聲、地位掛帥下的現代社會中保持正直不阿的道德操守。這也正正是儒家非常注重的品德修養之一，如孟子所說的「貧賤不能移」。傑克以名女人的妹妹及大亨的前女友的故事來說明這個道理。《名女人別傳》中的名女人有個妹妹，即使她一貧如洗，卻絕不像她的姐姐一樣出賣肉體；她勤奮工作，雖然薪金僅夠餬口，但自在安心。而在《大亨小傳》裏的大亨曾經有個女朋友，本來因貪慕大亨的錢而與之來往，但她後來覺悟前非，靠自己的勞力來賺錢，而敍述者對她的行為便有如下的評語：

> 窮便窮，何必混充甚麼有錢人？假如上流的地位，要用下流的品格去換來的，乾脆不如居於下流的地位，去爭取上流的品格！……從貧賤中爭取人格的尊嚴，出賣肉體，無論如何解釋，終無可解釋不是一種罪惡。[61]

這正正就是孟子「貧賤不能移」的現代世俗化詮釋。敍述者認為貧窮沒有甚麼可恥的；相反，這是培育人們自尊的大好機會。敍述者尤其反對以出賣肉體去換取金錢、進入所謂的上流社會，這種做法，更被認為是「罪惡」。

作者對這種品格的宣揚，還見諸於《名女人別傳》的結尾詩上。故事終結前，深山裏迴盪着這麼的一首歌：

> 名女人：
> 爭拜石榴裙。

61　傑克：《大亨小傳》（香港：基榮出版社，1953），頁 200。

誓海盟山原是假。
打情罵俏總非真。
「猶太」是鄉親。

名女人：
羨汝綺羅身。
暮雨朝雲猶寂寞，
膏粱錦繡尚愁顰。
折墮有前因。

名女人：
綺夢逐香塵。
金谷園空悲舊跡。
紅顏老去泣殘春。
何處贖靈魂？[62]

這首歌唱的雖是名女人的結局，同時也教訓讀者：若貪圖一時之富貴而對自我的道德有所「移」的話，結果會是「折墮」；更悲慘的是連靈魂也保不住，餘生只能像女主角一樣，癡癡呆呆地、孤獨地在深山裏遊蕩。

除了儒家道德教化外，佛教及道教的思想在中國文學裏也

---

62 傑克：《名女人別傳》（香港：基榮出版社，1952），頁518。

屢見不鮮。陳平原在〈佛與道：三代小說家的思考〉一文中指出，「佛、道與中國小說有緣。唐宋以還，小說家的靈感、想像離不開佛、道，小說的情節類型、體制特徵離不開佛、道，小說中體現的哲學意識、人生感悟和審美趣向更離不開佛、道。」[63] 陳認為小說中體現的所謂佛、道的思想，主現有「因果報應、生死輪迴、神仙靈異、坐禪服丹、色空觀念」[64] 等。不過經過多年的發展，進入20世紀後，文學作品裏的這些佛、道思想已被其他西方傳來的思潮取代，不復再見。可是陳平原還是在現當代的一些文學創作裏看到這兩個宗教思想留傳不來的重要精神，它們就是「濟世之心」及「隱逸意識」。[65] 這兩個原則及宗旨，也構成了傑克小說的重要精神面向。

道教有兩大為人熟知的規條：隱居及出世。在傑克的《名女人別傳》、《無意之間》（1951）及《癡纏》（1954）便充滿了這兩種思想。像《名女人別傳》裏的女主角，表面看來，她因發了瘋而流浪於山野間；不過，在某程度上來說，她其實隱居到山林裏去，而這種隱世，是道家的一種追求。更進一步來推說，她可能是在曾經滄海後，有一番宗教式的頓悟，看透塵世而自我放逐到林中隱居。

在《名女人別傳》裏，不單女主角體現了這隱世的行為，

63 陳平原：〈佛與道：三代小說家的思考〉，載《小說史：理論與實踐》（北京：北京大學出版社，1993），頁229。
64 同上註，頁230。
65 同上註，頁233。

連她的妹妹及她的丈夫也因為受盡了生活的折磨而生出隱世的決定，一起走入香港的山林中生活。男的因為經過內戰及世界大戰的生靈塗炭而對這紛亂殘酷的世界生厭；女的則因姐姐的荒唐令她失去一條腿而不再對這個物質城市有所眷戀；因此，他們「一個是五嶽歸來，倦飛知止；一個是蕙蘭心性，空谷自芳；他們都醉心於隱居生活」[66]。

《癡纏》描寫了男女主角在經歷了世態的炎涼，還有各自的離離合合後，最後選擇了隱居在偏遠之地。故事開始時，男主角在無意中發現了被人綁架的孤女女主角，在一片好心之下收養了她。二人的社會地位及身份完全不同，男的已婚，是大學教授；女的則是其養女。後來二人相愛又歷經分離，因社會地位的懸殊及不合倫常的身份，受盡了社會的白眼和指責，最後，男的放棄他的一切，包括他的事業家庭，與女主角結婚後，二人避世而居。

《無意之間》講述了一個出身富戶的男主角在一個不知名的深山裏的經歷，其結局也是選擇在偏荒之地與他在那裏認識的女孩終老。男主角是在一次無意之間被人綁架，並帶到一無名又偏遠的山林裏，後來被女主角所救，二人相戀；雖然他們曾一起返回城市生活過，但他們不能適應城市的一切，最後還是回到山野裏去。這個男主角其實很想貢獻服務社會，無奈他

66 見註 62，傑克：《名女人別傳》，頁 217。

的想法行為均被社會嘲笑拒絕。在離開這個現代化卻又冷漠的社會時，男主角認為是「黑暗的社會攆走我們」。[67] 有趣的是，他最後卻說「我們是永遠愛着社會的」[68]。

這樣的喊話，其實亦頗與傳統中國社會知識分子所懷抱的貢獻社會服務人群的情懷相類似。如陳平原所說的，這是一顆「濟世之心」，在現代文學創作中還是常看到這種儒家精神的影子。傑克小說裏的主角，還存在着這麼一個入世的「儒」者。像上面《無意之間》的男主角，他本身是一個生於富貴家庭的公子，長大後卻充滿着救窮救苦、改革社會的理想。他不但想、還付諸實行，例如，他把他父親蓋的廟改成「WC」，為的是能讓更多人使用，作更實際的用途。可是，他的改革卻處處碰壁，受到不少排斥非議，包括他自己的父親。即使祂後來被綁架到無名之地，他還是熱心改革當地的政治制度。其後，他雖決心回到中土再作貢獻，但是社會還是不接受他。雖然他心裏仍愛着那個他出生成長的社會，最後還是返回那個無名之地隱居。

《癡纏》的男主角也烙印着儒家濟世為懷的情意。他擁有劍橋大學的博士學位，回國後卻環遊中國，為的是想考察各地民間疾苦，不但想把自己所學貢獻社會，還努力思索治國良方，希望能救助黎民百姓。但他的願望沒能達成，因為他那異

67 傑克：《無意之間》（香港：基榮出版社，1951），頁 224。
68 同上註。

於常規的戀愛故事，被社會那些幾千年積累下來的頑固守舊思想弄得心力交瘁，最後也和女主角避世求去。

此外，傑克的小說也充滿佛教果報的思想，最明顯的例子便是《大亨小傳》裏那個大亨的結局。他一生行騙無數，最後，卻反被一個他心愛的舞女欺騙而被警察追捕。他的果報還不只於此，他死的方式就跟他曾經害過的一個校工一樣——跳樓而亡。另一方面，小說裏面也有描寫行善的人獲得好報的故事。如大亨的前戀人，本來是一個貪慕虛榮的歌女，後來覺悟前非，得以與大亨的一個誠實正直的朋友相戀結婚。《名女人別傳》中的名女人的結局，也是果報，所以她唱的那首歌裏，便有這樣的歌詞：「折墮有前因」。這些都是佛教「種善因，得善果，種惡因，得惡果」的精神。

無可否認，傑克小說裏的這些儒釋道思想看來有點膚淺，主要是因為三教的一些思想已經轉化成俗世的智慧及處世的哲學，它們深深印在人們的思想裏，成為了人們日常行為的準則。

儘管傑克小說裏面有着這些教誨及導人向善的思想，但言情小說畢竟還是以情為先，以個人的情感追求為主要敍述。像上面所討論的幾本小說，無論是訴諸儒家的道德觀，或是提倡道教避世隱逸的思想，還是滲入佛教的果報觀念，小說的終極追求還是只有一個：男女主角終成眷屬的結局。《名女人別傳》裏名女人的妹妹與她的丈夫選擇在荒郊度餘生；《大亨小傳》

裏大亨的前女友與大亨的朋友成為夫婦；《無意之間》的男主角與女主角返回無名之地隱居；而《癡纏》的男女主人公放棄了俗世，退隱於林。對這些情人而言，生命裏最實在的東西是愛情。追求至死不渝的愛情這個主題便混合在「三教」的教誨裏，把個人情感的追求及實現等同「三教」的生命哲學般重要；這種言情，成為傑克小說的另一特色。

二・四　經典文類的融會

傑克的小說在敍事手法及結構上刻意模仿古典小說，除此以外，他更把中國文學中其他古典文類混合在小說裏，使他的故事讀來有時像青樓小說，有時又似《聊齋志異》（約 1680 年前後），有時還有武俠小說的味道。

史傳文學

研究中國文學的學者普遍認同中國的小說家受史傳文學的影響巨大。中國自古即重視歷史典籍的編寫，故史籍作品繁多；這些歷史典籍中又以人物的傳記備受推崇，傳誦至今。史家往往以文學的藝術表達手法記敍歷史人物，突出刻劃其性格行為特徵，使這些人物傳記充滿故事性及戲劇張力，讓讀者看得津津有味，司馬遷的《史記》可說是箇中典範。其影響所及之一，便是在文學的領域上開啟了一股史傳文學的潮流。浦安迪因此論說，研究中國敘事模式的本質，應該把歷史編纂學與歷史主義作為研究的起點。[69] 同時他也強調，在中國文學裏，小說與歷史的本質根本不可能劃清界線。[70] 夏志清也認為傳統的白話小說與「歷史編纂學緊扣在一起」。[71] 魯曉鵬（Sheldon Lu）更稱這是一個「專制的傳統」（arbitrary convention）。[72] 陳平原亦指出「史傳以影響中國小說，大體上表現為補正史之闕的寫作目的、實錄的春秋筆法，以及紀傳體的敘事技巧」[73]。他在研究裏也同時認為這種根深蒂固的紀傳體敘事技巧對清代的小說家影響尤深，致令那時期的小說創作幾乎找不到中國文學裏另一同樣重要的詩騷傳統。這種情況到五四時期又完全扭轉，詩騷傳統再一次征服了文壇，成為作家們熱烈擁抱的創作方向。

傑克在 1950 年代仍然承襲了這個史傳式的寫作傳統，《名女人別傳》及《大亨小傳》便是其中兩個顯著的例子。光是書名已清楚顯示了其為傳記的意圖，因為名稱中裏的「傳」字與中國的傳統歷史書寫有着不可分割的關連，它是中國紀傳體裏常見的標題。

---

69 見註 35，Andrew Plaks, "Towards a Critical Theory of Chinese Narrative," pp.309-352。

70 Ibid., p.311.

71 見註 60，C.T. Hsia, *The Classic Chinese Novel: A Critical Introduction*, p.11。

72 Sheldon Lu, *From Historicity to Fictionality: The Chinese Poetics of Narrative* (Stanford: Stanford University Press, 1994), p.81.

73 見註 29，陳平原：《中國小說敘事模式的轉變》，頁 212。

不過，傑克卻為這個史傳傳統添加了幾分玩味，使之成為「別傳」及「小傳」。這個「別」及「小」有着不太重要、另類、補充、及非官方的意味。關於這點，作者在序言中有清楚的說明：

> 我替她寫的是「別傳」。為甚麼要寫「別傳」呢？因為自傳有她自己去寫，她把自己吹得如何如何，怎樣怎樣，連她自己也相信不過，你會相信她嗎？你決不會那麼獃，至少不會獃得跟那些要人大亨們一樣，她說甚麼，你就信甚麼。至於「正傳」，我沒有太史公寫「高祖本紀」「項羽本紀」那種大手筆，寫不來……也沒寫「太真外傳」「飛燕外傳」這樣旖旎風流的情懷，更寫不來。左思右想，惟有寫別傳，較為得體。古之人，有「別集」，有「別傳」，則名女人何妨有「別傳」？如果真有一天，名女人高興起來，要寫成一部「自傳」；或者國史館的現代太史公……要把一代興亡的大責任卸在她的肩上；我這本別傳，不失為一本有用的參證材料。[74]

這段序言還有幾點值得注意。傑克刻意賦予這本別傳的真實性，提醒讀者可能聽過或見過這個名女人，因為她在報

74 見註 62，傑克：〈序言〉，載《名女人別傳》，頁 2。

紙的「特寫新聞」[75]、「畫刊上的大照片」[76]中出現過，意味着她是一個來自真實世界的人。因此，作者說這不是一個杜撰的故事，這本小說比她將來要自己寫的自傳還要真實。這個真實性，讓這本小說堪與正史相比。此外，作者以司馬遷、樂史（「太真外傳」的作者，五代、北宋時期的人）及伶玄（傳為「飛燕外傳」的作者，漢朝人，不過疑為偽託，有學者認為作於唐宋年間）相比，認為自己的作品和才學不如他們及他們的作品，似在貶低自己，但細心咀嚼，不難發現作者一方面展露其淵博的文學學養，另一方面以他們自況，暗示這本小說其實足與這些作品相提並論，因為它正正混合了《史記》的歷史記傳傳統、《太真外傳》裏奇觀式的逸事靈異傳聞，還有《飛燕外傳》的香艷奇情。

另外，陳平原對於歷史敍述在中國文學的發展也有一個重要的觀察。他說歷史寫作傳統在晚清時期有一個有趣的轉變：那時的小說家往往以善有善報惡有惡報之類的故事作教化的目的，且非常自覺地寫一些別傳，或名人軼事以補正史的不足。這些軼事並不如正史般嚴肅，所以他們不再以偉大的英雄人物來當主角，因此也沒有宏大的英雄事蹟為內容；取以代之的是賤民、荒唐怪誕的遭遇，及情愛故事。[77]不過，這種有違傳統歷

75 同上註。
76 同上註。
77 見註 29，陳平原，《中國小說敘事模式的轉變》，頁 213-222。

史大敘事的小人物小事情的故事，到了五四時期不再流行，還被一眾知識分子攻擊唾棄。

這些荒謬怪異的傳記，反而仍在1950年代的香港出現。傑克《名女人別傳》及《大亨小傳》裏那個道德敗壞的名女人和大亨的故事便是晚清流行的那種反英雄傳記的延續。傑克也如他的晚清前輩一樣，欲以稗官之筆替販夫走卒寫傳，以補大歷史敘事的不足，所以這些都是「有用的參證材料」，給「國史館」作補充。再者，傑克認為替失敗者作傳非只有他一人在寫，也非始於此時此刻，這個傳統早已有之，他只不過是延續這個傳統罷了，所以他在《大亨小傳》的序裏說：

> 本書所傳的大亨，是一個失敗的大亨。他有他的一套手法，惜乎有志未伸，做了悲劇英雄……這自以為是的大亨，何嘗不可傳？從前太史公為秦始皇漢高祖作本紀，為大業不成的項羽也作本紀；那麼，既有人替成功的大亨作傳，我為甚麼不可以替失敗的大亨立傳？[78]

他以太史公自比，明言以太史公為模楷，替失敗者作傳。另一方面，作者也刻意在兩個故事裏加入道德教誨及評價，這種寫作方式，與孔子作《春秋》的意圖一致，透過記敘魯國的

78 見註61，傑克，〈序言〉，載《大亨小傳》，頁2。

歷史事件及人物，以「曲筆」對人對事進行褒貶，這種「春秋筆法」，在傑克的兩本「傳」中，表達得一清二楚。

青樓文學

傑克作品中最常見的古典文類變體便是青樓文學。這個文類發展源遠流長，主要以青樓妓女及寵妾為主題。第一個發展的高峰期為唐朝，其時產生了大量以此為題的詩及神怪短篇。[79] 宋、元、明之時，故事變得稍長，到清朝時已發展成長篇小說了。魯迅把這類創作稱之為「狹邪小說」。[80] 另外，王德威認為此類小說是晚清小說其中一個十分重要的文類；而且，以創作數量和長度而言，沒有任何一個朝代的創作能與之相比擬。[81]

傑克的言情小說亦多以妓女為女主角，她們當時被稱為交際花或舞女，她們的故事成了傳統青樓文學的現代延續。《荒唐世界》、《鏡中人》、《紅衣女》、《名女人別傳》等便是關於這些交際花舞女的故事。這些小說主要敍述女主角如何由貞德的女子變成妓女、又如何獲得重生的經歷。前面曾經討論過的《荒唐世界》便是這樣的一個故事。《鏡中人》內容與《荒唐世界》相似；不同的是，前者有一個貧窮但正直的年輕男主角，而後者的男主角是一個覺悟前非的賭徒。《紅衣女》是一

79 陶慕寧：《青樓文學與中國文化》（北京：東方出版社，1993），頁 7-54。
80 魯迅：《中國小說史略》，重印（上海：上海古籍出版社，2004），頁 233。
81 見註 11，David Der-wei Wang, *Fin-de-siecle Splendor: Repressed Modernities of Late Qing Fiction, 1849-1911*, pp.53-54。

個灣仔妓女的故事。這個妓女從上海來港定居，其美艷迷倒不同國籍的男士，包括敍述者本人、一個美國水手、一個英國商人，以及一個馬來西亞的詩人。她周旋於這幾個男人之間，難以抉擇，最後竟暴斃。而《名女人別傳》更是女主角不同形式的妓女變身。她先成為茶館的歌女，其後是舞廳的舞女，跟着變成出賣肉體換取情報的女間諜，還有當上了國民政府高官的一個情婦。

即使其他一些小說只是普通青年男女的愛情故事，並不以舞女為主角，也不以其歡場經歷為內容，作者還是在其中加插關於交際花舞女等情節，如《大亨小傳》、《亂世風情》、《花瓶》及《隔溪香霧》等。《大亨小傳》全書講述大亨的無恥發跡史，但在尾段還是有一段講述大亨愛上一個舞女，卻被她出賣的故事。《亂世風情》明明說的是李氏父子的故事，但在中後段卻又加了一個商人與他其中一個交際花妾侍的結合經過。《花瓶》及《隔溪香霧》內容相若，同是講述一個男人如何拯救一個墮入風塵的女子。

在這些小說中，《名女人別傳》不只是一般簡單的青樓故事。這個一心要成名的女人在小說裏是一個充滿慾望、但為了滿足慾望又可以不惜一切的女性。她為了達成目標，當上侵華仇敵日本人的情婦也在所不計。不過，她卻因日本人情婦的身份使她拿到情報給國軍，得以救了幾個國民黨官員，因此，她稱自己為「川島芳子」。這些與政治及國事扯上關係的情節，很容易令人聯想到清末民初作家曾樸的《孽海花》（1904）裏影射名妓賽金花及其第一任丈夫外交官洪鈞的故事。[82] 而《名女人別傳》裏偷取情報的情節，又有着當時頗為流行的間諜小說的影子。

其實，在傑克的小說中，她不是唯一一個為名為利可以這麼不惜一切的女主角。早在 1940 年代，他已創作了一個類似的故事，名為《香港小姐》（1940）。雖然這本小說於 40 年代出版，不在本書的討論範圍裏，但它裏面所刻劃的香港小姐形象及有關香港這個城市的描寫有着非常有趣的象徵意義，值得在這裏簡單介紹。這本小說裏的香港小姐是個香港土生土長的女孩，生於貧苦之家，一次到灣仔遊玩後，便立志成為一個成功的交際花。故事便圍繞在她如何以決心及毅力達成她的「理想」。她的第一步準備功夫是買漂亮的衣服，改變自己的外觀；然後，她學跳舞，方便她躋身舞廳工作；隨着她在舞廳的地位越來越鞏固，她跟着去學彈鋼琴、英文、及開車，因為她認為這些「技能」能幫她躋身上流社會。最後，為了獲得更多的金錢利益，她更成為一名政治説客，游走於中國與日本政府官員間，拿取雙方的利益。在這個故事裏，傑克賦予一個新的身份

82 賽金花是中國清末民初一個名妓。她一生結過三次婚，每一任丈夫均非富則貴。她一生中最傳奇的部份是她為外交官洪鈞之妻時與一個德國軍官（Alfred von Waldersee）的一段不尋常關係。洪曾被派駐德國，而賽金花與洪同行，期間傳她與德國軍官有染。後來八國聯軍攻入北京城，賽金花憑着與那個德國軍官的交情，成功勸阻八國聯軍濫殺北京城的平民百姓。雖然她的行為及情事惹來不少話題及爭議，但不管怎樣，她在中國歷史上是一個令人難忘的人物，也啟發了曾樸以此為題材創作了《孽海花》。此小説出版後曾哄動一時，大受歡迎。

給香港人——進取貪婪但又能左右逢源的交際花。而這個作者居住的地方，香港，則被比喻成大妓院，這個地方把每一個女孩變成墮落的人，不過，死亡和正直的男性卻能救贖她們。如果香港象徵妓女及妓院，那麼，或許，在傑克的眼中，這個城市，就像他故事裏的女孩一樣，需要被救贖。

志怪傳奇

傑克的小說雖多以交際花為主要角色，並以她們的生活作為故事內容及背景，但他常在故事中加插了神仙鬼怪靈異的人物和情節。那些靈異的故事和角色，有着明顯的魏晉志怪和唐朝傳奇小說的影子。其中兩個作品，《桃花雲》及《東方美人》，更自覺地在作品中告訴讀者對志怪傳奇的挪用。

《桃花雲》的故事發生在昆明，講述昆明湖裏龍王的三女兒洪流與一個飽讀詩書滿懷抱負的凡人史華的戀愛故事。一個晚上，史華參加完一個應酬宴會後，微醉回家倒在客廳的沙發上，半睡半醒之際，一個美麗的少女突然出現在他眼前。少女馬上表明來意，說她很欣賞他的才華，並邀請他成為她的導師，教她治國之道。雖然兩人「神人異體」[83]又「幽明殊途」[84]，但還是一見鍾情。少女原來擁有異能，可以讓靈魂脫離身體，自由飛行於不同的時空中，她於是教史華靈魂離體的方法，好

83 見註 3，傑克：《桃花雲》，頁 5。
84 同上註。

使他自由出入龍宮找她。這個方法是靠在枕頭上盡快睡着，靈魂便會自動離開軀體。史華依照此方法成功地來回了龍宮與人間好幾次。可是，有一天，他從龍宮回來後，發覺他回不去自己的驅體，隨後還被醫生宣佈死亡。於是，他的靈魂便在陰間遊蕩；不過，他卻樂不思蜀。過了好一陣子，他還是決定投胎轉世，並成為了梅花國的國王。轉世成為國王之後，他並沒有忘記前世之事，並對前世戀人念念不忘，於是他決定終其一生一定要尋回前世戀人龍王之女，而且還要找一位賢能之仕讓位給他，好讓他和他的戀人能無牽無掛地過退隱生活。最後，他完成了所有的心願，並與同樣也是投胎轉世的龍王之女隱居昆明。

這個故事混雜着好幾個傳統志怪傳奇小說，最顯著莫過於唐傳奇《柳毅傳》（7-8 世紀）。《柳毅傳》講述洞庭湖龍王三女兒與一凡人書生相戀的故事。不過，傑克在他的傳奇之上，還添加了靈魂出竅遊蕩、以及投胎轉世等情節，把志怪小說常看到的鬼怪情節一併加到這個現代言情小說裏。此外，小說裏讓靈魂出竅的枕頭妙用法，令人聯想到另一唐代傳奇小說〈枕中記〉（7-8 世紀），裏面一個道士給一個不得志的書生一個青瓷枕，讓他做了一個美滿但短暫的「黃粱」夢。[85]

85 〈枕中記〉作者為沈既濟。故事講述一個失意的書生在旅館裏遇到一個道士，道士借了一個青瓷枕給他，當時旅館的主人正在煮黃粱米飯，書生靠枕而眠並做了一個真實美妙又短暫的夢。夢中他不但娶得佳人，還考取功名，平步青雲，盡享榮華富貴，並享壽至 83 歲。書生醒來後發覺原來不過是一場夢，而鍋裏的黃粱米飯還沒煮熟，「黃粱一夢」的典故由此而來。

《桃花雲》裏還涉及靈魂與肉體分離，以及轉世投胎的情節，這些不可思議的題材，早在二千多年前漢朝已大量出現，大盛於唐並延續到清朝，一直深受作家及讀者喜愛。在《桃花雲》裏肉體與靈魂分離的故事有着唐傳奇〈離魂記〉（8-9 世紀）[86] 的影子，投胎轉世的橋段又恍若清代的《醒世姻緣傳》（17-18 世紀）[87]，而鬼狐描述則轉化自《聊齋志異》[88]。在《桃花雲》的第一章裏，史華突見一女子出現於樹下的情景特別使人想起《聊齋志異》裏的鬼狐故事。

這種鬼狐與人類相遇相愛的情節在《聊齋志異》裏很普遍，事實上這本小說又名《鬼狐傳》，鬼魂和狐狸的重要性可見一斑。在傑克的《桃花雲》裏，作者直接把他的小說與《聊齋志異》連繫起來。他清楚地說明男主角史華對那個突然出現的美少女並不害怕，因為她使他想起《聊齋志異》的鬼狐角色：

86 〈離魂記〉作者為陳玄祐。故事講述一少女被迫嫁給一個她不喜歡的人，她於是使靈魂與其肉體分離，讓靈魂離家出走，與她的愛人結婚，婚後並育有二子。五年後，女子因思念雙親情切，決定與丈夫回家探望父母。父母初見這個自稱他們「女婿」的男子時大為驚訝，因為他們的女兒五年來一直臥病在床，沒有起來過。後來靈魂回家，慢慢與床上的肉體再結合，一家團圓。

87 《醒世姻緣傳》作者署名西周生，明末清初出版。此書為長篇小說，寫一對夫妻的兩世姻緣、輪迴報應的故事。第一部份講述一惡毒狠心的丈夫如何迫死他的妻子；第二部份則寫他們第二世仍為夫妻，不過命運逆轉，丈夫變成一個極度害怕妻子的人，而妻子則終日想辦法來虐待丈夫。最後丈夫得高僧指點說明因果，並教之念《金鋼經》一萬遍來化解他們的宿怨，二人之冤孽才得以消除。

88 《聊齋志異》作者為蒲松齡，清初出版。此書由四百九十多篇短篇文言故事組成，大部份為鬼怪靈異之事，當中又常以神仙狐鬼為主角，故又被稱為《鬼狐傳》。

> 史華又想起聊齋上所記的鬼狐，許多都是良善的，那麼，管她是鬼是狐，如此良夜，坐對麗人，正可消遣寂寞。[89]

這本小說令人聯想到《聊齋志異》的不只那些直接指明的鬼狐，還有男主角史華本身。他在故事裏的性格和遭遇，根本借鏡於《聊齋志異》的作者蒲松齡。蒲是一個失意落泊的文人，對當時紛亂的世道和社會、自己的貧困、以及屢試屢敗的經歷產生既失望又憤憤不平之感。而《桃花雲》裏的男主角史華也正好有着這樣的心情，傑克筆下的他「生性多感，想到整個世界是這麼混亂……匆匆中年，對大時代竟一無所補，不覺煩惱起來」[90]。事實上，史華在故事裏是一個知識分子，對政治、教育及經濟有着深厚的學識，常常想着如何貢獻社會。無奈他不為當世所用，不禁生出挫折及失落感。不過，傑克在故事的下半部份，替史華的挫折補上一個完美的結局：史華後來轉世投胎成梅花國的國王，在其統治下，勵精圖治，因而國泰民安，他在國防和教育的政績尤其卓越。

另一個也是關於投胎轉世及靈魂與肉身分離的故事是《東方美人》，不過這個故事還融會了西方文學，及更多滑稽惹笑的情節。首先，故事的男主角從西班牙古老的傳奇人物塘璜演

89 見註 3，傑克，《桃花雲》，頁 2。
90 同上註，頁 1。

化而來。第一部份大體上根據這個傳奇人物原本的故事及拜倫的諷刺詩《塘璜》展開。故事一開始講述已屆暮年的塘璜經過了五十多年在國外的情場征戰返回西班牙，可惜的是家鄉已沒有人認出他。此時的他還想在老家這個戰場再來一次轟烈的戀愛，故在酒吧與一年輕女子搭訕，並成功說服她相信他是那個家傳戶曉的大情聖塘璜。在帶她回家的路上，他們遇上一個葬禮，人們說這是塘璜的葬禮。這個消息震驚了全市的人，包括路過的真塘璜及那個女孩。塘璜於是衝向那個假塘璜的遺體，自揭身份，但是沒有人相信他的話。他於是與人群激辯起自己的身份。塘璜越辯越氣，最後，更當場氣死。可是，他的靈魂卻沒有死，還從他的軀殼溜出來，並被天庭發放到「半天吊」的境界裏去。他在半天吊裏的遊歷成了小說的第二部份。在這個介於天堂與人間的境地裏，他遇到了另一情癡頑石，並成為朋友，之後又見到美國荷李活的大眾情人華倫天奴，還遇到人間的機器飛鳥——飛機，更因愛上飛機上的一個空姐，破了半天吊裏不准動情的戒，被罰投胎轉世為中國的唐小璜。

小說的第三部份便是化身成17歲的唐小璜的故事，主要講述他與一個美麗但又堅貞的歌女的愛情。這個歌女不但充滿儒家的忠君俠義精神，還身懷一身好武功。小說的最後一部份落在這個美麗的東方女孩身上，講述她如何成為唐小璜的妻子，又如何因唐小璜戰死沙場而年輕守寡，還要執行其夫的遺願，重回戰場，替唐小璜尋回他的家傳寶劍。

小說雖然混合了中外文學的元素，傑克還把這些元素作了輕鬆灰諧的改寫，開了《紅樓夢》裏的頑石、拜倫的《塘璜》及明星情人華倫天奴小小的玩笑。但是，故事還是以投胎轉世、靈魂出竅這些古靈精怪、不可思議的題材為主要發展脈絡。不過，傑克卻把這些古老的志怪傳奇文學進一步發揮，加入了不少時代特色。例如，主角塘璜是一個跨越地域及時間界限的有趣角色，下至人間，上至半天吊；又因為投胎轉世而穿越了古今中外，從 17 世紀的西班牙到 20 世紀的中國。除此以外，還有靈魂於天際漫遊時與現代飛機相遇的情節，正好反映了 1950 年代航空事業的起飛，當時有不少流行文學及電影均以此為題材，表達了現代市民對這個新興的高科技交通工具的好奇及想像。

這本小說的尾段從塘璜轉到其妻蘇稚梅身上，她是一個充滿儒家傳統美德的女子，故被作者名為「東方美人」。傑克把她的經歷寫得像武俠小說一樣，使這本小說既混雜了志怪傳奇的味道，還夾雜了武俠小說的色彩。這個部份主要講述她一個人騎馬到戰場追尋她先夫的寶劍，完成這個使命後回家時，在路上遇到一群綠林豪傑，跟他們來了兩場比武，這兩場比武寫得就跟武俠小說一樣。第一場是跟這群人的其中一個成員比刀。男方先發制人：

他不由分說，一刀向她直劈下去，蘇稚梅……

只能招架，那人一副急性，見第一刀不中，第二刀又來，蘇稚梅把他架開，二人一來一往，廝殺起來……鋒刃相接……（她）將身一閃，那人舉刀一個泰山壓頂式劈下去，蘇稚梅早低頭閃過他左側，飛腿順勢向他後背一蹴，那人連人帶刀直撲得丈來遠，倒在地上，那把刀去得更遠了。[91]

另一場比武是跟這群人的首領比試弓，這個首領外號「金口杜鵑」。他看見其手下成為這個女子的敗將，於是提出比弓的挑戰，戰況的描述亦如武俠小說的打鬥場面：

蘇稚梅拉滿弓，搭上箭，向金口杜鵑瞄準射去，卻射了個空。

金口杜鵑還射一箭，蘇稚梅將身閃避，正中她的左肩。

蘇稚梅卻不就倒，忍着痛楚，拼命拉滿弓，將那支箭射出，然後倒地。

金口杜鵑正眼巴巴的盼望她倒下去，不料她還能開弓，猝不及防，一箭正射中他的右腿上，跟着她同樣倒下去了。[92]

91　見註 2，傑克：《東方美人》，頁 123。
92　同上註，頁 129。

這兩個比武的場景充滿着動態的描述，還出現了不同的武器及招式。在他們一來一往的比試中，同時表達了傳統武俠小說裏所宣揚的俠的精神：勇、仁、及忠。勇者，體現在蘇稚梅膽識過人地接受比武的挑戰，以及她忍受因打鬥而受傷的耐力。仁者，則體現在首領對受傷的部下及敵人蘇稚梅關心的態度上。忠者，見於蘇稚梅忠於其先夫所託的遺願，萬死不辭地去達成，以及部下對首領「金口杜鵑」忠心耿耿的態度。

再者，故事尾段這群突然出現的隱世戰士，令人聯想到《水滸傳》裏那些被逼上梁山的綠林好漢。在《東方美人》裏，他們說他們有一百個戰士，並解釋說為了逃避腐敗的政府，他們選擇逃到「綠林」[93]，決定「開山立寨」[94]，暗中對抗政府。他們並說他們雖則「落草」[95]於野，卻絕不做傷害平民百姓的事。這群綠林好漢的故事，活脫脫是從《水滸傳》裏出來的。不單如此，蘇稚梅這個東方美人的性格及形象，那種俠女的勇氣、忠誠、智慧，以及出色的武功，其形象又似《兒女英雄傳》（1878）裏的十三妹。[96]

傑克的另一本小說《桃花雲》也混合了武俠小說的特色。當中以下半部份的幾章特別明顯。它也跟《東方美人》一樣，

93 同上註，頁 130。
94 同上註。
95 同上註。
96 《兒女英雄傳》由文康所撰，於 1878 年出版。主要講述「十三妹」的故事。她的真名為何玉鳳，其人充滿儒家的智慧、正直及貞潔等傳統美德。故事敍述她如何計劃替父報仇為始，及如何在途中與她相救的書生結成夫婦。

有大量的比武情景。其中一章講述梅花國國王跟其他五國的國王比劍。這個梅花國國王名施龍，是史華的投胎轉世。這章的題目名為〈火燒松明樓〉，這題目本身已經很有似曾相識之感，也許靈感來自電影《火燒紅蓮寺》及《黃飛鴻下集：火燒霸王莊》(1949)。前者早在1928年於上海上映，當時此片大受歡迎，並於上映後三年內連拍十八集，其威力可想而知。後影片遺失，1950年時香港重拍及放映，也是哄動一時。而《黃飛鴻下集：火燒霸王莊》就更不用說了，成就了歷經幾十年而不衰的黃飛鴻影片系列。在〈火燒松明樓〉這一章裏，施龍與紅豆國、黃豆國、藍豆國、白豆國及黑豆國的國王為兩原因聚在桃花國的松明樓裏；一是為一簽定六國之間的和約，二是施龍本人的私人原因，他要求娶紅豆國國王的王后，因為他以為她是他前世的那個龍王公主情人的轉世。當紅豆國國王施豹聽到這個荒謬的要求時，當然甚為憤怒，於是施龍決定來一個二人對決，勝者可得到紅豆國的皇后。比劍之初，本為二人之爭，後來其他四個國王也加入戰團，趁機擊倒得高望重的施龍。以下所引是其中一場打鬥，主要描述施龍與施豹的比武，前者允後者先發三招才開始二人的正式對決：

施豹提劍在手……一個泰山壓頂，那把寶劍從施龍頂門上直劈下去。施龍看得真切，將身子向左一閃。施豹劈了個空，兩足晃了幾晃，幾乎跌倒。回過頭來……衝前兩步，擺腰便劈。施龍急忙向後一退。又撲個空……整個身體打了個大旋轉……最後，故意把劍向後一舉，立即轉向左邊當心窩直刺過去。施龍將劍一格，飛腿向正他右腕踢了一腳，光瑯一聲，手中的劍便跌落在地上。……這回是正式決鬥了。……這回施豹卻頗仔細，一來一往，劍聲鏘然，戰了七八個回合，施豹漸漸不支，向後倒退。施龍逼上前去，假意向施豹腹部虛刺一劍，一翻手由高處劈下。施豹來不及招架，舉起左臂一擋，只聽得鐺的一聲，那劍鋒正砍在施豹左臂戴的一個鐵鐲子上。[97]

這段描述主要以二人之打鬥為主，一直延續了好幾頁。打鬥的招式有劈、閃躲、前衝後退、大旋轉、飛腿、直刺、格劍等驚險場面。其中一些比武用語，更是武俠小說常見的描寫，如「泰山壓頂」、「戰了幾個回合」、「一來一往」，及「來不及招架」等。

傑克的言情小說如文類的萬花筒，把傳統中國文學中不同的文類混雜在一起，裏面折射出史傳文學、青樓文學、志怪傳奇，還有武俠小說的影像，這麼一個跟古典流行文學如此緊密頻繁的挪用和再創造，正正表達了當時一部份流行文學在傳統與現代之間的奇妙傳承關係。

97 見註 3，傑克：《桃花雲》，第二部，頁 30-31。

第三節

脫序的新世界

傑克的小說交織着中國古典小說裏慣用的修辭技法、教誨思想，以及其他經典中國文類。在修辭技法方面，小說均以第三人稱全知角度敘事，而敘述者往往以說書人的口吻和慣用語說故事，並常加入個人意見，有時作批評，有時替讀者解難釋疑，有時又作資料補充。此外，小說融入了章回小說裏常見的楔子，傑克通常在第一章或序言中把全書的題旨或故事內容以寓言先呈現出來，作為故事發展的預報或梗概。他的故事也充滿着清朝小說常見「珠花式」及「雜錦式」的結構特色：以片段式的情節組合成一個故事，即小說裏沒有一個統一的故事情節，代之以不同的故事情節作為故事的基本架構，並以一個人物來貫串整個故事，使之成為一個整體。傑克的言情小說亦注入了傳統小說裏常見的教誨色彩，充斥着一些老生常談的道德教化，諸如善有善報惡有惡報、行善修身等觀念。然而，這種教誨的色彩往往會被他小說裏出奇有趣的故事情節和人物稍為遮蓋，而這些古靈精怪的情節和人物乃從其他中外文學作品演化而來，像《東方美人》便是一個大雜燴，裏面有中外人物，如塘璜、《紅樓夢》的頑石、武俠小說的俠女、綠林好漢，又有志怪傳奇裏投胎轉世的情節，也有比武場面。

傑克把古典流行文學的元素混合到他的現代愛情故事裏旨

在建構一個文化的烏托邦，再現一個讓人熟悉的文學傳統，讓大眾產生共鳴和認同感，讓他們在閱讀裏尋求一些虛幻的安定感。要達到此目的，他必須同時在作品中喚起讀者對現代文明及新世界的恐懼及不滿。這種操弄讀者兩極情緒的創作手法，詹明信有深刻的分析。他在〈大眾文化裏的物化和烏托邦〉裏指出現代社會的大眾文化所生產的作品，仍然清晰可見「傳統」的創作手法的蹤影，而創作者還在不停地挪用及借用這些「傳統」，全因人們「根深柢固的集體意識傾向」。[98] 因為，詹明信認為這些古老的藝術表達形式是根據「具體實在的社會及人際關係」[99] 發展出來的，這些關係給那些現代社會的人們一種安定、有序、有機及和諧的感覺。現代人之所以追求這種有機和諧感是因為他們的群居生活中不再像過往一樣完整緊密，這讓他們產生焦慮、不安、疏離和孤獨感。詹明信這樣形容：「在集體意識裏會同時存在着焦慮和希望。」[100] 詹明信進一步指出這些大眾及商業文化產品，也像那些被稱為「他者」的高雅文化般，同樣意識到現代社會人類潛藏的那些焦慮。不同的是，大眾文化會採取跟現代主義藝術家截然不同的方式去對付人們的憂懼，那便是在作品中「建構虛幻的解決方法，以及在作品中投射一個看得見的社會和諧的假象」。[101]

98　見註12，Fredric Jameson, "Reification and Utopia in Mass Culture," p.34。
99　Ibid., p.18.
100　Ibid., p.30.
101　Ibid., p.25-26.

詹明信除了注意到流行文化裏的烏托邦特質外，他也指出這些創作者有着操弄讀者焦慮感的傾向。他解釋說，流行文化的創作者清楚意識到「大眾對社會失序的焦慮」，[102] 同時又刻意喚醒這份焦慮感，於是他們把這份焦慮感作為創作的「原始素材」，[103] 以「一些粗淺的表達方式」[104] 來再現這種情緒。儘管詹明信認為流行文化有着矯情及虛幻之特色，但他卻肯定這些作品的社會意義，因為它們是「有關社會及政治焦慮的變形創作」，[105] 表達了大眾「集體意識裏最深切最基本的盼望和夢想」。[106]

傑克在他的作品中亦常流露對現代文明的憂心和對現代社會的不滿。例如，在《桃花雲》的序言裏，他說：

> 故事本身是出自唐朝的一段神話……妙在今日中國，乃至今日的世界，整個在那裏神話化，唐朝的故事，為甚麼不能搬到現代來？……民國人比起唐人的精神，進步到甚麼程度，也只有天曉得！
> [107]

他認為當今的人文精神跟一千多年前的唐朝相差無幾，不

102 Ibid., p.30.
103 Ibid., p.25.
104 Ibid.
105 Ibid.
106 Ibid.
107 見註 3，傑克：〈序言〉，載《桃花雲》，頁 1。

但沒有明顯的進步，還要比從前更不濟。所以，他覺得他故事裏的荒唐情節及人物不是子虛烏有或誇張失實，而是「一個病態的社會裏，隨着病態的發展，而產生這些怪事」。[108] 他所謂的「病態的社會」，其實，指的就是香港。

香港這個城市在傑克的愛情故事裏往往成為有關現代文明的恐懼和不滿的根源。這個城市，沒有名字，常以「當地」名之，有時則稱為「南方的小島」，有時又比喻為「珊瑚島」（《珊瑚島之夢》）。這個珊瑚島並非如人們一般想像的那樣，佈滿繽紛多彩的珊瑚礁，相反，它是由珊瑚蟲死掉後剩下的骨骼堆積而成。這些珊瑚蟲在海底矻矻不休地工作直到老死，牠們養育了一群忘恩的島上生物，這群生物「踐踏在別人骨骼上面雄武地誇耀」[109] 地生活着。他們認為這座島上很容易「撈錢」，因為「滿街都是鈔票，看你會不會拾起來」[110]，而最能置富的方法便是「炒金」「炒地皮」「蓋房屋」。[111]

它也是一個貿易天堂，裏面不單有物質的買賣，如房屋、軍火，像《珊瑚島之夢》裏那位將軍因其地位之便以買賣軍火而置富，並以炒買房屋而積聚更多的財富；《大亨小傳》的男主角則因與中國大陸作走私買賣而暴發起來。這些物質買賣還包括人的身體，傑克以各式各樣的妓女故事來表達之。這些買

108 同上註。
109 見註 40，傑克：〈序〉，載《珊瑚島之夢》，頁 3。
110 見註 40，傑克：《珊瑚島之夢》，頁 31。
111 見註 40，傑克：《珊瑚島之夢》，頁 19。

賣雖以物質作交易籌碼，但最終卻以靈魂來換取，所以，這些失掉靈魂的人，不是瘋掉，如《名女人別傳》裏的女主角，便是落得連性命也不保，如《大亨小傳》裏男主角失足墮樓而亡。這個城市的每一天每一個角落均發生着這些既不道德又荒唐的事，就如《荒唐世界》所描寫的那樣，它是一個「江湖」，裏面充滿着「黃」「賭」「毒」。它甚至是「地獄」[112]，儘管還是有很多人認為它是「天堂」。

這些對於香港的刻劃和比喻還不算最壞，在好些小說裏，香港更被描繪成一個墮落之地，每個女主角在香港均會變成妓女，以此謀生。像《香港小姐》裏的女主角因為無意中到灣仔走了一趟，便決定從此作「野花」。而《荒唐世界》及《鏡中人》的女主角是從上海來香港的新移民，她們在上海時均是良家婦女，來香港以後則變作交際花。《名女人別傳》的女主角因為到山頂遊玩了一圈，從此踏上沉淪之途，變得貪慕虛榮，甘願做歌女、舞女、軍官情婦等。這些小說裏的香港，彷彿是「青樓」的化身，裏面盡是鶯鶯燕燕的身影和故事。

傑克受到經年不衰的歡迎，一方面可歸因於他的寫作手法和技巧，有創意地利用傳統流行文學資源創造出新奇又引人入

112 在《紅衣女》的序言裏，作者說那個穿紅衣的女主角住在一個可以說是天堂同時也可以說是地獄的地方。傑克：〈序言〉，《紅衣女》（香港：基榮出版社，1951），頁 1。

勝的現代愛情故事，更重要的原因，是他敏鋭的市場和社會觸覺。他觀察到那時茫然混亂的社會氛圍及讀者對當世的社會不滿和不安，於是借助為大眾熟悉的「傳統」來創作，在作品裏重現一個已消失了的但又令人懷念的舊世界，裏面滿載着人們耳熟能詳的傳統及慣例。所以傑克的作品不單單是「曲線」地反映社會及政治的焦慮，它們還給讀者呈現了一個消失的文化烏托邦，人們在裏面找回一個相對完整的文化身份和認同感，讓他們在失序脱軌的新世界中有一絲絲的安慰，正如詹明信所説的那樣，表達了人們「最深切最基本的盼望和夢想」。傑克的言情小説創造了一個烏托邦，不過，這個烏托邦指向的不是未來，而是過去。

從以上的討論，我們可以看到傑克的小説絕不單是延續及模仿上海的鴛鴦蝴蝶派那麼簡單。我們該是時候摒棄這種片面又失實的評論，以一個新的角度重新看這個「風行一時」的言情小説家。除了有關他寫作風格的評論不夠準確之外，有些學者討論他的身份、以及他在嚴肅與流行文學之間的創作活動時，也出現了一些誤點，值得在此作一些補充及釐清。有不少學者把他歸類為「本土」作家，而且認為南來文人從 1930 年代在香港推行新文學成功後，把本土的新文學作家如傑克及望雲等排擠到文學創作圈以外，搶去他們的創作空間及機會，使「他們在嚴肅文學範圍，完全沒有生存空間」[113]， 這些作家創作的唯一出路便是寫流行文學。[114]

首先，我們應該重新審視傑克的「本土」身份。其實傑克並非香港本土出生，而是後來因為戰亂的關係，從廣東省南來定居香港。所以，嚴格來說，他也可以歸類為南來作家，不過，他是從南方來的南來作家。如果把傑克的身份重新定位，那麼我們應該改說成南方及本土派作家給來自更北的南來作家排擠在新文學創作圈外。這些南方及本土派作家是否構成一自成一格的「粵」派特色？香港的文學創作圈除了有嚴肅流行之分外，是否還有地理上的南北之別？這地域差異的創作特色和流派還有待確認，值得進一步研究。

另外，傑克拋棄新文學而轉寫流行文學是否只是因為被南來文人霸佔了機會及空間？筆者在第一章已列舉了流行文學在香港的暢銷情況給作家帶來了可觀的收入，於此，我們不能不考慮經濟利益對作家轉向的影響，而傑克從中所獲得的利益不是創作嚴肅文學所能比擬的。最後要釐清的一個誤點便是說傑克沒有創作嚴肅文學的空間。這點絕對說不過去，因為他在創作流行文學的同時，還在 1954 年自資出版了文學雜誌《文學世界》，以評論古典詩詞及介紹翻譯外國文學為目的。這本雜

113 鄭樹森、黃繼持、盧瑋鑾編：《早期香港新文學作品選（1927-1941）》（香港：天地圖書，1998），頁 22-24。
114 同上註，頁 24。

誌應該稱得上是有關嚴肅文學的雜誌了吧？那麼，他的嚴肅文學創作空間絕對存在，只不過被評論者或後世所忽略。這本雜誌最初兩年是他全資出版的。雖然兩年後他不太參與其中的編務，但該雜誌一直到 1965 年才結束。這本一直被忽略的雜誌對香港文壇的貢獻值得研究，這只能待有心之人去做了。可是，我們在相關研究推出之前，是否應該重新再發掘那時期的「嚴肅文學」創作呢？

第三章

傻人

「黑色電影」式的奇情文藝：
謎城裏的畸戀與錯愛

現存數十本�人（陳子雋，又有筆名萬人傑，1919-1989）創作的小說裏，其中幾本的副標題非常特別，題為「電影文藝小說」，而這幾本小說的名稱分別為《月黑風高》、《遺愛》、《鬼屋》，及《繼承人》，全部均在1961年出版。可惜的是，只有《繼承人》藏於香港，其餘三本則遠在美國。現存的資料找不到俊人給這些小說命名為「電影文藝小說」的原因及其名稱的意義，不過，按照字面看來，肯定與電影有關，但不能確定小說內容改編自電影，抑或是小說為拍電影而寫。雖然我們對這特別的小說分類一無所知，但是，這樣的小說文類名稱彷彿只在那時俊人的小說裏出現過，可說是香港文化史上很獨特的名稱。其實，俊人的小說與電影的關係非始於1961年，很多本出版於50年代的小說，早已顯示了電影對流行文學創作的影響，而這些小說，可說是俊人言情小說的創作特色，所以，不論他的作品是出版於50年代或是60年代，沒有比「電影文藝小說」這個名稱更恰當適合來形容他的作品了。

事實上，電影的出現成為人類另一大重要文化藝術。1895年法國盧米埃兄弟（Lumière brothers）拍攝並放映了第一部五十秒的黑白無聲紀錄片電影後，對我們的文化造成了巨大而深遠的影響。從那時起，電影的製作日見蓬勃，到了1920年代，已出現一些片長超過四十分鐘的有情節的故事性電影，更在1926年製作了第一部彩色的情節電影，翌年便發展成有聲電影。到了1928年，電影不但有色有聲還有對話。電影風靡大眾，成為極為流行的新興娛樂，不但吸引了萬千觀眾，還引起世界各地評論家及學者的注意。美國作家兼文化評論人吉爾特．塞德斯（Gilbert Seldes）可能是最先把這新興的流行藝術形式帶進研究領域裏的人。他在 1924 年寫了一本關於流行文化的書，把電影也納入研究討論的範疇。這本書名為《七種生氣勃然的藝術》（*The Seven Lively Arts*），內容主要討論流行文化，諸如爵士樂、流行曲、鬧劇、歌舞雜耍、連載漫畫及電影。塞德斯認為這些流行文化的價值及意義等同芭蕾舞、歌劇、話劇、古典音樂等高雅文化，值得我們認真及嚴肅地討論及研究。以電影為例，他觀察到這個工業在美國自 1910 年以來生氣勃勃地發展，於是指出從 1910 年到 1924 年這十多年是「美國電影工業發展史上一個轉捩點」，[1] 而且電影已發展成為一種「明確受人肯定的娛樂形式」。[2] 他更一進步預測說電影會在 1920 年代以後的下一個十年繼續發展，所以它理應獲得更多深刻而有見地的評論。與塞德斯發表他的電影觀察差不多時間，德國哲學家兼文化評論家華特．班雅明（Walter Benjamin）於 1928 年也表達了電影對人類文化影響的看法，因為他也意識到這個蔓延全球的電影藝術對文學書寫的影響。他在法國詩人兼評論家史提芬．馬勒美（Stéphane Mallarmé，1842-1898）所寫的一首詩《擲一次骰子便有一次機會》（“Un Coup de Dés Jamais N’Abolira Le

1 Gilbert Seldes, *The Seven Lively Arts* (New York: Sagamore Press, 1957), p.4.
2 Ibid.

Hasard"，1897）的手稿看到這首詩有着「結晶狀的結構」，[3] 因為這首詩在字與字之間、行與行之間有着一種很特別的空間佈局。班雅明因而説馬勒美的詩是「移動的文本」，[4] 在其中可以「看到未來的形象」，[5] 他的意思是説這個未來是由視覺影像所主導，而視覺影像則是由電影工業的新技術製造出來。[6]

這兩位批評家睿見非凡，指出電影有着不可忽視的地位，二人同時意識到它在歷史文化所擔當的特殊角色，以及對人類生活的深遠影響。他們的評論發表不多久以後，前蘇聯電影導演兼電影理論家薛基·愛森斯坦（Sergei Eisenstein）把電影對我們的影響從文化轉到文學書寫的層面來研究。他詳細分析了好些 19 世紀的經典文學作品，如查爾斯·狄更斯（Charles Dickens）的一些小説及古士達·福樓拜（Gustave Flaubert）的《包法利夫人》（*Madam Bovary*，1856）等，發現這些在電影還沒發明以前的文字作品充滿了「電影感」（film sense）的描寫。[7]

另一位法國女學者高突·以蒙得·馬尼（Claude-Edmonde Magny）也注意到電影與文學書寫的關係，並特別研究了電影

---

3 Walter Benjamin, "Arrested Auditor of Books," *One-way Street*, trans. Edmund Jephcott and Kingsley Shorter (Thetford, Norfolk: NLB, 1979), p.61.

4 Ibid., p.63.

5 Ibid., p.62.

6 Ibid., pp.61-63.

7 Sergei Eisenstein, "Through Theater to Cinema," in Film Form: Essays in Film Theory, edited and translated by Jay Leyda (New York and London: Harcourt Brace Jovanovich, 1977), pp.3-17; "Dickens, Griffith, and the Film Today," in Film Form: Essays in Film Theory, pp.195-255。這兩篇文章分別寫於 1934 年及 1944 年。

對 20 世紀初中期美國小說的影響，寫成《美國小說的年代：兩次大戰間小說裏的電影美學》（*The Age of the American Novel: The Film Aesthetic of Fiction between the Two Wars*，1972）一書。此書首以法文書寫並於 1948 年出版，1972 年才以英語在美國出版。顧名思義，這本書是研究美國 20 世紀前期小說與電影的關係，並特別集中探討荷李活電影的成功及其流行對美國現代派作家的影響。她研究的作家包括厄尼斯·海明威（Ernest Hemingway）、威廉·福克納（William Faulkner）、約翰·斯坦貝克（John Steinbeck），及法蘭斯·史葛·費姿爵羅（F. Scott Fitzgerald）等，主要探討這些作家如何以電影技法講述他們的故事。她以一個非常有趣的形容詞來形容這兩個媒體之間的互動：「雜交」（cross-fertilization）。[8] 馬尼認為電影深深影響着這些美國現代主義作家，而不是像愛森斯坦所說的那樣，是電影感的文學作品影響電影的拍攝手法；所以，她大膽宣稱：「美國作家在小說裏用到的創新寫作技巧（除了內心獨白），幾乎全部均從電影借鏡的。」[9] 這些新技法有「絕對客觀」[10] 及經常轉換敍述視角的描寫。除了這兩個方法，她更特別強調小說裏常發現了留白及如電影剪接技法的運用，並分別各

8 Claude-Edmonde Magny, *The Age of the American Novel: The Film Aesthetic of Fiction between the Two Wars*, trans. Eleanor Hochman (New York: Ungar, 1972), p.22.
9 Ibid., pp.38-39.
10 Ibid., p.39.

以一整章來討論這兩種技法在美國現代主義文學中的應用。[11]

電影在社會及文學方面產生的威力在地球的另一端——香港，也清楚顯現。香港在 1945 年脱離日本的佔領後，本地電影工業發展漸見起色，終於在 1950 年代大放異彩。1946 時，香港只生產了 9 部電影，可是到了 1959 年卻激增至 329 部。[12] 這兩個數字道盡了電影工業在那二十多年所經歷的滄桑。然而，無論戰前或戰後，在港上映的外語電影數量卻一直保持穩定，其數目更可説是多得有點令人驚訝：年均最少有 300 部。1953 年時更高達 394 部，[13] 同年本地製作的電影才不過 194 部（詳見表 1）。

這些數字顯示了兩個很有意思的現象。首先，香港觀眾在那年代接觸的外語電影多於本地作品（其中又以荷李活電影為多，因為 394 部外國電影中荷李活出品的佔了大多數）。其次，整個 50 年代是香港文化史上一個名副其實的「電影年代」，因

---

11 在第 3 章〈電影及小説裏的留白〉（“Ellipsis in the Moveis and in the Novel”）詳細探討了美國小説家在小説中留白的技巧，而第 4 章〈電影及小説裏的剪接〉（“Cutting in the Movies and in the Novel”）則討論剪接技巧。詳情請參閱 Claude-Edmonde Magny, *The Age of the American Novel: The Film Aesthetic of Fiction between the Two Wars*, trans. Eleanor Hochman (New York: Ungar, 1972), pp.52-101.

12 此數字由筆者根據《港產電影一覽（1914-2010）》提供的電影名目統計而來。香港電影資料館：《港產電影一覽（1914-2010）》，香港電影資料館網頁，2011 年 10 月 28 日，http://www.lcsd.gov.hk/CE/CulturalService/HKFA/documents/2005525/2007315/7-2-1.pdf，2016 年 6 月 6 日讀取。

13 此數字由筆者根據 Play It Again 提供在香港上映過的外語電影名目統計而來。*Play It Again* 網頁，2012 年，http://playitagain.info/site/movie-index/，2016 年 6 月 7 日讀取。

為在這些年裏每天平均有 1.5 部電影上映，這個數字比起任何年代還要多。不難想見，看電影是當時大眾生活中很重要的活動。電影有着鋭不可擋的魔力，同時也給當時的民眾帶來不同層面的影響，例如，在社會上，它成為了人們其中一個重要的娛樂方式。另外一個可見的影響便是見諸於流行文學創作上，尤其是傑人的作品，它們可與荷李活的電影互文閱讀。除此以外，他的創作手法更是混合了電影美學、語言及拍攝技法，最有趣的是，他還自創了一系列的「電影文藝小說」。

年份	本地電影	外語電影
1947	80	384
1948	145	333
1949	181	320
1950	131	348
1951	173	300
1952	223	380
1953	194	355
1954	181	394
1955	223	319
1956	262	273
1957	230	331
1958	272	291
1959	329	275

表 1：1947-1959 在香港上映的中外電影

傑人的小說充份反映了電影對當時民眾生活的重要性。其一，看電影這個活動經常出現在傑人的小說裏，而且均是主角第一次約會的地方，例如《女大不中留》（1958, 1962[14]）、〈夢幻〉（195?）、《愛情的噩夢》（195?）、《天堂夢》（1951），及〈魂兮歸來〉（1951）。不但如此，很多時候男女主角因為看電影而燃起愛火，戀情也因此而開花結果，例如《女大不中留》、〈夢幻〉、《愛情的噩夢》和《天堂夢》。其二，看電影這活動在他的小說裏常被認為給現代城市人帶來夢想及安慰，就像〈夢幻〉裏的男主角鼓勵消沉沮喪的女主角去看電影來減輕她的憂鬱，並建議一同去看一部由泰利湯馬士（Terry Thomas）主演的喜劇，因為它像「一服興奮劑」[15]般讓人快樂起來。傑人更利用上電影院這個日常活動作故事情節起伏的關鍵點，在〈魂兮歸來〉裏，男主角與女主角因為在分手前一道去看了一場電影，而引發了男主角一段離奇的經歷，成為故事後半部份的驚悚情節。

電影還影響着傑人的小說內容和說故事的形式。在內容方面，他的作品常混雜和改造某些電影劇情。他尤其喜歡改寫和挪用當時流行一時的黑色電影（film noir）及希治閣（Alfred

14 這本小說現存兩個版本，一為由海濱圖書公司在 1958 年出版的版本，現存美國耶魯大學圖書館；另一本為同一出版社在 1962 年的再版，現存香港中文大學圖書館。

15 傑人：〈夢幻〉，《夢幻》（香港：傑人書店，195?），頁 17。Terry Thomas（1911-1990）是一個英國喜劇演員，1950 年代至 1960 年代的電影中常有他的身影。

Hitchcock）的電影情節。他 1950 年代前中期創作的小説多以黑色電影劇情為藍本，50 年代後期則主要混雜了希治閣的電影。這個從挪用黑色電影轉到希治閣電影的軌跡看來相當合符合歷史的發展，因為 1940 年代至 1950 年代中期是美國黑色電影的黃金時期，而香港在這時期也幾乎同步上映了不少這些黑色電影。1950 年代中後期，希治閣的電影在香港大受歡迎，其影響力在傑人的小説裏便表露無遺。不過，電影對傑人的影響不一定完全是被動，我們也可以説他是利用電影的知名度來為其作品背書，把受歡迎的電影精華挪用到其創作上，從而吸引讀者的注意，爭取更多讀者的認同和青睞。有趣的是，傑人對電影的挪用，卻又不完全是照單全抄，當中有不少是經過細心的情節選擇及精巧的改造。本章其中一個討論重點便是作者如何改造黑色電影及希治閣的電影，以及發掘這些作品所呈現的香港城市風貌及生活在其中的城市人，特別是男性的迷惘及不安。

至於説故事的形式方面，傑人的小説喜以電影拍攝的美學手法描繪客觀的景物人物，這些修辭手法包括影像的視覺化及呈現很多激烈的動作場面。所謂影像視覺化，指的是傑人對外在景物細節的描寫如攝影機一樣客觀和細緻。此外，他的小説還充滿了聲音、顏色和光影的多重感觀描繪。這些有聲有色有動有靜的描繪大大增加作品的感染力，給讀者帶來感觀及情緒上的刺激和滿足感。畢竟，流行文化之所以受大眾喜愛，在於它能激起一些戲劇性的情緒反應。

本章同時探討香港 1950 年代電影與文字創作這兩個媒體的相互關係，分析電影如何影響文字創作，而非文學創作如何影響當時的本地電影製作。後者是傳統的研究方向，多討論香港電影如何改編文學作品或粵劇如何加入到電影裏。這方面的研究成果不少，但卻鮮有電影影響文字創作的研究。故本章的討論希望能彌補這方面的不足，豐富 1950 年代香港電影與文學創作的研究。

第一節

戲迷小說家

傑人像傑克一樣，也跟報業有密切關係，而這關係從 1930 年代到 1970 年代維持了四十多年之久。他第一份工作是在《大光報》當校對員，當時他 16 歲，初中輟學，從廣州移居到香港。此後，他先後在《工商日報》、《華僑日報》、《星島晚報》及《中文星報》任職，分別負責編務、撰寫社評和政論。[16] 他更分別自資出版過兩本政治雜誌：《萬人雜誌》（1967-1980）及《萬人日報》（1975-1978）。除此以外，筆者還發現他在 1940 年代末期替一本娛樂綜藝雜誌《香港人》當編輯。今時今日，

16 水横舟：〈緬懷反共健筆萬人傑〉，《開放》，2014 年 1 月 11 日，http://www.open.com.hk/content.php?id=1674#.VilHT-yqqko，2015 年 10 月 15 日讀取。此文算是迄今為止有關傑人生平最詳細的文章。

說起傑人，甚少人記得或知道他曾是一個非常多產的言情小說家，倒是他的反共政論至今仍引起不少回響。他在 1967 年時替《星島日報》寫的反共政論及著作《萬人傑語錄》（1967）廣為人認識。前者是一系列猛烈抨擊文化大革命的政論，後者則是諧仿及戲謔《毛澤東語錄》（1966）的文章。[17] 也許因為他的反共立場，也許因為他與國民黨的關係頗密切，他的生平事跡被收在中華民國政府編的《中華民國當代名人錄》（1985）裏，書中把他列作當代文化名人。[18] 這樣看來，他在文化界的貢獻還是有人記得的，因為，至少他曾被台灣有關方面看作是文化名人。

根據水橫舟的說法，傑人在 1930 年代末期已開始使用這個筆名替不同報章寫言情小說，他的作品亦很受歡迎。直到 1967 年中國大陸發生文化大革命，他意識到這個運動將會嚴重危害香港，於是他放棄「言」情，轉而以「萬人傑」這個筆名寫大量的政論。[19] 在他全程投入寫政論之前，有說他在他四十年的寫作生涯裏已出版超過三百本小說，其中言情小說佔大多數。[20] 另

17 同上註。有關傑人的生平、著作、評論及軼事等也可在以下的臉書中找到：《鐵漢俊傑萬人傑（傑人）》，Facebook，2015 年 9 月 21 日，https://zh-tw.facebook.com/wanrenjie，2015 年 10 月 17 日讀取。

18 中華民國當代名人錄編輯委員會：《中華民國當代名人錄》，第四冊（台北：台灣中華書局，1985），頁 2285。

19 見註 16，水橫舟：〈緬懷反共健筆萬人傑〉，http://www.open.com.hk/content.php?id=1674#.VilHT-yqqko，2015 年 10 月 15 日讀取。

20 見註 18，中華民國當代名人錄編輯委員會：《中華民國當代名人錄》，頁 2285。

一方面，在劉以鬯編的《香港文學作家傳略》中記載了他曾出版過二百三十部小說。[21] 今日所見，他的小說留存下來的卻不到這些數字的一半。[22] 不過，不管是三百部還是二百三十部，由現存肯定是他的作品中，可看到他在 50 至 60 年代極其多產，這數字也可推測他在當時應該廣受歡迎。跟傑克一樣，他多產又暢銷的創作為他帶來可觀的經濟收益，而為了利益不流入別人的手裏，他自己也開了一間出版社，名為俊人書店，除了專門出版自己的作品，還出版了大量其他作家創作的流行小說。他的小說也吸引了不法的出版商盜用他的名字出版小說。由於盜版十分猖獗，他也像傑克一樣，發聲名警告冒用者及提醒讀者不要上當。

俊人在流行文化界及報界固然活躍非常，他在電影界也是足跡處處。從 1950 到 1970 年代這二十多年來一共有十本小說被改編成電影。最早的一部被改編的小說是《罪惡鎖鏈》（195?），同名電影於 1950 年 9 月 23 日及 29 日分上下兩集在香港上映。[23] 這個故事在 1947 年 4 月於《華僑日報》開始連載，

21　劉以鬯：《香港文學作家傳略》（香港：市政局公共圖書館，1996），頁 62-63。

22　在計算現存俊人小說的數目時要十分小心，因為有時會有人冒用他的名字出書，有時他的書又會以不同書名在不同的年份再出版。筆者更發現他以自己的名字但以不同的書名出版望雲的其中一本作品。

23　見註 12，香港電影資料館：《港產電影一覽（1914-2010）》，2011 年 10 月 28 日，http://www.lcsd.gov.hk/CE/CulturalService/HKFA/documents/2005525/2007315/7-2-1.pdf，2016 年 6 月 6 日讀取。

歷時四個月才結束。[24] 此書其後在他的俊人書店出版，現存為第三版。此小說在短短數年間再版多遍，間接反映這部作品的受歡迎程度。自這部小說後，他的作品一部接着一部拍成電影，繼有 1951 年上映的《泣殘紅》（與小說同名，195? 出版）、1952 年 3 月的《長恨歌》（與小說同名，195? 出版），以及同年 6 月的《兒女情長》（與小說同名，195? 出版）。這些小說均先在《華僑日報》連載，然後俊人自己再出版。他的小說在 1960 年代前期仍然很受歡迎。1960 年，《畸人艷婦》[25]（196?）被改編成電影，並在亞太電影節中獲得最佳編劇（葛瑞芬）。[26] 翌年再有三本小說被改編，分別是《女大不中留》（1961，電影與書同名）、《擒兇記》[27]（195?，電影名為《我是殺人犯》），及《迷途的愛情》[28]（沒有註明出版日期，電影名為《盲目的愛情》）。最後一部在 1960 年代改編的小說是《海角驚魂》（196?），電影在 1964 年以小說同名上映。最後一部被改編的小說是《永恆的愛》（1957），1977 年在台灣拍成電影，並於

24 梁秉鈞、黃淑嫻編：《香港文學電影片目：1913-2000》（香港：嶺南大學人文學科研究中心，2005），頁 75。

25 美國耶魯大學藏有此書，香港已沒法找到。

26 見註 16，水橫舟：〈緬懷反共健筆萬人傑〉，2014 年 1 月 11 日，http://www.open.com.hk/content.php?id=1674#.VilHT-yqqko，2015 年 10 月 15 日讀取。

27 美國康奈爾大學藏有此書，香港已沒法找到。

28 這本書已遺失，但在俊人的另一本小說《繼承人》（1961）的封底上記錄了此書已出版。

翌年的亞太電影節中獲得最佳劇情影片獎。[29]

香港流行文學與電影有着千絲萬縷的關係，其時很多電影均以流行小說作為電影劇本，傑人的小說也不例外。此外，俊人自己也為電影《月向那方圓》（1955）寫過劇本。[30] 關於俊人與電影的關係，還有前面已提過的一系列他創作的「電影文藝小說」，可見俊人在當時的流行作家中，是一個深愛電影也深受電影影響的人。

俊人對流行文化的投入在 1950 年代初已很明顯。除了大量創作流行小說外，他自己還為一本娛樂綜藝雜誌《香港人》當編輯。這本雜誌在 1940 年代末出版，不知出了幾本，也不知可時結束，現存只有第 3 及第 4 期，分別在 1950 年 12 月及 1951 年 1 月出版。雜誌封面標明是一本「文藝新知娛樂趣味綜合週刊」。現存兩期的封面分別是東方明珠及電影明星周坤玲。編者是這樣介紹東方明珠的：「……是影星白雲的親妹……有一副優美的開麥拉面孔……所以製片家一致認為她是未來的明星……。」[31] 而編者在第 4 期介紹周坤玲的照片時說照中造型是來自一部改編自俊人小說的電影《泣殘紅》，還說她是由讀者票選出來的女主角。[32] 此雜誌內容包括偵探小說、言情小說、中

29 見註 16，水橫舟：〈緬懷反共健筆萬人傑〉，2014 年 1 月 11 日，http://www.open.com.hk/content.php?id=1674#.VilHT-yqqko，2015 年 10 月 15 日讀取。
30 見註 24，梁秉鈞、黃淑嫻編：《香港文學電影片目：1913-2000》，頁 20。
31 《香港人》，第 3 期，1950 年 12 月，頁 1。
32 《香港人》，第 4 期，1951 年 1 月，頁 2。

周坤玲（來源：《香港人》，1951年1月4日）

外明星新聞和圖片、連載漫畫等。傑人本人也替該雜誌寫連載小說，名為〈苦纏綿〉。

雖然這本雜誌無論在內容及形式上與早在1920年代上海大行其道的娛樂綜藝雜誌相似，沒多大新意，不過，雜誌的名稱倒值得細味。它以「香港人」為名，也許是香港文化史上第一個給香港人一個明確身份標籤的人，而這個香港人的特徵，就如這本雜誌封面標榜的那樣，混雜了文藝、新知、娛樂和趣味。這本雜誌的名稱給了我們一個重要的啟示：香港人的身份建構意識或許最早可追溯至上世紀的四、五十年代，而非一向認為的六、七十年代。

第二節

暗黑世界

二・一　情陷「黑色電影」

傑人言情小說最突出的特徵便是在故事中移植了 40 至 50 年代在荷李活盛行一時的「黑色電影」（film noir）。所謂「黑色電影」，內容多為偵探、懸疑、警匪故事，並且以強烈的視覺風格，如低光源照明、陰影等，表現城市及人性（尤以男性）的陰暗和絕望。最先使用「黑色電影」去描繪這類戲的是法國批評家連奴．法蘭基（Nino Franky）於 1946 年寫的一篇有關美國此類電影的文章。一般認為 *Stranger on the Third Floor*（《半夜怪客》，1940 於美國上映，1941 年在香港上映，此後以兩個年份表達：1940，1941，以前者為在美國上映年份，後者後本地的上映年份）為此電影類型週期的開端，而把 *Touch of Evil*（《歷劫佳人》，1958，1958）看作是黑色電影週期的終結。它的黃金時期是 1947 到 1951 年，此期間共拍了約三百部黑色電影，而香港在這四年間也放映了差不多二百部，包括 *Out of the Past*（《舊恨新歡》，1947，1949）、*Nightmare Alley*（《玉面情魔》，又名《夢魘巷》，1947，1949）、Moonrise（《荒召遊魂》，1948，1950）、*They Live by Night*（《亡命鴛鴦》，1949，1951）、*Act of Violence*（《海角亡魂》，1949，

1950）、*Night and the City*（《黑地獄》，1950，1951）、*Sunset Boulevard*（《紅樓金粉》，1950，1950)、*Tomorrow is Another Day*（《明日又天涯》，1951，1952）。還有不少在這段黃金時間之前或之後拍的著名的黑色電影，均曾在香港上映，如*The Maltese Falcon*（《群雄奪寶鷹》，1941，1946）、Double Indemnity（《殺夫報》，1944，1946）、*The Killers*（《殺人者》，又名《職業兇手》，1946，1947）、*The Postman Always Rings Twice*（《殺夫狂戀》，1946，1947），及*Kiss Me Deadly*（《原子煞星》，1955，1956）。[33]

本地文化如何回應這股黑色電影的熱潮及其對本地文化的影響可以從傑人的小説裏看到不少痕跡，從中我們可察見本地流行文化與黑色電影之間所產生的化學變化。傑人其中兩本小説《殺人犯》[34]（又名《妒火》，195?），及《情之所鍾》（1957）便是這些痕跡的表表者，因為這兩本小説基本上從黑色電影*The Suspect*（《殺妻報》，又名《愛魔毒手》，1944，1947）及*Possessed*（《名花有主》，又名《情天驚魂》，1947，1948）演變而來。

33　香港放映黑色電影的數目是筆者根據 *Play It Again* 網頁所列所有在 1900 至 1999 年間在香港放映的外語電影統計而得。見註 13，Play It Again 網頁，2012 年，http://playitagain.info/site/movie-index/，2015 年 10 月 31 日讀取。

34　中文大學圖書館目錄記載《殺人犯》是於 1950 年代出版，出版公司不詳。幾年後，傑人出版社出版了《妒火》(196?)，其內容與《殺人犯》完全一樣，只更改了角色的姓名。以下是依據《殺人犯》的文本來討論。

《殺人犯》vs *The Suspect*

《殺妻報》（又名《愛魔毒手》）由羅拔·斯奧麥（Robert Siodmak）導演，男女主角分別是查里斯·盧頓（Charles Laughton）及艾拉·玲斯（Ella Raines）。此片於1944年在美國上映，1947年才在香港放映。影片中的故事背景設在1902年的倫敦，講述一個中年、受人尊敬的資產階級男子意外地認識了一位年輕活潑的女子，二人成為精神上的好友，卻被老找岔子的妻子威脅要告發他有外遇，二人因此事爭執，其後男主角意外地把

左圖為1948年《華僑日報》刊登由 羅拔·斯奧麥（Robert Siodmak）導演的《殺妻報》（*The Suspect*, 1944）電影廣告。右圖是 *The Suspect* 的電影海報。（來源：https://en.wikipedia.org/wiki/The_Suspect_(1944_film)）

妻子殺死。此事在不久後被流氓鄰居知道，此人更以此向他勒索金錢，於是男主角又把他殺死。沒多久，他娶了那個年輕女子，並準備離開倫敦到加拿大，但在登船離開的那天，一向懷疑他的警長騙他說查到殺人兇手是男主角的女鄰居。男主角良心上受不了這無辜的女鄰居因為他而入獄，於是向警長自首。

傑人的小說《殺人犯》大體上保留了電影的內容及角色，不過作者還是在一定程度上馴化（domestication）了原來的故事，作了不少改動以配合當時的本地情況。最首要的改變是把故事發生的時間及地點變成當代的香港。其次便是特別強調主角和社會的經濟及財政情況，這樣的強調在電影裏是沒有的。這樣的改動突出了香港的經濟騰飛及商業化的情形。

小說的男主角何先生擁有一間小規模的運動用品貿易公司，裏面請了三個員工。公司的規模雖小，卻是何先生最大的成就。小說裏有詳細交代他怎樣及如何開設自己的公司：全因他一早從中國大陸移居來港，在相對穩定的這個城市裏，他憑一己的努力開創了自己的事業。而那個年輕女孩則從中國大陸來港投靠他，因她的爸爸在臨終前叮囑她找香港這個老朋友。這對老朋友因身處在兩個截然不同的環境而有不同的命運。年輕女孩的一家因中國共產黨收歸他們的財產，變得非常窮困，而且生活艱苦，女孩的父親更被黨迫得連命也保不住，女兒一無所有，於是逃來香港尋找新生活。這種為了改善生活環境而移居（避難）香港的情形在當時非常普遍，小說在這方面的改寫確實因地制宜。可是，另一方面，這樣的情節改動也是別有用心的，為的是要突顯香港的自由、安定和繁榮，人們可憑自己的努力為自己謀取幸福，這與水深火熱的中國形成一個強烈的對比，亦暗暗反映了他對香港的認同和肯定，再次證明他對「香港人」的身份認同感。

雖然俊人對香港的經濟繁榮有所肯定，不過他也不忘諷刺經濟繁榮所帶來的惡果：對錢財的過度貪婪及不捨。這正正就是那個惡棍鄰居的直接死因，也是男主角再次殺人的動機。那個鄰居要脅男主角，並一而再再而三地跟男主角要錢，最後還想男主角把公司一半的資產給他。而男主角再動殺機，墮入地獄的深淵，就是惡棍對他需索無度令他「破產」[35]的恐懼。男主角一想到他辛辛苦苦經營的事業及財產變得一無所有，他馬上計劃要把惡棍毒死，以免他繼續對他無止境的掠奪。很明顯，這個香港的資產階級何先生的終極毀滅和墮落是源出於他對財產及金錢的在意及不捨，這與電影裏男主角為了個人名譽而踏上毀滅之途完全不同。

男主角的太太之死也是經過俊人精心的改寫。電影裏這位太太要脅男主角說要向所有人公佈他有外遇，男主角受不了自己的名譽受損，一怒之下把太太推下樓，她因這意外而摔死。但是，小說裏太太的死卻是丈夫細心安排計劃的，而這個殺人

35 俊人：《殺人犯》（香港：無出版社資料，195?），頁 47。

計劃也有趣地反映了人們在現代社會裏對一己身份及財產的觀念。小說裏的何太太是死於發生於她自己家裏的火災。小說一直沒清楚交代這場火災是如何發生的，只是借那個惡棍鄰居的猜測，告訴我們那是男主角所為。不過，「誰是兇手」（“Whodunit”）這個謎團，其實早有端倪。火警發生前數日，男主角有好幾天的時間獨自在房裏快樂地幻想他跟那位年輕小姐一起生活的美麗情景。而在這場災難發生的早上，小說也仔細刻劃了男主角的一些異於平常的舉動，例如，他把一些紙張拿出來，「一一檢查過，重要的單據和所用的文件，都收拾了出來，放在公文包裏，放不完的，用一張報紙包好」。[36] 他還把它們帶到他的辦公室。這些細節便是「誰是兇手」的關鍵線索，因為它們一方面揭露了男主角殺害自己妻子的心理動機；另一方面為故事添加懸疑及推理解謎的成份，把言情小說偵探化，成為了傑人小說的風格特色。此外，保留重要文件及收據的舉動，反映了人們對這些東西的重視，因為它們是現代社會中保障及辨別個人身份及財產的重要憑據。

還有一點值得一提，那便是男主角的太太死於火災這個改寫，不能不說是一個很在地的寫實改動。1950 年代的香港居民多住在木屋中，而且環境擠迫，常發生火災，最可怕及嚴重的一次，要算是 1953 年的石硤尾大火。這場大火，死傷無數，致

36 同上註，頁 33。

令當時的殖民地政府興建更多房屋，並訂立了影響深遠的公共房屋政策。作者因地制宜地把本地情形混合到小說裏，成了充滿本土特色的改寫。不但如此，作者還把燒毀房子賦予了更多的意義。這個房子在小說一開始時已出現，男主角與妻子住在其中超過十年，被形容是男主角賴以為安的地方，他因為它而覺得滿足及安定。這所房子，「樣子雖然老式，環境卻很清靜，也舒適」，[37] 正是他的生命及婚姻生活的象徵。但是隨着他認識了那個年輕女孩，他開始對這所房子及他的太太不滿。他與女孩常常在外遊玩，到沙灘、電影院、餐廳及夜總會玩樂，在家的時候少了，他開始覺得城市生活的多彩迷人，漸漸不喜歡回到他安靜的家了。及後，他甚至覺得與他的妻子一起生活在那所房子裏就如「酷刑」[38] 一樣。要逃離這酷刑，唯有毀滅它。所以，當它真的被燒毀時，他感覺重拾了快樂。這所房子，代表了穩定，同時也意味着因循，這大大相異於家外那些五光十色、多姿多采又充滿活力的城市生活。這座城市，既危險，但又充滿令人難以抗拒的魅力。

《情之所鍾》 **vs** ***Possessed***

《名花有主》於 1947 年在美國上映，翌年在香港播放。它是一部刻劃女性愛慾心理的黑色電影。女主角是鍾．歌羅福

---

37 同上註，頁 2。
38 同上註，頁 20。

(Joan Crawford)，兩名男主角分別為雲·克芬(Van Heflin)和雷蒙·麥西(Raymond Massey)。女主角鍾·歌羅福憑這部電影獲得1948年奧斯卡最佳女主角的提名。電影一開始時女主角在洛杉磯街頭遊蕩，神智不清地呢喃着「大衛」這個名字，然後她被送進精神病院。在精神科醫生醫治下，探知她是一名富商之繼室，但卻迷戀她丈夫的朋友，也是她的前度男友。後更因他將要與她的繼女結婚而弄致精神崩潰，最後她一槍把他殺死。

1948年《華僑日報》刊登由寇帝斯·拔克(Curtis Bernhardt)導演的《名花有主》(*Possessed*, 1947)電影廣告。此電影當時又譯為《情天驚魂》。

傻人的《情之所鍾》的故事內容與電影如出一轍。從電影的女主角與兩個男主角的三角關係、富商之妻的神秘死亡、至女主角對她的繼女之憎恨無一不在小說再現。小說的焦點依舊是心理異常的女主角，名為孫玉清，是一名護士，她的男友呂子超幫她找到一份替富商宋浩然照顧患癌的妻子的工作。不久，孫與呂分手，但孫卻不能忘記呂。雖然故事完全脱胎自電影，作者還是替這個女性心理故事作了不少有意思的改動，例如敍述角度，以及故事的開端和結尾。

由於這個故事以呈現女性的心理活動為主，傻人便以女主角「我」為敍述主體，以第一人稱及自傳式的獨白把她的所思所想直接表達出來。小說充滿「我」情緒性的個人情感宣洩，還有「我」自覺性的自我心理及精神的分析和描寫。以下摘錄一段「我」對於富商宋浩然向「我」求婚後的錯综複雜的反應及想法：

> 子超是我多年來所熱愛的，我從來也不想到會失掉他，他的移情別戀，使我傷心極了；但是，我未嘗不明白這已是無可挽救的定局……宋浩然對我熱情一片，在我失意之餘，自是更覺其溫暖，可是他和我確是有了很遠的距離，年齡的相差，地位的相殊……如果我答應了宋浩然的要求，我就成為宋太太，那麼子超就是我的快婿了，以後我一定有很多和他相處見面的機會，我感到和他見面是一種痛苦……而他卻不是屬於我所有的，那是多麼使我傷感的事情！至於子超對着一個那麼年青而又是他所曾愛過的岳母時，那將是多麼齷齪尷尬的局面？……我那麼篤愛子超，而因為他並不愛我的原故，竟使我精神大受打擊，痛苦難言，宋浩然對我表示，他愛我是那麼的深……如果我不接受他的愛時，那麼，他的刺激，他的痛苦，不是正跟我一樣嗎？我身受到這樣的痛苦，也知道別人受這種痛苦的滋味，因此我心裏實在有點同情他……[39]

39　俊人：《情之所鍾》（香港：香港俊人書店，195?），頁 78。

這是女主角對她的前度男友及將來丈夫既深刻又多角度的情感分析，裏面充滿「我」複雜及細微的感情，混合着遺憾、悲痛、感激、同情及茫然。遺憾悲痛是因為經過那些年的感情，男友還是移情別戀；在悲憤中「我」還能對宋感激同情，多謝他愛「我」，也同情他對「我」的愛，因為「我」知道宋的感情也如「我」對男友的感情一樣，最後均付諸流水，一無所得。在這些錯綜複雜的感覺中，「我」還得去擔心「我」與宋之間社會及經濟上的懸殊差別，還有將來與前度見面的尷尬局面。作者透過「我」的內心獨白，把「我」的情緒及心理騷動一一清楚明白地表達出來，給故事帶來非常精彩的女性失戀後的幽微心理刻劃，這是靠影像呈現的電影所不能深刻表達的。

由於故事主要專注在「我」的心理描繪，故小說裏「我」的想法及感情描述比比皆是。而且，透過「我」的大量獨白，我們還看到「我」的情感改變：由一個還算善良體貼的女孩變成一個邪惡的怨婦。以下一例，是刻劃「我」在得知呂將要與繼女結婚後的情緒反應，我們可清楚看到女主角的轉變：

> 我愛他是既深且篤，但他這樣對待我……我就轉為深惡痛絕了。這時候我簡直是恨入骨髓，如果我不是個弱質女流……這時我必緊緊扼住他的頸項，直到他氣絕而死為止……我立刻就想到我雖不能以暴力

懲罰這個寡情薄倖的人，但是我並非不可佈下一個陷阱……我不能得到心愛的東西，也決不會讓別人佔有他……我要毀滅了他，一拍兩散……[40]

在這段文字中，我們可以看到「我」如何變成一個充滿憎恨及復仇想法的女人。「我」的心裏不單被對呂及繼女的怨恨所佔據着，還被一個損人不利己的報仇大計所蠱惑着，此時的「我」，已非如前段所呈現的那個充滿同情心的「我」了，「我」已經變成一個復仇魔鬼。

作者對女主角心理獨白的呈現似乎欲罷不能，倰人給她在病床上嚥下最後一口氣前，還來一大段她對自己生命的終極回顧。透過這個剖白，女主角有所覺悟，在臨死前得以從一個復仇魔鬼回復一點人貌：

活到今年，已經二十五個春秋，在二十五年中，我愉快的時間很短，我愛上了子超之後，我覺得我活在這個世界的意義……可是我現在失掉了他，就連我生存的意義也一起失掉了……我落在失望痛苦的深淵中，我的未來，只是黑沉沉的一片，永遠不會實現那美麗的幻境，在這樣的情況下，我不求一死，又有甚麼樂趣呢？

40　同上註，頁 145-146。

別了！這是我最後一瞬的回顧，這個殺人的兇手就要離開世界，去和她所殺死的仇人會面了。[41]

孫在她臨死的一刻也在做自我分析，同時也留下她的遺言。此刻的她簡單地回顧了她的生命，雖然這個回顧充滿了她偏激及扭曲的詮釋，但我們再一次看到一個情深款款的孫。在她不停的內心獨白裏，讀者看到她如何從一個善良深情但有些偏執的姑娘變成一個失去理智又瘋狂的復仇女人，又從復仇女神變成一個可憐又可哀的罪人；我們也看到一個掙扎於自我、情人、丈夫和繼女感情關係的女子。上面那段女主角臨終的自我表白與電影有很大的差別，電影結尾時女主角的命運由一個精神科醫生冷漠地交代，與此相反，作者在小說裏讓我們看到女主角來一個人性化的溫情告白，顛覆了傳統黑色電影裏那個無情的世界。

這些自我分析及獨白，令人聯想起 1930 年代在中國大陸文壇上興起的自傳小說，例如，1927 年丁玲所寫的《莎菲女士的日記》。這篇著名的短篇小說是有關女主角莎菲以日記形式真誠大膽且批判性地表達她對性、身份及生命的所想所感。這種坦白及無所隱瞞的精神在《情之所鍾》又再激盪回響着。俊人以一個直截了當的、清楚明白的自傳式語調講述一個女人被愛

41 同上註，頁 153。

與恨折磨的故事，大大地加強了故事的心理深度，感染力絕不比電影裏的視覺呈現遜色。

小說裏有另一個跟敘事模式也很有關連的改動，那便是加入了一個解難釋疑的說書人角色。這個改動可清晰看見中國章回小說的影子。在電影裏，女主角故事的開始及結束均由一個極為專業、抽離、中立的精神科醫生代為敘述，但是小說改以俊人，一個古道熱腸的「我」來敘述，這個「我」還把這本小說成書的成因，以及各人的結局解釋交代。這個「我」是女主角的朋友，因為有一晚接到女主角在醫院打來的電話，她說她將死，但她之前寫了一個故事，希望「我」幫她出版。於是「我」趕到醫院探望女主角，並把她故事的手稿讀完，然後答應她把她的故事刊登出來。然後，在開始女主角的故事前，「我」特別說道：「下面就是她的小說，沒有經過我多大的修改。」[42] 這個解釋故事源起的做法，使人想起很多晚清的小說，例如《兒女英雄傳》、《花月痕》（約 19 世紀）、《紅樓夢》，還有林抒翻譯的《巴黎茶花女遺事》（1898-1899）等，這些小說均先有一個敘述者說出故事的來源，然後才進入故事的主要內容。這個說書人的角色，在討論傑克一章時，已詳細論述。由此看來，傳統小說的影響力在當時依然處處可見。

這個說書人代替了精神科醫生的角色，除了章回小說的影

42 同上註，頁 6。

響外，其實也是一種在地化的改寫，因為可能當時香港的普羅大眾對這個在當時美國大行其道、而且也常在黑色電影裏出現的精神分折認識不深，甚至可能聞所未聞。把精神科醫生改成說書人，可說是一種聰明又務實的改編。此外，結尾時敍述者俊人更成為這個四角關係的和解者，使各人從罪咎和怨懟中獲得了解脱；作者又讓女主角「罪有應得」地死去，並讓受池魚之殃的前男友活下來，給故事帶來一個相對圓滿的結局。這樣的結局大大地偏離了黑色電影裏那個缺乏道德社會秩序、以死亡和瘋癲為常態的黑色世界，變成一個善惡有報的教誨故事。

二・二　失意男與紅顏禍水

俊人的小説除了挪用黑色電影的內容外，他的很多作品在主題和人物塑造方面也是脱胎自此類電影。他的愛情故事總是被秘密和突如其來的死亡籠罩着，而小説裏的男主角常常是失意受挫折又處於弱勢位置，並且比女主角遇到更多的身心傷害；女主角則有着較好的社會地位，往往是神秘又美麗，而且有意或無意地令男主角的生命及精神受創，可以這麼説，她們是「危險女性」[43]，有時更是蛇蠍美人（femme fatales）。另外，俊人的言情小説經常運用的黑色電影元素還有探討及描寫人的

43　俊人其中一本小説的書名。

心理狀態，特別是那些個人的道德掙扎。這些都是黑色電影很喜歡刻劃的題材。

有關黑色電影的研究在西方早已開始，不同的批評家及學者從不同的角度對這類電影作了大量的研究。[44] 弗特·菲（Fred Pfeil）在〈失火的家園：黑色電影裏的家庭〉（"Home Fires Burning: Family Noir"）一文裏對黑色電影的特徵作了一簡單的概述，並歸納出這些特徵的主要四大面向：意象運用、拍攝風格、敘述內容，及主題思想。他說：

> 在意象運用方面，它們會利用一些景物作為象徵，這些景物包括城市裏黑暗的街道、充滿爵士音樂的俗氣酒吧，也有車廂及現代都市住宅裏既私密又孤立的空間，還有香煙、飲品、華麗的裙子、風衣，以及戴得歪歪斜斜的帽子等物品的大特寫鏡頭；風格上，它們的表達手法多以旁白、回憶片段、表現主義式的燈光、偏倚又不穩的構圖及深景等；敘述內容方面，主要強調不正常的心理動機、男主角怪異混亂又充滿挫折的追尋、迷茫又疲憊的男主角與可疑又強勢的女主角之間的敵意、猜疑及性吸引（還有一個善良

44 據米高·和加（Michael Walker）的研究，有關黑色電影的研究計有主題及格調、社會背景與文化藝術影響及拍攝傳統、象徵手法及影像風格、氣氛及人物塑造、敘事風格、表達的意識形態、拍攝背景、心理分析及描繪，最後是關於男性形象刻劃的研究。詳見 Michael Walker, "Film Noir: Introduction," in *The Book of Film Noir*, ed. Ian Cameron (New York: The Continuum Publishing Company, 1993), p. 8。

但卻毫無吸引力的妻子或母親的角色，她們要不已經過世，要不便是處在無了期的等待狀態中)；在主題思想方面，它們多表達人類荒誕但又很存在主義式的道德抉擇，這個抉擇完全取決於主角在一個無望的黑暗世界裏所養成的道德倫理觀；這個黑暗的世界由一個可有可無、或腐敗不堪的當權者造成。[45]

菲言簡意賅的歸納，讓我們對這類電影的特色有一個概括的認知和了解，也讓我們以此為綱領來討論俊人的「黑色小說」。

俊人的言情小說可以說是黑色電影的變體，因為它們的故事內容及主題思想正如菲分析的一樣，是一個不折不扣的黑色世界：令人感到絕望及窒息的都市生活、一個迷茫困惑的男主角和一個神秘的女主角、以及男主角偏執癡迷的愛慾糾葛。

男女主角之間的愛情在俊人的小說裏總是有股令人忐忑不安、戰戰兢兢的感覺。女主角的身份神神秘秘，男主角一開始想以其智力解開圍繞着女主角的謎團，後來卻不自覺地被她吸引，對她發生感情；也因為愛上這個謎一樣的女主角而給男主角帶來很多不必要的麻煩及傷害。

李察·戴亞（Richard Dyer）指出「黑色電影以刻劃男性

45 Fred Pfeil, "Home Fires Burning: Family Noir," in *Shades of Noir*, ed. Joan Copjec (London, New York: Verso, 1993), p.229.

焦慮為其特徵，這些焦慮主要關於男子氣概及所謂常態的定義。」[46] 法蘭克・古力（Frank Krutnik）對於黑色電影的特點也表達了相同的意見，他還特別強調那些在1940年代製作的黑色電影，「反覆地質疑所謂男子氣概的定義」。[47] 這類電影均患了「戰後抑鬱症」，[48] 因為戰爭的關係，人們的盼望及信念已被侵蝕殆盡。傑人借用了這些元素，創造同時反映了一個陰鬱的戰後香港、以及因身處其中而深感不安焦慮的男性。

失意落泊的男人遍佈傑人的言情小說，短篇故事集《魂兮歸來》可說是一本專門講述這群男人如何在不同的情況下被女人弄得苦不堪言的集子。這本小說由四個長短不一的故事組成，第一篇是中篇小說〈魂兮歸來〉，全篇情節懸疑性十足，再加上大量男主角疑幻疑真的受迫害的心理刻劃，堪稱他同類小說的經典。男主角為了他所愛的女人受盡良心的折磨，不但如此，還要承受自我放逐到澳門的孤獨。故事開始時男主角打算與女主角結婚，但女主角家人嫌他太窮便安排她嫁給一個有錢人。這個大打擊開始了他的故事，而他的惡運陸續再來。首先，分手不久，他受不了相思之苦，於是約了她去戲院看電

46 Richard Dyer, "Resistance through Charisma: Rita Hayworth and *Gilda*," in *Women in Film Noir*, ed. Ann Kaplan (London: British Film Institute, 1978), p.91.
47 Frank Krutnik, *In a Lonely Street: Film Noir, Genre, Masculinity* (London and New York: Routledge, 1991), p.86.
48 Sylvia Harvey, "Woman's Place: The Absent Family of Film Noir," in *Women in Film Noir*, p.26.

影，並以此作為他愛情終結的告別儀式。可是他卻在看電影時遇見他的好友，但為了保護女主角的名聲，他裝作沒看到他。過了幾天，有警察上門找男主角，要男主角為一件謀殺案的疑犯作證。原來他的朋友涉嫌謀殺一個女子，他辯稱有不在場證據，就是在電影院裏碰到男主角。於是警察便問男主角有沒有在電影院見過他的朋友，但男主角因為怕連累女主角，於是對警察謊稱沒有到過戲院。後來，這個朋友真的入獄了，他因而深深地自責，他認為這背棄朋友之義。於是男主角自我懲罰，把自己放逐到澳門去。期間，他的精神狀況轉差，並開始覺得常被跟蹤，覺得那是他的朋友跟蹤他來尋仇的。就這樣，他活在自責及恐懼中，精神及肉體苦受折騰。這些痛苦，全因女主角而起。因為她，他嘗到了失戀的感情打擊、說謊的不安、陷朋友於不義的愧疚、一個人跑到澳門的孤獨無助，還有瀕臨崩潰的精神。

在這個故事裏，他不是唯一的受害者，他的那個被關進監獄的朋友也是一個因女人而讓自己萬劫不復的男人。這個朋友愛上了一個有夫之婦，可是她只是玩弄他的感情，他一怒之下把她殺了。故事裏面的兩個女人，一個軟弱善良，完全屈從父母的安排婚姻，毫無個人意志；另一個玩世不恭，遊戲人間。她們都是男人的禍根，給兩個男人帶來了身心的傷害。

小說集的第二個故事〈骨肉〉是個短篇，內容有點像中國民間傳說〈狸貓換太子〉。故事裏的男主角是一個富商的兒子，而其母則是富商的妾侍。男主角愛上了一個與他身份地位懸殊的窮家女，不過幸好男主角的奶媽鼓勵，二人放膽戀愛。可是奶媽無意中卻發現這個女孩原來是男主角母親的親生女兒，更令人震驚的是，男孩原來是奶媽的真正兒子。這一男一女的身份調換，全因當年妾侍生了一個富商不想要的女孩，奶媽與妾侍於是把她們各自的子女調換。從此，二個孩子的命運便因這兩個女人的陰謀而完全改寫了。男主角最後離家出走，讓這對母女重逢。這兩母女雖然重聚了，可是卻令男主角失去了他的身份、地位和愛情，獨自一人承受兩個女人十幾年前種下的苦果。

第三個是一個中短篇故事〈私奔〉。這個故事是一個違反人倫的故事，並充滿憎恨女人（misogynistic）的情緒。它講述一個寄住在叔叔家裏的孤兒與他叔叔的妻子私奔的故事。這個女主角是叔叔的第二任太太，比男主角年長兩歲。二人私奔一年後，男主角孤身一人又身無分文地回到叔叔家裏請求他的原諒。原來他發現她是一個「大花筒」，當她發現他身上的積蓄所餘無幾時，開始跟其他不三不四的男人來往，最後男主角受不了女人對自己的不忠及蔑視，便回到叔叔家裏。叔叔知道了他的苦況後，不但沒有責怪他，反而說：

> 可憐的姪兒，我怎會不知道你的痛苦呢？……我同情你跟我同情自己一樣。但是，你也該怎樣的同情

> 我啊！你所受的痛苦，不過短短的十五個月罷了，而我，卻是整整的八個年頭了！[49]

叔叔也和男主角一樣，同樣受那個美艷的女騙子所玩弄，不同的是，叔叔有八年的錢讓她花，而男主角的錢只能讓她花一年。原來這個故事的受害者有兩個人，他們與女主角的相處均被描繪得既無能又脆弱，只能在女主角的圈套裏苦苦哀鳴。故事以叔叔的告白作結，來得有點突然又滑稽，但是，卻加倍顯露了對女性的恐懼和憎恨。

最後一個故事〈萍姬〉是一個短篇。男主角是故事的敍述者。他有一天在海邊休息時結識了一個「美麗，年青而活潑……像謎一樣」[50]的女孩萍姬。二人很快打得火熱，後來男主角無緣無故被一個男人打至昏迷送進醫院，醒來後收到女孩的一封認錯信，才發現原來女孩跟他相戀是想刺激她的未婚夫，希望他能對她着緊一點。男主角與女主角的整個認識及交往過程是出於萍姬的精心策劃，她利用男主角對她的感情來達到挽救她自己與其未婚夫感情的目的。最後，男主角不但落得形單影隻的下場，身體上還受了創傷。

另一本中篇小說集《夢幻》其中的一個故事〈夢幻〉也以被遺棄的男人為故事主角。他在這故事裏是一個憂鬱的、復仇

49 俊人：〈私奔〉，《魂兮歸來》（香港：俊人書店，1951），頁 55。
50 見註 49，俊人：〈萍姬〉，頁 57。

心重的醫生。他愛上了醫務所裏其中一個病人，她是一個富有但不快樂的已婚婦人。礙於此，他們只能發展拍拉圖式的精神戀愛——只以書信談情。可是好景不常，他們還是被女主角的姑子發現他們的信，並要脅要告知女主角的丈夫。女主角受不了這個打擊從家裏的陽台跳下去死了。男主角懷疑是姑子陷害女主角，於是借故與她親近，並與她發展戀情，及後他誘使她說出她與她嫂子的種種恩怨，男主角於是把自己的計劃毫無保留地告訴她。聽了之後她晴天霹靂，傷心之際，不小心從陽台掉下去摔死了。這個故事從開始到結局均是灰暗無望。開始時男主角已因事業不得志而鬱鬱寡歡，其後在苦悶的診所裏很難得地遇到一個知音，可是她卻是一個已婚之婦。為了維繫這段感情，他們只能用精神戀愛的方式，這麼一個既委屈又小小的快樂卻又給女人的姑子狠狠地打碎，最後他還是孤身一人在這個社會裏淒清地活着。這兩個女人，都給了他愛情，卻同時毀滅了他的人生。

《長恨歌》的男主角也是個充滿困惑又愛「解謎」的人，而且，他也是被一個謎樣的女人弄得焦頭爛額。女主角是一個夜總會裏無人不曉的歌星，因為逃避單親母親的操控，於是離家出走，把自己裝成一個孤兒找工作，並因此與男主角相遇相識相戀。母親其後發現女兒的行蹤，要脅要傷害二人，女主角為了保護男主角，於是離開男主角，重操故業。一天，男主角無意中在夜總會裏遇見她，她矢口不認自己是那個孤女。為了查明真相，他開始調查她的一切。在調查期間，他遇到女主角那離家已久的父親，發現父親也是在尋找兩母女。他這時才知道女主角這位父親在她小時被他的妻子以窮為由踢出家門，他因而遠走星加坡。不過，他在星加坡發奮成了富商，現在回來尋找妻女，希望一家團聚。於是父親與男主角合力調查。在快要找出真相時，女主角卻發生交通意外，臨死前終與男主角及父親相認。女主角死後，兩個男人繼續孤身上路：父親怕觸景傷情而返回星加坡，而男主角痛苦地返回他的小房間，回味昔日二人一同生活的點點滴滴。

兩個男人，為了尋回他們所愛的人，幾次身陷險境。不過，這些險境的出現，全是女主角的母親一手造成，因為她在他們追尋女主角期間命令黑社會中人阻撓及毆打他們。這個母親才是兩個男人痛苦的根源。她勢利愛財，迫走當時貧窮的丈夫，令他離開心愛的家及女兒，忍受孤獨及思鄉思親的煎熬到異地生活；她獨裁專制，迫令自己的女兒過她不想過的生活，使她與男主角不能正常地相愛。她一手造成四人悲苦又淒涼的結局，致使他們都帶着遺憾離開。

在以上討論的這些故事裏，所有的男主角都因女人而身心受創。他們有些被人飽以拳打或傷以利刃，如《危險女性》、《情之所鍾》、《長恨歌》，及〈萍姬〉的男主角；有些則受心理上的折磨，像《殺人犯》及〈魂兮歸來〉裏的男主角在罪咎感與自責中苦苦掙扎；更有甚者還因女人而發展出不正常的人格，像〈夢幻〉的男主角般變成復仇戰士。除了《危險女性》及〈魂兮歸來〉的男主角最終能抱得美人歸外，其餘所有故事裏的男主角均只能孤身一人，抱憾終生。另一方面，這些故事裏的女主角，無一不是紅顏禍水，不管是有意還是無意，她們均令男主角屢受身心上的苦楚。她們只給男主角一時的愛情溫潤，但卻給他們帶來毀滅性的災難。

俊人小說裏的男性對其生存狀況總是充滿倦怠及無力感，而且心靈脆弱又神經質。他們往往是孤獨的，一個人從中國大陸來到香港，沒有家庭的連繫，而且，最令他們沮喪的是他們無論是社會或經濟地位均處於劣勢。在〈夢幻〉裏，他是一個「苦悶」[51] 又貧窮的年輕醫生。他一個人從中國逃難來港，在香港一間醫務所當助理醫生。雖然他在專業學歷上是絕對符合資格成為一個醫生，但因缺乏資金及社會人脈，未能自己開一間醫務所，只能替醫生當助理。男主角對於這個只重金錢及社會網絡的城市深感無奈，但他又無力改變，所以老是鬱鬱寡歡。在〈魂兮歸來〉裏他是一個繪圖員，本來有一個談婚論嫁的女朋友，可是後來她卻屈服家庭命令而嫁給一個家財巨萬的紡織業大亨作繼室。他分析失敗原因，認為他因「收入不很好，這也許是他失掉她的主要原因」。[52] 這個收入微薄的繪圖員在痛失所愛後，只能無奈地接受家財地位對人們幸福的重要性，他

51　見註 15，俊人：〈夢幻〉，頁 3。
52　見註 49，俊人：〈魂兮歸來〉，頁 8。

也只能孤零零地躲回他寂寞狹小的房間裏。在《長恨歌》裏（195?[53]）他是一個薪水微薄的老師，與朋友合租一個房間，過着節儉的生活。在〈私奔〉裏，他是一個孤兒，投靠他的叔叔，寄居在他家。在《女大不中留》裏，他是一個收入不穩定的職業司機。在《危險女性》（195?）裏他是一個單身作家，並且剛從精神療養院裏出來。這些男主角往往愛上一個社會及經濟地位比他優越的女主角，她要麼是千金小姐，像《女大不中留》裏的女主角是他的僱主；要麼便是一個紅透半邊天的歌女，像《長恨歌》的女主角；不然便是已為人妻，而且嫁的都是有錢人，像〈夢幻〉及〈魂兮歸來〉。

這些故事裏的每一個男主角總是受壓迫被剝削，並且籠罩着一種強烈無奈及孤獨感。他在這個以經濟地位取代傳統父權制度的新環境裏因為家無恆產而變得地位低微，而且不受社會認同和尊重，因此他覺得他男性的身份及權威受到嚴重的衝擊，地位岌岌可危。至於那些美麗的女主角，則是紅顏禍水的化身，她們在故事裏均有着強勢的經濟和社會地位。兩性間這份懸殊的地位，一方面用來解釋和戲劇化男性所受的痛苦，同時也投射了那些未能成功從傳統社會過渡到商業社會的男性的恐懼及敵意。

53 出版日期不詳，但此小說最初見於《華僑日報》，由 1950 年 5 月連載到 9 月。1952 年 3 月則有同名電影上映。

二・三　變態的心理　異常的情慾

上節提過菲指出黑色電影多以描繪角色「不正常的心理動機」為主要故事情節，而俊人的言情小説裏這種黑色電影式的異常心理也佔極重要的地位。最明顯的例子便是《危險女性》，它講述男主角王人傑（這是諧模作者本人的筆名「萬人傑」）被捲進一宗銀行失竊二十萬港幣的案件。他因為偷看他住處對面的一個性感女人換衣服而被牽連，而這個女人又剛好是失竊案裏其中一個匪徒的女朋友。男主角對於漂亮的臉龐及性感的肉體有着難以抗拒的偷窺慾，他覺得光用眼睛遠遠的偷看不夠，還特意跑去買一副望遠鏡，「希望能得到更大的收穫」。[54] 除此之外，他對女主角身份鍥而不捨的追查有着病態的執着，因此惹得他的朋友批評他是「迷戀着她」。[55]

《情之所鍾》也是刻劃偏執的情愛慾望。故事的女主角是一個對已分手的男朋友仍然癡戀的人。儘管她後來遇到一個真正愛她的男人，可是因為她的世界裏就只有不愛她的那個男人，所以，她對那個真正愛她的人的愛置若罔聞。這種執着還使她生出了另一個更可怕的情緒——復仇。復仇方法之一便是跟一個愛她但她不愛的人結婚。這種對失去的人的癡迷越來越不受控制，更導致已婚的她色誘快將成為她女婿的前男友這

54　俊人：《危險女性》（香港：俊人書店，195?），頁 5。
55　同上註，頁 418。

種有違倫常的行為。女主角執迷不悟的極致表現發生在故事結尾前，她先把前男友殺死繼而自殺，以為兩人可在陰間再續前緣。

俊人筆下也有另外兩個角色擁有同樣損人又不利己的復仇心。〈夢幻〉這個中篇故事基本上便是因為裏面兩個角色的各自不同的報復目的而展開的。首先是男主角在其柏拉圖情人跳樓輕生後為了要替其報仇而親近害其情人喪命的姑子。在計劃成功後，他對姑子坦白說：「從開始我對你便沒有真情，一直只懷着報仇之念，我愛的只有一人，你害死她，我恨你，恨透你！你是我的仇人！」[56] 另一個復仇心重的角色便是姑子。她曾經有過一次愛情，但失敗告終，她懷疑嫂子是她失戀的罪魁禍首，這使她發展了一種對戀愛中的女人特別的恨意，尤其是她的嫂子。於是她處處為難嫂子。一旦發現了她與一個男人有曖昧的書信往來，便一心要揭發她。姑子這樣做自稱為了保護哥哥的名譽，其實為了報一己之私仇。同時，在這個故事裏，我們看到男主角也是一個對愛情執迷不悟的人，明知所愛之人是有夫之婦，不但沒有揮慧劍斬情絲，還與她繼續糾纏下去，更天真地發展一段所謂「柏拉圖式的精神戀愛」。情人死了之後，他對她還是念念不忘，轉而執着於尋求她死亡的真相。總而言之，無論她在生還是死去，他對她的愛情也是一種病態的

56 見註 15，俊人：〈夢幻〉，頁 17。

迷戀。

短篇故事〈萍姬〉調子較為輕鬆，沒有像以上所討論的小說那麼灰暗絕望，但裏面還是出現了一個心存不善的女人萍姬。她長得美麗，但為了考驗及挽回未婚夫的熱情，便使計利用男主角來刺激她的未婚夫。這個故事，可能也是脫變自另一黑色電影 *Woman on the Beach*（1947, 1948）。這部電影講述了三角關係裏各人陰險邪惡的人性，而女主角是黑色電影裏典型的蛇蠍美人（*femme fatale*）。她在海灘上偶然認識了一個年輕男子，於是色誘他成為她的情人，以刺激她的丈夫，希望挽救她瀕臨破滅的婚姻。〈萍姬〉也如電影一樣，以男女主角在海灘相遇為始，並描述為愛苦惱的女人如何用陰謀搶救她的愛情及愛人。

萍姬的陰謀及其扭曲的愛情觀在故事的後半部份表露無遺。她在男主角被送進醫院後寫了一封信給他解釋與他結識的原因。她在信裏的自白完全暴露了她的狡猾自私還有扭曲的價值觀。她在信裏先解釋她和她的未婚夫出現的感情問題，並認為與他討論是「搖尾乞憐」[57]的行為。及後她想到利用無辜的男主角來解決這個問題，顯示了她的幼稚和自私。他們第一次在海灘見面便熱烈地聊起天來並不是偶然的，而是女主角「心生一計，借故結識了（他），和（他）親密起來，故意到表哥

57 見註 49，俊人：〈萍姬〉，頁 68。

面前演出……撩起他的妒念……就表示他的愛情仍然存在」。[58]雖然這封信看來是一封道歉信，但她的誠意實在令人懷疑。首先，她沒有親自當面向受傷入院的男主角道歉；而且，她在信末還請求男主角不要控告她未婚夫。由此看出，她寫這封信的主要原因並不是真心誠意慰問男主角或是懺悔，而是要幫她的未婚夫脫罪。這個「蛇蠍美人」在信的最後還頗為涼薄地說他們的認識讓男主角有「一段好的題材」[59]寫作，更說這是他「最大的收穫」。[60]可笑的是，儘管男主角受到如此的對待，他還是覺得萍姫是一個「明艷可愛的安琪兒」，[61]顯示了這個男主角也如其他男主角般偏執癡迷。

俊人的小說大量描繪幽暗變態心理的同時，亦善於刻劃角色的內心活動，例如偏執狂式的妄想和道德窘境的心理掙扎。〈魂兮歸來〉便是一篇描寫男主角趙靜波妄想被迫害的精彩小說。他因為男女之情而把朋友之義捨棄，害朋友吳西神入獄。為此，他良心飽受折磨，睡不安活不好，還避走澳門。他在自我放逐完回港的那一刻，他的妄想症就如山洪爆發了：從他踏足香港碼頭的那一刻，他便一直「看」到吳跟蹤他，並要加害於他：

58 同上註。
59 同上註。
60 同上註。
61 同上註，頁69。

> 為甚麼這個人的舉動這麼鬼祟？趙靜波這時雖看不見他的面貌，卻不免增加了他的疑心，他覺得這個人是故意窺伺着他的。誰會這樣窺伺着他呢？除了吳西神，還有誰！因此他心裏就暗自斷定，這個窺伺着他的人，必是吳西神了。他這樣的窺伺着自己，必然是存心報仇的，如果我給他碰見了，他一定會殺害我，不諒解我的。……可是他不明白吳西神怎麼會知道他這時候回來……無論如何不能給他找着……他乘吳西神正躲在柱後，便立刻跳上車上，吩咐司機馬上開行。[62]

男主角一回香港，便覺得被人窺伺，而這個窺伺他的人，他一直認為是昔日給他冤枉了的朋友。他並且覺得這個人冤魂不散地跟着他，當他以為能擺脫他，安全到達旅館以後，他想：「在這裏，吳西神無論如何也不會找着的罷？……吳西神不會有那樣敏捷的身手，未必這麼容易就跟蹤到這裏來。」[63]他還是神經質地走到窗前檢查一下，可是，出乎意料之外，他又再次看到吳：

> 原來這時在馬路對面的水門汀上，正站着一個男子……眼睛儘向這邊瞧過來，因為這時日影已斜……

62 見註 49，傑人：〈魂兮歸來〉，頁 22。
63 同上註，頁 23。

趙靜波只看到昏暗的半面，可是照他的衣飾身材看來，和剛才在碼頭對面所見到的，是無絲毫分別的。趙靜波在此時此地見到他，心裏的驚懼是無可抑制的。[64]

男主角此時是那麼的震驚和懼怕，令他情不自禁地作出更無謂及盲目的臆測。於是，他更肯定地認為他的朋友「有這樣的耐心在那裏等候，可知他報仇之心是多麼切！這時若與他見面，是決不會幸免了」[65]。他實實在在地相信一直跟着他的那個人便是吳，並且，一定是為了他的謊言要向他尋仇，他覺得他是如何也逃避不了的。

他的驚懼還讓他立刻下了更換酒店的決定，他要離開這個已經被仇人所窺伺的地方。到了另一個酒店後，他不敢關燈，生怕朋友會趁黑從露台爬上來找他麻煩。此時的他，已完全被心裏那個恐懼和內疚的陰影征服，變得毫不理性。驚恐之心還伸延到他的前愛人身上。在他回港的第二天，他要去看他已離了婚的前女友，他不禁擔心吳也要來對付她，向討她債。所以，當他在她的住所等她時，他禁不住地想：

不知道會不會給她帶來不祥呢？因此他此時心

64 同上註。
65 同上註。

中惴惴不安，他好像預感到有若干不幸的事兒就要發生。……他坐立不安，往來地踱着方步，並不斷地向窗外探望，可是，這時已經入夜……他想，吳西神此時會不會在門外窺伺着呢？他此時……非常焦灼，尤其在這個沉寂無人的客廳裏，他更感到一種陰影正向他籠罩下來，要把他吞噬了去似的。[66]

這個一直跟蹤他的人其實是他妄想出來的人物。他所有的焦躁不安及恐懼要到他發現吳已死在獄中並且是罪有應得的才得以解除。這篇小說成功地以一個影像化的方式把一個受盡羞愧及懊悔折騰的人的情緒騷亂展現出來，把男主角的恐懼和罪咎感外在化實體化為一個神出鬼沒的跟蹤者。他是男主角心裏的魔鬼，一直活在他的心裏，纏繞着他，直到真相大白。

俊人的言情小說有不少探討及講述男性對於婚外情的道德掙扎。例如前面討論過的《殺人犯》，男主角徘徊於新認識的年輕女子的慾念與對結婚多年的太太的家庭責任之間。不過，這個故事除了有着男主角對婚外情的心理掙扎外，還有另一層關於罪與罰的道德掙扎：男主角到底是讓他那無辜的鄰居被誣告為殺人而下獄，還是他親自承擔謀殺的罪行？關於這道德掙扎，無論是電影還是俊人的小說，均有令人感動的描述。另外一本小說《有家室的人》也是探討一個已婚男人對其他女人的

66 同上註，頁 31。

慾望。作者讓這個故事以第一稱來敍述，這樣便能更深入及更清楚地探知主人公的心理及情緒，所以這個故事基本上是以他的內心獨白為內容，沒有甚麼跌宕起伏的故事情節。其內心矛盾為：拋棄糟糠之妻還是與新相識發展新戀情？以下是一段男主角的長長獨白，主要是他分析他對太太方家寶（一個典型良家婦女的名字）與新歡黃珍妮（代表既西化又現代化的女子）的複雜感情。當時他與太太在一個夜總會裏共進晚餐：

> 今夜和我同到天宮夜總會去玩的，並不是縈繞在我心懷中的黃珍妮，但是我曾和她來過這兒多少次？在這個地方使我很容易想起她……我要忘卻心事，可是今夜故地重遊，卻只有使我處處懷念起黃珍妮……這真是最可怕的事情……方家寶雖然不是十全十美，但……和她結婚的十年來，她的確盡了妻子的義務，至於那個不能補救的缺憾，實在不是她的過錯啊！……十年了……她顯得有點遲暮……但以黃珍妮和她相較，她們有着極大的距離，方家寶在我的眼中，也就有着更多的缺點了。我承認，這種念頭是罪過的，但我仍然不由得這麼想。
>
> 假如，和我長相廝守的，不是方家寶，而是青春美麗的黃珍妮，那又怎樣？
>
> 我以為，我會比現在更幸福，黃珍妮對我，也似一片熱情，仍然，我不能忘記十年的夫婦生活……我

> 若離開她，良心上也過不去的……何況，十年來的感情不壞，對她，我亦豈易忘情？我是個有婦之夫，對黃珍妮不應該存着妄想！[67]

這段內心獨白很長，佔了好幾頁紙。從他的獨白中，我們看到一個掙扎於髮妻與新歡之間的男人的內心世界：矛盾、壓抑、以及幻想。一方面，他無可抗拒地受着新來的女同事黃珍妮的吸引，他的思緒被她佔據，甚至幻想與她結婚會是何等美好幸福的事。可是他的理智卻還常常跑出來提點他，叫他不應該輕易地離開他的妻子，因為她不單有着賢妻應有的所有美德，更重要的是，他們共同生活了十年，敍述者說那是一段不易也不能拋棄的深厚感情。這樣細長的內心獨白，在他的另一本小說《情之所鍾》也出現過，可見傑人對心理描寫有着盎然的興味及敢於創作的勇氣。這些沒有曲折離奇情節的內心獨白，在當時的流行小說中確是少見，可謂「前無來者」。

黑色電影看來給傑人帶來不少創作靈感、技巧方法及題材內容。其中的失意男、紅顏禍水、乖離的心理慾望構成了他小說的重要景觀，自創一格，可稱之為「黑色言情小說」（romance noir）。

67　傑人：《有家室的人》（香港：傑人書店，1954），頁 73-74。

第三節

危險女性：後窗迷魂

被香港人稱作「緊張大師」的希治閣及其電影在1950年代後期在香港極受歡迎。他曾於1960年來香港宣傳他的《觸目驚心》（*Psycho,* 1960），據説在當時是盛事一宗，引起哄動。其實，「緊張大師」這個稱號早於1941出現，當時電影《蝴蝶夢》（*Rebecca*, 1941）的廣告是以這名稱來宣傳希治閣，其時他的電影還不是很受歡迎；不過，到了1950年代，這個情況完全改變。希治閣的電影不但非常賣座，電影研究者易以聞指出他電影的懸疑色彩及風格更成為當時本地電影的模仿對象，最令人津津樂道的要算是《後窗》（1955），它與希治閣的*Rear Window*（1954）同一譯名，後者在港上映不久後即馬上翻拍成港版《後窗》。這部港式《後窗》集合了當時很多當紅的演員藝人演出，成為該年最賣座電影。此片的拍攝目的是給一名剛過世的喜劇演員伊秋水家庭籌款，當時電影工作人員不可謂不古道熱腸。除了模仿這部電影外，易以聞還指出粵語片《999命案》（1956）、《捉姦記》（1957）、《回魂夜》（1962）、《瘋婦》（1964）、《遺產一百萬》（1966）及《我愛紫羅蘭》（1966）等均取材自希治閣的懸疑和驚悚情節；而且，有些甚至把希治閣電影裏的經典場景改造翻拍，例如，《瘋婦》的開場由導演楚原親自介紹故事重要場景，這種做法便出自希治閣的《觸目驚心》（1960，1960）；又如《回魂夜》男主角爬上古廟追逐女主角的情景便改造自《迷魂記》（*Vertigo*，1958，1958）史葛（Scott）上教堂樓梯的那場戲。[68]

希治閣的影響不限於影視界，它的影響力還延伸到文字媒體，例如俊人的小說，常混入這位緊張大師的電影。他把希治

上圖：1955 年《華僑日報》上刊載希治閣（Alfred Hitchcock）導演的《後窗》（*Rear Window*, 1954）廣告。
下圖：1958 年《華僑日報》裏希治閣導演的《迷魂記》（*Vertigo* , 1958）廣告。

68　易以聞於 2012 年 7 月的演講，講題為〈當粵語片遇上希治閣〉，主要是探討希治閣電影對本地電影的影響。

閣的《後窗》及《迷魂記》裏的人物及情節混合而寫成《危險女性》。這個故事除了描繪傻人一向喜歡的男性受害者的複雜心理外，他也加強了女主角的行動及思想能力，使她成為一個更「危險」及更能幹的女人，反襯出男主角更無力更脆弱。筆者認為這個所謂的「危險女人」結合了上海偵探小説家小平筆下一個非常流行的小説人物——女飛賊黃鶯。這個危險女性既強悍獨立又足智多謀、美艷神秘又有情有義。她與男主角的愛情故事，可説香艷懸疑、驚險曲折，及「抵死」幽默共冶一爐。

其實這部小説的中心情節脱胎自一部由金露華（Kim Novak）主演的黑色電影《警網煞星》（*Pushover*，1954，1954），電影內容為一個調查銀行 20 萬元失竊案的警察愛上案裏匪徒之一的女朋友的故事。這部電影也有監視及偷窺等情節。

傻人利用電影《後窗》及《警網煞星》的偷窺主題作為故事發展的引子，敘述者因為偷看住在他對面的女人更衣而引發

小説《三個女間諜》封面，圖中揮拳者為女主角間諜黃鶯。（來源：小平，1952）

後來一連串驚險離奇的事件。故事是這樣開始的：

> 記得我遷居南角馬路的第一個星期，我坐在面對窗口的寫字枱，正凝神構思一個小説故事的時候，忽然給一條窈窕的倩影給擾亂了思潮。
>
> 我面對的窗門，對着一條約摸（莫）五十英尺寬的馬路，馬路……對面是一幢建築物……對面時時閃耀眼簾……的霓虹管招牌——紅櫻桃酒店……
>
> 我住在十樓，對方……看來也是在十樓了。透過前面一排落地窗望進去，那陳設顯然是個酒店房間……
>
> 那時正是七月燠熱天氣，她走進房間，就急不及待的把擺在几上的電風扇開動，一面迎風把身上的花襯衫解脱，她竟大意得沒把前面的窗帘拉攏……
>
> 脱掉花襯衫，裏面只有一隻半截透明，下半截網狀的乳罩……她面對風扇吹了一陣，似乎還嫌不夠涼快，進一步把下面的黑色窄裙也脱了，裏面是一條紅色三角內褲，兩條雪白頎長的大腿……
>
> 我看得頓時目瞪口呆，深恨自己沒有備好一具望遠鏡……[69]

這段作為開端的偷窺情境源出《後窗》被困於輪椅裏的男

69 見註 54，俊人：《危險女性》，頁 1-3。

主角用望遠鏡偷看對面大廈的情境。不過，俊人卻把它寫得充滿肉慾色彩，裏面有引人遐想的酒店名稱、酒店房間內有撩人的肉體、內衣及動作等。這些描寫已先「色」奪人，十分吸引；而這些令人想入非非的情節投射了男性的性幻想及慾望，成為小說上半部份的內容基調。

偷窺的主題在故事裏一再出現。例如在男主角人傑因為女主角的神秘失蹤而鬱鬱寡歡，他的朋友為了幫他解憂除煩，於是帶他到「架步」[70]看小電影。蘿拉．穆菲（Laura Mulvey）曾經指出，電影製造了「癡迷的偷窺者」（obsessive voyeurs and peeping Toms）[71]。換句話説，看電影是一種偷窺的行為。而人傑看色情電影，也就等同於偷窺。只不過他這次偷窺從他的家轉移到架步裏。這次的「偷窺」雖然同樣充滿「色」彩，不過，同時卻多了一份讓人驚訝又滑稽的感覺。讓我們來看看人傑在錄像帶裏到底看到了甚麼：

> 一個年青美麗的女郎，在大熱天氣中從外邊回家，把身上的衣服一件一件的脱掉，開了電風扇吹風，做出十分舒服的表情，最後連三角褲都去掉，就走進了浴室。[72]

---

70 同上註，頁 56。架步是色情場所的代名詞。

71 Laura Mulvey, “Visual Pleasure and Narrative Cinema,” in *Film Theory and Criticism : Introductory Readings*, eds. Leo Braudy and Marshall Cohen (New York: Oxford UP, 1999), p.835.

72 見註 54，俊人：《危險女性》，頁 58。

這個女郎回家脱衣服的次序及動作跟他之前在他家對面看到的情形很相似；不只如此，及他仔細再看下去時，他發覺片中那個女郎的樣子跟他朝思慕想又失蹤了的愛人也很相似。這個情景，不但把人傑，還把讀者嚇了一跳，情節真的可謂峰迴路轉。不過，與此同時，作者又給這個偷窺行為開了一個玩笑：偷窺不是私密又個人的行為，因為偷窺者，被偷窺者、甚至偷窺的內容，可以被複製、被分享、以及被傳播。言下之意，我們所看到的事事物物，均可以被機械傳播及複製，而且，再也找不出複製品的源頭，就像男主角找不到女主角的真正身份一樣。這不正正就是班雅明論說的那樣，在「機械複製」（mechanical reproduction）的時代裏，藝術品再也找不到「本真」（authenticity）和「光暈」（aura）了。[73] 不過，對於所謂「本真」及「光暈」的消失，俊人跟班雅明的態度也頗為相似，二人均不認為那是一件令人很傷感悲哀的事。俊人的態度更灑脱，還把這個複製行為自我取笑一番。

事實上，俊人對所謂本真的意義、以及對複製行為的自我嘲諷不獨見於以上的例子，早在故事開始時，作者已大大地幽了自己複製（抄襲）行為一默了。這個玩笑發生在男主角偷窺女主角時，發現她的住所被一名大漢闖入，他立刻打

73 Walter Benjamin, "The Work of Art in the Age of Mechanical Reproduction," in *Illuminations: Essays and Reflcetion*, ed, Hannah Arendt (New York: Schocken Books, 1968), pp.217-251.

電話報警，可是接電話的那個警察不但不馬上派人來，還調侃男主角說：

> 「你是酒店的侍者？」
>
> 「不。我是酒店對面的住客，從望遠鏡看到這一切。要不趕快來制止，她會被抓去，太可怕了！」
>
> 「哼！我想你是剛看完希治閣的後窗，也引起你胡思亂想罷？」[74]

俊人毫不避嫌地把自己的作品與希治閣的電影連在一起，更直截了當說明這個故事是指涉電影《後窗》。這麼坦率的交代很可能出於作者欲以此電影為其小說背書，增加其作品的文化資本，不難想見希治閣電影在當時的影響力。

以上兩個作者對自己作品自我調侃的例子在在顯示了作者有意識地運用自我指涉，再加上從這兩個玩笑所散發出的滑稽幽默感，可以說是一種很後現代的創作方式，它是俊人創作的個人標記。

這個故事除了有電影《後窗》的元素外，還混合了《迷魂記》的男女主角這兩個角色及這部電影裏的幾個經典場面。在角色設定上，小說裏男女主角基本上是模仿電影裏的男主角史葛（Scott）及女主角馬德蓮／朱蒂（Madeline / Judy）。

74　見註 54，俊人：《危險女性》，頁 13。

小說裏的男主角王人傑跟史葛不相伯仲，內心同樣躁動不安而又偏執。小說一開始時，人傑剛從住了好一陣子的精神療養所回家，他說他自己因精神情緒問題要住進那裏。這個精神情緒問題便合理化他接下後來的異常行為：偷窺和迷戀女主角、執着於追尋她的身份及下落。有趣的是，他以百折不撓的精神及行動力尋找女主角的下落，固然出於他對女主角的癡迷，但他同時也藉此來建立其智勇雙全的形象，一洗其精神情緒有問題的不良紀錄。不過，與電影大大不同的是，他也沒有完全成功地顯示他智能及勇武的不凡，因為他身邊有個在各方面都比他強的女主角，她常常在他陷入困境時出手相扶甚至相救，人傑因此成了一個比史葛更脆弱的男人。

至於女主角方面，她也如馬德蓮／朱迪一樣，有着神秘的雙重甚至多重身份。這個女主角有不同的名字和職業，包括拍小電影的朱紅麗、應召女郎蘇曼雯和蘇．格烈達，而其本人的真正名字是蘇嘉麗。她不像電影裏的朱迪那樣一直被男性模塑改造，她的多重身份是她自我主動建構的。她為了查出誰陷害她偷那 20 萬元的賊贓，便扮演不同的身份到不同的地點調查，有時甚至冒生命危險混進黑社會的內部活動中。她還使計讓港澳兩地不同的黑社會幫派發生槍戰內鬥，不但讓警察藉此把他們一網成擒、讓她得以洗脫罪名，還在這場搶戰中救了男主角一命。

這個智勇雙全的女性角色反而更像當時香港一個流行小說

人物女飛賊黃鶯——一個受過武術訓練又配備先進科技的間諜及私家偵探。這個角色最早於 1948 年在上海出現，由偵探小說家小平創造出來。1949 年共產政權統治中國，禁止偵探小說的創作，於是黃鶯故事便傳來香港，1950 年代風行一時。在 1954 到 1959 年間，她的故事還被改編成四部電影。黃鶯的故事及形象在其後的十多年裏不斷演變，[75] 發展成 1960 年代粵語片裏風行一時的黑玫瑰、白玫瑰、白蝴蝶、女黑俠、女殺手等不同的現代俠女角色。而小說裏面的蘇嘉麗是傻人混合了《迷魂記》的朱迪及本地偵探小說角色黃鶯而來，把電影裏無助的朱迪變成足智多謀的朱紅麗、蘇曼雯、蘇．格烈達和蘇嘉麗。

小說《死亡邊緣》封面，圖中持杆的女人為女主角黃鶯。（來源：小平，1953）

除了混合《迷魂記》的角色外，小說裏也有不少情節改寫

75 關於黃鶯的資料及其演變，可參閱魏豔：〈女飛俠黃鶯——從上海到香港〉，香港亞洲研究學會第八屆研討會：亞洲的變革、發展及文化：從多角度出發，香港，2013 年 3 月。未出版之會議論文。香港：香港教育學院；容世誠：〈從偵探雜誌到武打電影：「環球出版社」與「女飛賊黃鶯」（1946-1962）〉，載姜進編：《都市文化中的現代中國》（上海：華東師範大學出版社，2007），頁 323-364；吳昊：〈暗夜都市：「另類社會小說」——試論五十年代香港偵探小說〉，載梁秉鈞，陳智德，及鄭政恒編：《香港文學的傳承與轉化》（香港：匯智出版，2011），頁 151-169。

自這部電影。例如，王人傑在酒店救了女主角後，提議她到他的家裏暫住避風頭。但她走得太急又不敢回去拿衣服，於是人傑主動說要幫她買幾件回來。買完後回家叫她試穿：

> 「這新衣服你且穿起來，看合不合身份，我（人傑）買的時候沒問清楚你的尺碼，都憑我的眼光猜測的。」我說。
>
> 她回到房裏，十分鐘後，穿了我買的新衣服出來，果然很稱身。……之後，她把另外兩件我買給她的衣服都試穿過，尺碼適合得和定製沒兩樣。[76]

這個換衣服的情景基本上是從電影裏史葛把朱迪帶到百貨公司買衣服，企圖把她變回馬德蓮一樣。不過，俊人替這個情節加油添醋，使其充滿了男性的性想像及性的暗示。男主角幫女主角買衣服根本就是他運用其性的想像力對女主角的身體再一次瀏覽。此外，二人在這段更衣情節展現了曖昧的互動，兩人在一穿一脫間分享着身體上的秘密，雖沒有真正的肉體接觸，但已令人想入非非，並為二人後來發生的肉體關係埋下伏筆。

另一個《迷魂記》的改寫是男主角與女主角在她住的酒店房間門口試探她的身份。故事裏人傑在女主角神秘失蹤後在一間餐廳重遇她，男主角當時看到她與一個生意人一起，態度親

76　見註 54，俊人：《危險女性》，頁 33-34。

密，還看着她跟他上了酒店的房間。為了查明她的真正身份，人傑在第二天上門到他們入住的房間，與女主角對質。但當他們結束對話後，人傑卻有這樣的反應：

> 她畢竟是不是我正在追尋的朱紅麗？直到此刻，我還不能遽下斷語。從外表看來，她和我相處過的朱紅麗簡直是無從分辨的；但她的語調又使我相信她的確是另外一個人，否則的話，她就是一個演技最佳的演員，和我談了這樣一大堆話，都沒表現出絲毫和我見過面的神色，或在她的談話中露出一點點的破綻。[77]

這段獨白，把人傑的迷茫和困惑表露無遺。雖然二人在門前談了好一陣子，卻未能解答人傑的滿腹疑問，還把他弄得更糊塗；更糟糕的是，他再見他心上人的願望又一次落空，這不但給他造成心靈上的傷害，還破壞了他對自己的調查能力的肯定。這次酒店相遇再次呈現了男主角的被動、可憐和迷茫。

《迷魂記》裏讓人最感動難忘的大概是朱迪的自白信，這封信出現在電影中段，揭露了朱迪的真正身份，讓觀眾驚訝之餘又有點措手不及。這麼一個聰明的發展，俊人也把它保留在小說裏，但他當然也把它改頭換面一番。以下是小說中這封信的全文：

77　同上註，頁 211。

人傑：我佩服你的聰明，我幾乎瞞不過你，給你看出我的底蘊，所以，我若是再在這兒留下來，將是一件危險的事。

以你的言談舉止，一切都表現着你對那位朱紅麗小姐不能忘懷，我憐憫你的深情，所以給你一次的滿足。可是，只此一遭，我們的關係，萬不能再拖下去，因為這對你、對我都沒有好處。

這一次，你已達到目的，希望你以後不要再對我念念不忘，也不要再懷記着你的朱紅麗小姐。蘇曼雯和朱紅麗，都不會再在你的生命中出現。以往的事，作為你的一個夢。我已盡力將你的夢美化，無論如何，你該滿足了。

現在，我不妨對你坦白承認，我就是你所懷疑的朱紅麗。我所以不辭而別的離開你，是有着不得已的苦衷。因為我是個危險的女性，在我周遭，長久地潛伏着種種的危機，你若與我接近，這些危機會牽連到你身上，那將會造成你很大的災害。

人傑，我已使你達成你的夙願，希望你從此忘記我，忘記過去的一切，專心一意的寫你的小說，過你的安定日子。你若一定繼續追尋我的隱秘，一定會後悔的！[78]

78　同上註，頁231。

俊人把朱迪滿是深情的信[79]來一個大改造，把它變得客氣和理性。這封信裏女主角的態度冷靜含蓄，有時又充滿母性的關懷。即使提到他們之間發生過的肉體關係，她也表現得淡然疏離，只是多謝人傑對自己的愛意。整封信缺乏男女間的激情，始終貫徹了女主角強悍理性的性格。這一如俊人小說裏其他女主角，不但讓男人可望而不可卻，也讓他們感到如嬰孩般渺小和脆弱。

希治閣的電影在1950年代的香港確實軒起過一股旋風，它們給俊人的言情小說提供了不少題材與靈感。希治閣電影的懸疑和偷窺主題成了《危險女性》的基本架構；小說裏的角色塑造、劇情和情節變身自《後窗》及《迷魂記》。不過，值得留意的是，俊人卻絕不是盲目的抄襲挪用，他往往會作出一些改動，這些改動有時充滿玩味，有時又洋溢着自嘲的幽默。在《危險女性》裏，他以一貫的手法描述男性的弱勢和無助，另一方面又戲劇性地加強了女性角色的強悍及智能，繼續投射和呈現其對兩性間身份和地位的焦慮。

---

79 朱迪的信滿是她情意綿綿的表白，內容是她對史葛的複雜感情，裏面有罪惡感、無奈、盼望、悔恨和深情。信的開頭及結尾幾句表白尤其癡情，像「這一刻我害怕了很久也盼望了很久」（“This is the moment that I've dreaded and hoped for”）、「我是那麼的想見你」（“I wanted so to see you”）、「我要你像我般愛你」（“I want you so to love me”）、「我犯了大錯，因我愛上了你」（“I made a mistake. I fell in love”），尤其令人動容的是「希望我能讓你再愛我，愛真正的我」（“hoping that I could make you love me again as I am”）。Alfred Hitchcock, Vertigo, YouTube, 2011年6月16日，https://www.youtube.com/watch?v=4WAxDlUOw-w，2016年3月28日。

第四節

電影語言：動態化、視像化、聲音化

俊人小說裏的電影元素還有視覺化和聲音化的描寫手法，即像電影般結合影像、聲音及動作，常出現大量影像化、有聲化及動感場景的描述。

《危險女性》開頭的場景便是一個充滿電影感的描寫，前面已有引錄。這是一段男主角觀賞他家對面那性感美艷女人的一行一動的描述，從她踏進家門開風扇脱衣服到最後進入洗手間，到消失於男主角／讀者眼前為止。讀者通過男主角如攝影機一樣的視角看到他看到的一切，就像電影導演用他的鏡頭拍攝他的對象一樣。

這段偷窺場景的第一句已把敍述者所處的位置明白顯示出來，他是坐在屋內窗前的一張書桌前。這是從一個頗有距離的視角描述男主角的位置，把他整個身影及屋內的大部份景物包含進場景內，這種把攝影對象及其周遭環境整個放在景框內的表達方式就如電影裏的長鏡頭運用，用以告訴觀眾故事發生的背景。描述的第二句便從遠景轉移到男主角的視角，而接下來的描述便是男主角目所觸及的景象細節了。這種純粹是敍述者的視角活動可稱之為觀點鏡頭（point-of-view shot，簡稱 POV shot），亦即主觀鏡頭。整段記錄着重描述外部細節，首先映入眼簾的是有「五十英尺寬」的馬路，然後鏡頭放遠一點，看到對面大廈掛着寫上「紅櫻桃酒店」並「時時閃耀」的霓虹招牌。跟着，鏡頭對準大廈其中一個窗戶，並仔細刻繪了房間的內部陳設，最後鏡頭落在一個女人身上，作者用放大鏡般的手法把她的穿着及動作詳盡描述。此外，這段描述也充滿「色」感，這種「色」感主要是從描繪女主角的身體及其衣着而來的。她就像一塊調色板，身上有着各種各樣的顏色，有「花色」襯衫、「半透明」乳罩、「黑」裙、「紅色」三角內褲，還有「雪白」的大腿。這個充滿色彩的畫面，頗為「養眼」，可謂先「色」奪人。

這本小說除了有色有細節的描寫，還有大量的動作場面，其中最有動感的要算是故事末段的警匪槍戰了。這個場景令人想起那些警匪片裏不可或缺的槍戰場面。以下所引為男主角「我」躲起來看到這場充滿電影感的槍戰情景：

> 我盡力在假石山後面窺望。那幾個從貨車上跳下來的漢子，他們立刻散開，將槍拿起，集中目標在三〇二號房間的窗門。其中一個……在發號施令。只見他右手一揮，數槍齊發，都向窗門射去……指揮的人又一揮手，左右兩邊兩名槍手像受過訓練的軍隊，迅速竄進酒店裏面，再一揮手，另兩名在他們後面作掩護。看情形，他們要直搗對方巢穴。……就在這時，突然砰的一聲，響了冷槍，哇的一聲慘叫，幾名大漢

當中有一個中槍倒下，其餘的立刻散開，在地面伏下。

……在廣場外邊小樹叢中，蠕蠕的有黑影在移動。……至少有二十人左右，而且似乎是穿上制服的……一定是警探。現在各方面的人都集中到酒店來……警探在外圍把這些人作了一個大包圍……屋頂上的人，和地面上的人又駁火了……突然，轟隆一聲巨響，從三〇二號房間的窗門，吐出火舌……進攻的人向房中扔進手榴彈……[80]

這段描述從男主角的視角出發，當時他處在酒店花園裏的一個假石山後面，偷看到從四方八面來的人的不同動作。從他的水平視線看到一群黑幫分子從車裏衝出來後開始互相駁火；他又把視線延伸到不遠處，看到荷槍實彈的警察正悄悄潛到花園裏來，準備來一個螳螂捕蟬黃雀在後的突襲。他的視線也向上延伸，看到另一幫黑幫躲在屋頂向下面的另一幫人開火。畫面除了人的各式戰鬥射擊動作外，也有子彈橫飛的情景，而把這戲劇性的槍戰推向高峰的是「轟隆一聲」的手榴彈爆炸。這一聲巨響，連同槍擊及人們慘叫聲製造了突出的聲音效果，更加強了這段描述的電影感。影像、聲音，以及動作把這幕槍戰形象化又生動地呈現出來。

---

80 見註 54，傑人：《危險女性》，頁 492-497。

另一影像化的描述出現在〈魂兮歸來〉這篇小說的後半部。作者把男主角趙靜波內心的恐懼及罪咎感外在化及形象化，即以一個陰魂不散的、來歷不明的影像來表達他的不安和驚恐。這個人影在他重回香港時便開始出現：

> 走出碼頭，偶然抬起頭望……有一個人觸入他的眼簾……這個人……他懷疑是吳西神，這時正站在碼頭對面的水門汀上，他頻頻地向碼頭瞧望着，似乎是等待着甚麼人……他想再看清楚，那個人卻已把他的半身躲在一條柱子後面，趙靜波就沒法看清他的全面了。[81]

男主角甫下碼頭，偶然抬頭張望遠處，看到一個神秘的身影。透過他的眼睛，讀者得知這個人的位置，而他的視角，便是一個廣闊的長鏡頭，把遠處人影及其背景，如碼頭、水門汀、及柱子納入鏡頭內。此外，這段描述還很有黑色電影處理強烈陰影的味道，那便是半身躲在柱子後面的那個人。可以想像，他的下半身處在強光下，而上半身，包括那張臉，則隱於陰影中。這種無法看清面目的影像，加劇了懸疑的氣氛，同時也把男主角的不安作了視覺化的處理。

這種影像化的細節描寫在故事的後半部份不斷出現，用

81　見註 49，傑人：〈魂兮歸來〉，頁 21-22。

以戲劇化和誇張化男主角的恐懼。例如當他第二天在酒店醒來後，於晨光中步出露台，他又「發現」那個跟蹤他的人了：

> 當他推開玻璃門時，他的視線就可以看到街上，在晨曦中，街上行人不少，趙靜波在無意之中，立刻就發現人叢中有一個可疑的人，他的面貌和吳西神十分相像，他並且覺得這個人不時的抬頭瞧向他這邊來……可是他卻沒有在門外守候着，只是隨那群人走過……於是他匆匆的跑下樓……急忙趕上去……可是快要跑到他身邊的時候，那個人卻似乎發覺有人追尋着他似的……加速地跑……因此他極力追上去，只見吳西神極力地跑，又不斷地回過頭來瞧看他，他急得揚揚手呼喚他的名字，可是他一叫出他的名字，他跑得更快，轉彎抹角地走了一會兒，竟然失去了他的所在。[82]

這段描述一開始時是以男主角的主觀視角來敍述。他先看看晨曦中的街道，然後視線停在一個可疑的人身上，他覺得那人往他這邊瞧，並認定那是要向他報復的朋友吳西神。接下來，讀者看到男主角跑下去一路追趕吳，敍述者此時換以一個推軌鏡頭（tracking shot）代替男主角的主觀視角，跟蹤着兩個

82 同上註，頁 27-28。

人奔跑及互相追逐的動作。所謂推軌鏡頭即指把攝影機放在軌道上跟着拍攝的物體移動。敍述者把這個推軌鏡頭放在遠處，首先捕捉男主角跑下樓，然後鏡頭跟着他跑，當他快要追到吳時，鏡頭於是把二人放在一個鏡框內，跟隨二人的步伐，記錄着你一前我一後的追逐，直到街角轉彎處可疑人的身影消失。

傑人除了善用如主觀鏡頭、長鏡頭，以及推軌鏡頭般的描寫外，也有大遠景（extremely long shot），或確立鏡頭（establishing shot）的描寫。大遠景或確立鏡頭意即拍攝一個極廣的範圍，通常出現在史詩電影裏，並常用作電影的開場境，用以告訴觀眾故事發生的時空。《情花》（195?）的開端便是一段非常精彩的全境描述。這本小說的主要內容講述一個女孩從上海坐走私船偷渡來香港後發生的愛情經歷。故事便是以她深夜坐船來港於海上漂流的情景開始，敍述者以確立鏡頭般的描寫開始這個故事：

> 殘月躲在厚厚的雲層裏，天幕上像掛了一張絨幔，大地籠罩在黑沉沉的氛圍中，颱風的季節，風雨來臨的徵兆……在揚起的浪花的海域中，正有一條機動小漁船，隨着風浪飄蕩。[83]

83　傑人：《情花》（香港：長興書局，195?），頁 1。

敍述者以一廣角式的俯瞰描述告訴讀者故事發生的時間和地點。時間是黑沉沉的晚上，地點是在一個波濤洶湧的大海中，天上積着厚厚的雲，正是風雨欲來。海面上只見一艘被風浪打得左搖右擺的船。描述裏出現的廣闊無垠的天際與海面、若隱若現的殘月，還有洶湧的波濤充滿詩意。正如電影理論家貝勒．巴贊（Béla Balázs）所說，全境鏡頭常呈現出一種「精妙的抒情感」（subtle lyricism）。[84]

敍述者以全景鏡頭把故事的時間地點交代完之後，畫面立刻出現了第一個角色，這個角色以一個全身鏡頭呈現出來。他是一個高個子舵手，此人正在掌舵，緊張地望着前方。人物的全身鏡頭通常出現在確立鏡頭之後，這是電影很常見的做法，即把鏡頭從高空下降到水平線上，把故事人物或相關物件攝入鏡框，用以展開故事情節。在這個全身鏡頭的描述後，敍述者進一步把「鏡頭」拉近，仔細描寫舵手的面部細節：他是一個「滿臉鬍子」[85]的人，而且他的「額上的汗珠也掛得很多」。[86]這種近距離的描寫像電影的特寫鏡頭（close-up shot），透過放大他面部細節的描寫，例如，他額上那些大粒大粒的汗珠，呈現了他緊張的心理反應，因為他正擔心警察巡邏艇的出現。敍述者以「全境鏡頭」介紹了時間和地點後，又以「全身鏡頭」

84 Béla Balázs, *Theory of the Film: Character and Growth of a New Art* (New York: Dover Publication, Inc., 1970), p.142.
85 見註 83，俊人：《情花》，頁 1。
86 同上註。

及「特寫鏡頭」把人物帶出，經過這些背景資料的引介後，故事正式開始。

這段描述的電影感除了影像外，還有聲音的效果。首先出現的是那怒吼的海浪聲，接着是警察巡邏艇的聲音。不過，這巡邏艇的聲音有更為重要的任務，那便是製造緊張氣氛。巡邏艇剛開始時只發出「微弱得幾乎不可聞的馬達聲」，[87]然後，「聲音漸來漸響」。[88]不過，它一直沒有在畫面出現過，反而營造了一種只聞其聲不見其影的不安效果，不但令舵手的情緒緊繃起來，連在船上的其他偷渡客及讀者的情緒也變得緊張起來，因為大家都着急地想知道它到底會不會突然出現捉拿走私船。

這段開場景充滿電影感，透過如電影拍攝技巧的確立鏡頭、近鏡、大特寫等描述，分別把故事的時空、故事的人物、背景及調子呈現出來，再加上聲效的刻劃，使這段文字充滿既詩意又緊張的情緒，一如《危險女性》中聲「色」俱備的開頭，成功地刺激起人們追看的興趣。

電影早期被稱作「移動的圖畫」（moving picture），顧名思義，人和物的動態呈現是電影其中一項重要的元素。在傑人的言情小說裏，也有大量人物活動的刻劃，主要表現在各式各樣的跟蹤和追逐上。而他於 1950 年代後期創作的小說中，由人

87 同上註。
88 同上註。

執行的這些活動擴展到車輛的跟蹤追逐。《女大不中留》[89]裏面便有幾個刺激的車輛追逐情景，儘管那是一個富家女與其私人司機的浪漫愛情故事。第一場跟蹤發生在富家女被綁架而男主角無意中在街上發現匪徒的蹤跡。他首先悄悄跟蹤綁架者，後來這個綁架者上了車，男主角立刻攔截了一部的士，對的士司機說：「請緊跟前面的喜臨門，不要放鬆。」[90]司機於是「急趕一程，那輛小汽車已給趕上，正在前面，他緊貼在後面……把汽車緊貼地開着，一直跟他們到了北角」[91]。值得注意的是，除了文字的描述，小說還附上一幅插圖，似要加強這場跟蹤的視覺效果。這幅插圖讓人聯想起當時荷李活黑色電影裏很多車子跟蹤的畫面，例如《殺夫報》（*Double Indemnity*，1944，1946）、《舊恨新歡》（*Out of the Past*，1947，1949）、《鐵血金剛》（*Raw Deal*，1948，1949）、《原子煞星》（*Kiss Me Deadly*， 1955，1956），以及《迷魂記》等。

故事將要完結時，男主角跟蹤綁架者到一個很偏僻的地方，並發現了被綁架的女主角，他正在想如何救她時，卻被綁架者發現，男主角於是急忙駕車離開，而綁架者也驅車追捕，二者上演了一場於山路間的汽車追撞戲。由於男主角的車子與綁架者的車子一先一後的追追逐逐，就像電影裏不同的分鏡，

89 本文所引是參考藏於香港大學圖書館的 1962 年版本。此外，此小說也有 1958 年出版的版本，但現藏於美國的耶魯大學。
90 傑人：《女大不中留》，第 2 版（香港：海濱圖書公司，1962），頁 171。
91 同上註。

《女大不中留》的插圖，並附有標題「黑夜飛車賀能緊跟容富國」。（來源：俊人，1962）

而俊人以文字把這些分鏡組合成一個完整的有機體，恰如電影的組合和疊接的剪接技巧。這種剪接技巧稱之為「蒙太奇」（montage）。另外，這場汽車追逐戲的電影感還有顏色及聲音的描繪，所有這些文字化的電影拍攝及製作技巧，讓這場汽車追逐充滿視覺的感觀刺激。這段描述值得詳細引錄：

> 正當他的汽車轉出公路時，立刻發覺後面有一輛汽車追出來……他在車內反映的小鏡上，可以看到另一輛汽車也在後面遙遙跟蹤，絲毫不放鬆……二輛汽車，一前一後，在彎曲的公路上飛馳，有時在拐彎的時候，彎度太急，車胎發出刺耳的聲音……
>
> 可是當他開到大轉彎的山邊，才轉過了那個彎曲，立刻發覺迎面來了兩輛汽車……強烈的燈光迎面

向他射過來，他立刻感到兩目生眩……沒法看得清楚……當他扭動汽車的軚盤，汽車已經越出公路邊，直向下面的田疇衝去……只見汽車在田裏翻了兩個筋斗，便四腳朝天的躺在田疇裏……汽車躺在田中，他也昏厥過去了。

一切歸於沉寂……

是一個陰暗的上午天，太陽躲在厚厚的雲層裏，只露出或隱或現的片面。[92]

這段描寫由很多個「場景」（scene）組成，每一個場景是一個獨立的「分鏡」。第一個「鏡頭」是男主角駕駛的汽車在公路上行駛，接着是一個特寫鏡頭，聚焦車內小鏡上倒影着的另一輛汽車。然後鏡頭又拉遠「拍攝」在彎曲的公路上兩輛奔馳的汽車；第四個鏡頭又回到男主角身上，描繪他在車內看到兩輛正向他駛來並發出強光的汽車，跟着大特寫他猛力扭動軚盤。到了第六個鏡頭便是他的汽車衝出公路，接着打了兩個筋斗躺在田裏，然後是他昏過去的情形。第八個鏡頭是一個沒有任何景物的的空鏡：「一切歸於沉寂」；而第九個鏡頭跳到第二天的早晨。

這場汽車追逐戲可以說是由九個鏡頭組成，分別描繪不同的地點、時間，以及物體及其動作。地點方面有從直路到彎

92 同上註，頁 182-183。

路、從小路到大路，還有四野無人的田疇，時間則從晚上到第二天的白天；動作有汽車的飛馳、衝欄、翻滾，還有男主角扭軚、昏厥的樣子。作者就像電影裏的剪接師一樣，把不同的分鏡組合排列成一個連貫有序的動作系列。不單如此，作者還為這個飛車場面加上特別的光影描繪。一開始應該是晚上的自然暗黑，但這黑暗被兩輛汽車車頭射出的強烈燈光劃破了，後來男主角的汽車衝下田裏翻側，「一切歸於沉寂」，也就是再回到黑黝黝的情景裏，最後卻是第二天陰暗的白天，有一點曙光露出，與之前的黑夜形成強烈的對比。

光影動作之外，作者更加進了特別聲效，裏面有「車胎發出刺耳的聲音」，代表汽車一衝一剎的動感；二輛汽車一前一後「飛馳」的情景也暗示了如雷的引擎轉動的聲音；翻滾下衝的汽車可能也造成令人驚心動魄的撞擊聲。除了這些可聽到的聲音之外，還有那令人不安的「沉寂」，這靜寂也算是聲音的一種。威廉．積士（William Jinks）認為靜寂在電影裏能夠「激起強烈的情緒及帶有極大的衝擊力，給我們熟悉的事物帶來一種恐懼感和陌生感」。[93] 書裏的這個「沉寂」正如積士所說那樣，給影像製造了令人震撼的效果。當前面由汽車發出的震耳欲聾的聲音給讀者帶來無比的刺激感時，突然出現了「沉

93 William Jinks, *Celluloid Literature: Film in the Humanities* (Beverly Hills: Glencoe Press, 1971), p.104。引自 Gautam Kunduk, *Fitzgerald and the Influence of Film: The Language of Cinema in the Novels* (Jefferson, N.C.: McFarland, 2008), p. 168，第四章註解 35。

寂」，不但把讀者的情緒整個扭轉過來，還聰明地給劇情帶來了一個戲劇化的轉變，因為這沉寂預示了可能發生的不幸事情。

這段文字還有一可圈可點的地方，那便是省略號的運用，它出現在汽車失事翻側、「一切歸於沉寂」後。省略號在文字中的應用一點不出奇，但法國學者馬尼在她研究的兩次大戰期間美國作家的作品時，卻認為文學作品裏省略號的用法受到電影的影響，並特別分析省略號在這些作家的作品裏的應用、以及它與電影的關係。她指出文本裏的省略號，像電影的空鏡一樣，有着「不可估量的暗示能力」。[94] 而 1950 年代俊人的這本小說裏，這個符號的應用同樣有着強烈的暗示意味。其實，根據巴贊的說法，省略號在電影裏代表「場景淡出」，[95] 它以「一個漸黑的鏡頭把場景慢慢定格下來」，[96] 這是一種省略某一段時間的特別表現方式，作用是告訴觀眾「時間消逝」[97] 的同時，還刻意激起強烈的情緒。[98] 這個省略號在故事裏的作用也是這樣，除了用以顯示晚上已經過去，一個陰霾的第二天來臨，還要喚起讀者因刪去了一夜所產生的好奇及焦慮。所以它有着強烈的暗示性質，並不是作為一種解釋的手法。因為如此，馬

94 見註 8，Claude-Edmonde Magny, *The Age of the American Novel,* p.52。
95 見註 84，Béla Balázs, *Theory of the Film*, p.143。
96 Ibid.
97 Ibid.
98 Ibid., p.144.

尼認為裏面所引起的曖昧含糊充滿詩意，它給讀者／觀眾一種「美感的享受，而不是智性」[99] 的灌輸。

傑人小說裏電影語言的應用既大量又多樣化，主要表現在對外在事物寫實生動形象化的描寫，不管這些事物是動的還是靜止的，他以電影拍攝的技法，如不同的鏡頭運用，或遠距離或大特寫把人物或事物的外觀及各式動作呈現出來。他有如相機般的眼睛及電影感不單把外在事物以寫實的手法表達出來，還有效地把作品的情緒，及角色的心理狀況表現出來。

傑人的電影式文藝小說可以說是與其他文化和表達媒介的積極對話與大膽實驗的成果。他的作品雖然挪用了荷李活黑色電影及希治閣電影的內容，但他卻作了一些充滿創意的改動，這些改動既應因了當時本地文化及社會環境的需要，同時也反映了當時的社會情況。筆者相信，傑人的這種創意的挪用和改造是對電影這個第八藝術的肯定。他一定清晰意識到電影對人們的魔力，所以，他聰明地利用了這個廣受歡迎的藝術形式實驗更多的寫作可能；與此同時，以電影入文也是一種商業考慮，因為他利用電影的成功來替他的作品背書，從而獲得更多讀者的認可和青睞。他小說裏黑色電影的元素可說是呼應同時又反映了 50 年代香港陰鬱的社會氣氛，而電影裏男性角色的迷

99　見註 8，Claude-Edmonde Magny, *The Age of the American Novel*, p.57。

茫與躁動不安，亦反映了戰後男性在現代都市生存的不安及焦慮。這些與電影有密切關連的的文字創作，顯示了當時電影在社會文化所產生的影響，同時也説明了這些被認為是「公式」化的流行小説其實是一個充滿各式多樣文化符號交換的活動。

第四章

孟君

歌德式的瘋癲幽閉與女性的覺醒反抗

傑人的黑色言情小說反映了一個充滿焦慮、懷疑、陰鬱及孤獨的現代城市生活，無獨有偶，與他同時期的另一位女言情作家的作品裏也和應着這種看法。這位作家的作品也同樣表達了一個令人沮喪及不安的世界，而且比傑人的世界更支離破碎更具顛覆性更令人難堪。這個世界是一座孤島、一棟荒野別墅、一所瘋人院，裏面充滿着死亡、瘋癲、壓抑、暴力和慾望。這位女作家馮畹華（1924-1996）以筆名孟君為人熟悉，1950 年代是她小說創作的高峰期，她這時期的很多作品多以描繪破敗墮落的景物和性格乖邪的女性為主，故事內容滲透着一股不寒而慄又詭異陰冷的氣氛。

她這些陰暗的愛情故事均以雙線故事發展。第一條線是成長教育故事（bildungsroman），主要以女主角為追求愛情而歷經各式各樣的考驗從而獲得人生體悟為主。這個女主角通常是一個從中國大陸來香港、又無父無母的孤女，但她有主見而且獨立。她的追尋往往從一個偏僻的別墅、或瘋人院開始。過程中她需要解開一些有關屋子裏女主人死亡的謎團。她不但有着聰敏理性的頭腦破解謎團，同時還是一個充滿責任感與愛心的人。她治療，甚至拯救別人瀕臨破裂的婚姻或愛情、或一個精神瀕臨崩潰的人。而小說的第二條故事線是另一個女人的愛情故事，她徘徊在瘋癲與正常之間，而且與女主角的性格完全相反，她道德墮落、敢愛敢恨、情慾旺盛。這個「她者」的愛情經歷不是牽涉通姦便是婚外情，與女主角正面和富教育意義的故事剛剛相反。

這些故事裏流離失所的孤獨女主角、荒涼的大屋、謀殺疑案，還有令人不安的畸形心理及精神狀況給作品製造了一些可怕的效果和氣氛，與西方歌德小說的內容和創作風格一脈相承。歌德小說在西方已有幾百年的歷史，一直到今天還是很受歡迎。雖然歌德小說的作品多如汗牛充棟，而且在形式上一直變化，但其典型的特徵還是可以概括為「孤立、複雜的環境、以及人生安危的威脅，這個威脅有可能是鬼怪造成，但更大可能卻是人類甚至是男人造成」。[1] 孤立、複雜的環境及威脅這三項特徵被認為是「歌德小說元素的經典三部曲」。[2] 孟君這些混合了歌德美學元素的愛情故事可稱之為「港式歌德言情小說」。

除了歌德美學元素外，她的愛情故事呈現的性別關注也是本章要探討的課題。作者以母親與女兒、女主角與她的「她者」的故事來反映女性生存的困境、婚姻與母親的身份帶給女性的壓迫，還有女性的情慾。她們或正常或乖離的故事呈現了錯綜複雜的女性特質，以及女性在當代社會的生存及心理狀況。這些性別關注，其實與歌德小說的次文類（sub-genre）——女性歌德小說（female gothic）的關注一樣，所以她的作品除了有歌德小說的特質外，還混合了女性歌德小說的元素。這些特質和元素，經過她的裁剪和改造，成就了一系列可稱之為「港式的

---

1 Ann B. Tracy, "Gothic Romance," in *The Handbook to Gothic Literature*, ed. Marie Mulvery-Roberts (New York: New York University Press, 1998), p.103.

2 Ibid.

歌德小說」。這些作品，銘刻着作者本人的意識形態、美學傾向和當時社會文化的痕跡，同時反映了西方歌德文學的傳承和變異的系譜關係。

第一節

孤獨的旅（女）行者

戰前的香港文壇，無論是嚴肅還是通俗創作，均以男性作家為主。在通俗文學創作方面，著名的作家有靈簫生（原名衛春秋，？-1963）、怡紅生（原名余寄萍，日期不詳）、筆聊生（原名陳霞子，日期不詳），還有前兩章討論過的傑克、俊人，以及第一章提過的望雲、平可等。他們很多從 1930 年代開始便廣為人熟悉，其風潮一直延續到 1950 年代。不過，這個以男性為主導的流行文學文壇，在 1950 年代終於被好幾位女作家打破，例如孟君及鄭慧（原名鄭慧嫻，1924-1993）。前者被認為是「香港第一代流行小說女作家」；[3] 而後者被冠以「東南亞第一暢銷小說家」[4] 的銜頭。鄭慧至今還會偶爾被提起，主要是因為幾部由她親撰的小說拍成的電影成為討論的對象。這幾部電影分別為《四千金》（1957）、《黛綠年華》（1957）、《紫薇園的秋天》（1958），以及《蘭閨風雲》（1959）。前三部

3 許定銘：〈《拂牆花影》的孟君〉，《大公報》，2008 年 6 月 31 日，第 C4 版。
4 梁秉鈞、黃淑嫻編：《香港文學電影片目：1913-2000》（香港：嶺南大學人文學科研究中心，2005），頁 46。

與她的小說同名，其中《四千金》曾於 1958 年第五屆亞洲電影節中奪得十二個獎項，包括最佳電影、最佳導演、最佳男女主角等。而電影《黛綠年華》則以其與大名鼎鼎的張愛玲短篇小說〈沉香屑：第一爐香〉很相似而為人討論。

孟君則沒有那麼幸運，她幾乎被人遺忘，而且有關她生平及文學活動的記載及資料很少，現存比較詳細的記載見於劉以鬯編的《香港文學作家傳略》（1996）、梁秉鈞及黃淑嫻編的《香港文學電影片目：1913-2000》（2005）、及慕容羽軍（1950年代的作家）的《為文學作證：親歷的香港文學史》。[5] 孟君在未移居香港前還有筆名「浮生女士」及「屏斯」。1946 年時，她以「浮生女士」之筆名為廣州的《環球報》「浮生女士信箱」專欄解答讀者的家庭及感情問題。三年後，她離開廣州移居香港，並於 1950 年創辦了文學雜誌《天底下》。這本雜誌被慕容羽軍稱讚為「四十年代末期，五十年代初期唯一形神俱健的刊物」。[6] 所謂「形神俱健」，大概指創辦雜誌的宗旨及所刊登的作品「新文學性」很強。不過，此雜誌只維持了大約兩年。期間，她開始用孟君的筆名寫了很多言情小說。1960 年代初創作開始走下坡，不久，更停止創作小說。根據劉以鬯所說，孟君

5 本文所述有關孟君的生平資料，主要參看這三本著作：劉以鬯編：《香港文學作家傳略》（香港：市政局公共圖書館，1996），頁 55；見註 4，梁秉鈞、黃淑嫻編：《香港文學電影片目：1913-2000》，頁 17；及慕容羽軍：《為文學作證：親歷的香港文學史》（香港：普文社，2005）

6 見註 5，慕容羽軍：《為文學作證：親歷的香港文學史》，頁 6。

在1950年代總共創作了十六本小說，[7]不過筆者卻發掘到有三十本之多。有說她的小說在1960年代開始不再受歡迎，銷量急降，於是她便不再創作小說。[8]可能因為如此，她轉投廣播行業當播音員，並替電影寫劇本，包括《珮詩》（1972）、《應召女郎》（1973）、《廣島廿八》（1974）、《哈哈笑》（1976），以及與另一香港導演龍剛合寫的《波斯夕陽情》（1977）。[9]

當年跟孟君頗為熟稔的另一流行文學作家馮嘉曾說她是一個野心勃勃的人，待人接物以利益掛帥，並形容她是「奇女子……非常美麗……少真朋友……無親無故一人在港掙扎求生……」。[10]另外，曾與她共事過的劉乃濟透露她有豐富的感情生活，其中一位男朋友更在經濟上支持她出版雜誌《天底下》。2013年香港著名時裝設計師劉培基在他的自傳《舉頭望明月：劉培基自傳》（2013）中指出孟君是他的生母。[11]這些對孟君

7 見註5，劉以鬯編：《香港文學作家傳略》，頁55。

8 這些意見出自當年跟孟君頗為熟稔的馮嘉寫給李劼白的信，而劉乃濟把它附在其文章之末。1950年代孟君曾邀馮嘉為其雜誌《天底下》寫文章，之後他也成為多產的流行作家。李劼白是馮的朋友，而劉乃濟則曾於1960年代從事過電影業。見劉乃濟：〈孟君：劉培基的媽〉，《風水雜誌》，2012年8月，http://fengshui-magazine.com.hk/No.182-Aug12/A101.htm，2016年6月5日讀取。

9 見註4，梁秉鈞、黃淑嫻編：《香港文學電影片目：1913-2000》，頁17。

10 見註8，劉乃濟：〈孟君：劉培基的媽〉，2012年8月，http://fengshui-magazine.com.hk/No.182-Aug12/A101.htm，2016年6月5日讀取。馮嘉寫這封信的目的旨在澄清坊間對孟君的誤解，特別是關於她與劉培基的關係。他在信中指出劉培基不是孟君的兒子。

11 劉培基在書裏透露孟君為其母，同時也揭露這個母親給他的心靈傷害，其中一件最令他傷心的事是她在他八歲時「拋棄」他，送他入寄宿學校。詳見劉培基：《舉頭望明月：劉培基自傳》（香港：明報周刊，2013）。

的說法已難定是傳聞或是事實，它們並非本書的討論重點，不過，有一點頗能肯定的是，她的確是一個「奇女子」。她的「奇」在於對新文學創作的那股衝勁，因為以一個在香港沒有多少資源與人脈關係的新移民來說，要在這個「文化沙漠」辦一個新文學雜誌，開拓一個嚴肅的、又是新文學創作的市場，實在不能不令人嘖嘖稱「奇」。

從孟君這些經歷來看，她小說裏獨自漂流異鄉的女主角也許是她某部份經歷的反映。她獨立、堅強、有才華、聰明、勇敢、從中國大陸移民到香港，就恍若她小說裏那個歌德式「逃亡的少女」（maiden in flight）一樣，在漂流中尋找愛情和人生啟悟，也許孟君在這些之外，還要尋找她的創作靈感、金錢利益、和生存空間。

至於另一位同樣廣受歡迎的言情小說作家鄭慧也創作歌德式的現代黑色愛情故事，不過鄭慧的歌德筆觸比孟君來得溫和，而且這類歌德式小說的數量沒有孟君那麼多。二人寫作風格雖不盡相同，但卻有一個共通點：主要描寫刻劃現代都市的摩登女性。本章會一併討論鄭慧的幾篇充滿歌德情調的愛情小說，二人的作品確實為 1950 年代的香港流行文學添上另一特殊的混雜色彩。

其實，中國文學裏女性歌德式的書寫並不是始於以上兩位作家，一般認為始祖是張愛玲。王德威也許是第一個扼要地替這個鬼魅文學勾畫一個歷史發展脈絡的學者，並論說張愛玲為現代中國鬼故事創作的奠基者。王的這個研究題為〈「女」作家的現代「鬼」話：從張愛玲到蘇偉貞〉（1980 年代），文章為中國現代文學裏女性的中國式鬼故事寫作創建了一個譜系。這個譜系的祖先以 1940 年代的張愛玲為始，而開枝散葉者為 1960 年代及 1970 年代在台灣及香港冒起的施叔青、李昂、西西、鍾曉陽，並以 80 年代蘇偉貞的作品作結。王形容她們的作品「以人擬鬼，風格婉轉奇宕」。[12] 不過，要注意的是，王並沒有明確指稱這些女作家的作品為歌德文學，只以「鬼故事」來形容它們。這樣的論說也許是權宜之計，因為歌德文學這個文類在西方學術界惹起不少爭議，王大概受篇幅所限，無法把這些爭論釐清，只能以鬼故事稱之。

王的這篇文章屬簡介性質，只簡略地分析了張愛玲鬼故事的特徵。二十年後，馬祖瓊（Zuqiong Caroline Ma）的博士論文裏把王德威的想法進一步發展，深入討論研究張故事裏的歌德元素。馬明確地把張愛玲置於女性歌德文學的脈絡裏，並把她的作品與另外兩位當代美國女性歌德文學作家互相比較。不過，她研究的其中一個主要論點是指出張愛玲的歌德風格與中國志怪和傳奇的鬼神書寫有着密不可分的關係，而馬稱這些志怪傳奇裏的鬼故事為中國式的歌德寫作。她認為這些中國傳統鬼怪故事對張愛玲的短篇創作影響很大，尤其是張 1944 年出版

12 詳見王德威：〈「女」家的現代「鬼」話：從張愛玲到蘇偉貞〉，載《眾聲喧嘩——30 與 80 年代的中國小説》（台北：友聯出版公司，1988），頁 223-238。

的《傳奇》裏多個短篇故事。馬又論説張的這些作品可視之為「女性歌德文學」，因為其中常出現有關禁閉及逃亡的意象，這些意象的運用與西方的女性歌德文學一脈相承。[13]

王與馬的研究雖然開創先河，讓我們認識並了解在中國文化及歷史語境裏的歌德故事創作，但裏面卻不無疏漏偏頗。首先，王的研究頗為精英主義，完全不提流行文學裏的女性歌德作品，如台灣的瓊瑤及香港的李碧華。這是一個嚴重的忽視，因為西方歌德文學的本質及出身與流行文化有着緊密的關係。不過，另一台灣學者林芳玫倒意識到瓊瑤的歌德風格，並就此對其 1960 年代出版的一些作品作簡單的探討。[14] 此外，馬只以禁錮及逃亡這兩個意象來論證張作品中的歌德元素，似乎太過簡單，因為女性歌德文學的美學風格及意象運用遠比馬所指出的複雜、多樣及精密。

我們在下面的討論裏，可以看到孟君的歌德元素除了以恐怖的場景、禁閉及逃走意象來比喻現代女性所遇到的威脅外，她還透過女主角與母親或女兒的關係，以及女主角的重像故事來呈現女人的多面性。孟君及鄭慧的愛情故事值得我們重新審

---

13 Zuqiong Caroline Ma, "Female Gothic, Chinese and American Styles: Zhang Ailing's *Chuanqi* in Comparison with Stories by Eudora Welty and Carson McCullers," (PhD dissertation, University of Louisville, 2010), viewed on 26 April 2015, Paper 872, http://dx.doi.org/10.18297/etd/872.

14 林芳玫在其著作裏明白指出瓊瑤某幾本小説裏的歌德元素，並肯定地説她是受西方歌德小説的影響。林芳玫《解讀瓊瑤愛情王國》（台北：時報文化，1994），頁 73。不過筆者卻不同意，筆者以為她更受香港流行作家如孟君及鄭慧的影響，因為她好些小説的內容及風格，明顯脱胎自這兩位作家的作品。

視及評價1950年代華語文化語境中的女性歌德書寫。

第二節

西方的歌德世界

1764年荷里斯．和蒲（Horace Walpole）匿名出版他的小說《奧特蘭多城堡》（The Castle of Otranto），歌德文學於此年成形。這本小說講述了邪惡的萬弗（Manfred）欲與他的妻子離婚，娶年輕女子伊莎貝拉（Isabella）的故事。萬弗為奧特蘭多城堡的主人，本安排其子與伊莎貝拉結婚。大婚當晚，兒子卻突然死去，萬弗為保其血脈延續，決定代其子娶伊莎貝拉。伊莎貝拉在農民迪奧多（Theodore）的幫忙下逃走，期間又給萬弗抓回並禁錮在城堡，最後得迪奧多所救，二人更結成夫婦，並且發現原來迪奧多是奧特蘭多的王子。這本小說面世時，出乎意料之外地受歡迎，讀者對此書的愛戴延續了三十多年。在這三十多年裏，不少人模仿創作這類小說，「不管男的女的，不管是本來寫歌劇的、寫歷史的、寫傳記的、寫科學論文的、寫養蜂論文的、冒莎士比亞之名創作的、寫佈道宣傳的、寫新聞報道的、寫文學批評的、寫詩的、寫拜倫傳記的、寫政論的、以及寫地理誌的」[15]均熱衷創作此文類。創作人數雖

15 Ann B. Tracy, *The Gothic Novel, 1790-1830: Plot Summaries and Index to Motifs* (Lexington: The University Press of Kentucky, 1981), p.1.

多，能傳誦至今的大概只有這些作家：蘇菲．李（Sophia Lee）、克拉．雷夫（Clara Reeve）、安．拉克里夫（Ann Radcliffe）、馬非．劉易斯（Matthew Lewis）、威廉．碧福特（William Beckford）、羅拔．馬道林（Robert Maturin），及瑪莉．雪莉（Mary Shelley）。有研究指出，不管這類小說的形式內容如何變化、產量如何的驚人，卻只有和蒲的《奧特蘭多城堡》所創立的公式持續流行了超過一個世紀。這個公式必定有歐洲中世紀的歷史、超自然力量、迷信、家族神秘的過去、幽閉的城堡地窖修道院等空間，最重要的還有歷經劫難的女主角。

紐文．荷蘭（Norman Holland）及利奧娜．雪文（Leona Sherman）認為和蒲先發明了歌德文學的形式，而後起的安．拉克里夫則鞏固之。[16] 拉克里夫其中一本流行了一個世紀之久的小說是《奧多芙的秘密》（*The Mysteries of Udolpho*, 1794），情節圍繞孤女愛美莉（Emily）如何逃出其叔叔蒙多尼（Montoni）的魔掌，最後與情人終成眷屬的故事。叔叔蒙多尼曾把愛美莉禁錮在奧多芙的一座城堡裏。在城堡禁錮期間，她發現家裏的一些秘密，並在城堡的地窖裏重遇她的媽媽。荷蘭及雪文在研究這些故事時，指出它們「塑造了女人兼住所的形象，還有神秘的性侵害和鬼怪的威脅等情節，這些情節全部發生在一個被往昔秘密包圍着的住所裏」。[17] 他們還認為這個文類潛藏着無限

16 Norman N. Holland and Leona F. Sherman, "Gothic Possibilities," *New Literary History 8*, no. 2 (Winter 1977), p.279.

17 Ibid.

的意義和解讀可能，而那些過了幾百年依舊變化不大的情節、背景和故事結構，仍然會有一代又一代的讀者捧場。

雖然歌德文學寫作的形式和內容可以很簡單地被歸納出幾個特徵，但並不代表那些形式和內容沒有絲毫變化。歌德文學發展史的學者羅拔．當奴．史畢達（Robert Donald Spector）說，歌德文學在 18 世紀中期至 19 世紀初發展的「第一期」[18] 裏，前期與後期的作品已經出現顯著的不同。所以他便說：「有人會覺得和蒲的《奧特蘭多城堡》與五十四年後雪莉寫的《科學怪人》會用同一樣的寫作方式嗎？」[19] 不單時間使歌德文學傳統生變，空間的轉移也造成不少變化。由於歌德文學的影響及流行從歐陸蔓延到美洲大陸，橫渡了一整個大西洋。在大西洋彼岸的美國，歌德小說的創作表達了更多對人類心靈陰暗面的關注，「傳統歌德文學裏那些來自超自然力量的恐懼被人類及其社會的可怕完全取代了。」[20] 此時期著名的作家有查理士．布頓．布朗（Charles Brockden Brown）、愛加．愛倫．玻（Edger Allen Poe）及尼霍尼．霍桑（Nathaniel Hawthorne）。19 世

---

18 維多．聖治（Victor Sage）把歌德小說的歷史發展作了一簡單的勾勒，把 1764 年和蒲出版《奧特蘭多城堡》之年至馬道林出版其《流浪者梅莫斯》（*Melmoth the Wanderer*）之 1820 年為第一階段的發展。詳細資料可參閱 Victor Sage, "Gothic Novel," in *The Handbook to Gothic Literature*, ed. Marie Mulvey-Roberts (New York: New York University Press, 1998), p.84。

19 Robert Donald Spector, *The English Gothic: A Bibliographic Guide to Writers from Horace Walpole to Mary Shelley* (Westport, Conn.: Greenwood Press, 1984), p.4.

20 Fred Botting, *Gothic*, 2nd ed. (London: Routledge, 2014), p.105.

紀中期以後，這些美國歌德小說除了「那些大家熟悉的歌德鬼怪，如吸血鬼、幽靈鬼魂和重像外，更發明了不少新的角色，它們是不同時代裏性別、種族、階級和文化焦慮產生的混合物」。[21] 伯蘭・史托克（Bram Stoker）、羅拔・路易士・史提芬信（Robert Louis Stevenson）及亨利・詹姆士（Henry James）為這時期的代表作家。在它持續不斷的演變過程中，傳統的要素已經被分解，因為它們被電影、音樂、漫畫、時裝，甚至玩具製作等不同的文化媒體挪用、重組，然後被再創造，最後那些傳統元素變得面目模糊。難怪有學者語帶感慨地說歌德文學已呈「四散之狀：不同的風格、方式、領域及情緒與之混合，速度之快，使人根本無法為之分類」。[22]

儘管歌德文學在其發展過程衍生不少變異，筆者仍舊採用它三大經典特徵來討論孟君小說裏的歌德風格，尤其是對黑暗及恐懼的大特寫。黑暗及恐懼主要體現在景物、情節安排，以及角色塑造上。另外，孟君以女性為主角，把她的經歷、生存狀態，以及她異常的女性特質以怪異驚嚇的方式呈現出來，這些內容及題材的選取又與西方的女性歌德文學一脈相承。以下的討論會闡明這些歌德元素如何在她的作品中呈現，成就了她的港式歌德文藝小說，為香港的流行愛情小說創造了另一種不同的風味和面貌。

21 Ibid., p.13.
22 Ibid., p.15.

第三節

歌德三部曲

西方傳統的歌德小說有這麼一個公認的內容方程式：一個處於弱勢的女主角一方面要飽受驚嚇，另一方面還要解決各式各樣的挑戰。歌德學者大衛．品特（David Punter）認為歌德文學是一種有關驚嚇的文學，所以他說：「歌德小說就是與驚恐有關」。[23] 驚恐的感覺來自從那些破敗的城堡裏迂迴曲折的地道及密室、等待發掘破解的秘密、陰險的壞男人、神出鬼沒的鬼魂或吸血鬼，還有美麗無助又必須面對這些威脅的女主角。這些便是歌德小說的「經典三部曲」，也是孟君一些言情小說裏的歌德元素。這些歌德式的小說有《失望的靈魂》（1951）、《我們這幾個人》（1952）、《瘋人院》（1952）、《最後一個音符》（1953）及《從相逢到離別》（1955）。不過，有一點必須要強調，這些小說雖然保留了秘密和邪惡的男人，但鬼魂或吸血鬼等角色已消失，而古老的城堡變成了當代香港的郊外別墅、瘋人院和監獄。

《我們這幾個人》由兩個女主角的幾段愛情經歷組成。這些浪漫史主要發生在郊外的一座別墅裏，那座別墅纏繞着女主

23 David Punter, *The Literature of Terror: A History of Gothic Fictions from 1765 to the Present Day: The Gothic Tradition*, vol. 1 (London: Longman, 1980),p.13.

人死亡的秘密，而女主角蒂小姐是一個從城市搬來居住又無父無母的孤女。故事開始便齊集了歌德「經典三部曲」的元素：孤獨的女主角、秘密、被死亡陰影籠罩的別墅。別墅裏藏有兩個秘密，其一是女主人的死亡真相，其二是另一行為怪異迷離的女主角林黛與主人堅自的神秘關係。

故事一開始即有一個使人心裏發毛的大宅——一座位於郊外的別墅，其主人堅自親口對第一女主角蒂小姐說這裏是一個瘋人院，而且只有無窮無盡如墳地的死寂。他還說死去的女主人仍在這座別墅裏徘徊，而且還常常看着他。令人不安的事在蒂小姐搬進來後接二連三出現。原來屋裏還有另一位女住客，她是故事的另一女主角林黛。她常常無聲無息地出現在蒂小姐後面，冷冷地瞪着她，又幽幽地走開。讓人不安的感覺還有那無處不在的女主人的照片，它高高地掛在樓梯的牆壁上、火爐上，放在客廳的正中央，還有在蒂小姐的睡房裏。最令人心驚膽戰的是聽到女主人生前那忠心的女僕說女主人是自殺而死，死狀恐怖，其鬼魂還常常回來。所有的事情，嚇得蒂小姐在剛住進來的時候根本不能入睡。她說：「試想這環境是如何的悲涼和恐怖？教我怎能安心呢？我祇好痛苦地瞪大了眼，把夜晚渡過去。」[24] 不過，隨着故事的發展，我們知道原來女主角面對的威脅不是來自死去的鬼魂，而是來自在生者：男主人堅自及

24　孟君：《我們這幾個人》（香港：海濱圖書公司，1952），頁 10。

其女伴林黛，後者給她的傷害尤其嚴重。蒂小姐形容他們為「神經質」[25]及「心理變態」。[26]這兩個同居的男女不停以身體及說話折磨對方，互相憎恨又互相糾纏，既難分又難捨。這兩人的變態行為，肇因於他們那愛恨交纏的矛盾心理。堅自一方面愛着林黛，另一方面又充滿出軌的罪咎感，他想藉着折磨對方來減輕他的罪惡感。林黛對堅自也是愛恨交織，她的愛比堅自強烈，對他有着不能遏止的慾念。但堅自對她卻若即若離，所以她藉傷害堅自來舒緩心中的不憤。

二人不單互相折磨對方，還折磨蒂小姐，給她帶來心理的威脅及肉體的傷害。蒂小姐的心理威脅來自堅自，這個男人居然對蒂小姐動情，並對她展開追求，而他的追求（其實也是性騷擾）造成了她心理上的負擔。蒂小姐的肉體傷害則來自林黛，因林黛怨恨她「搶」走了堅自，於是攻擊她，把她打傷。這個故事裏的女主角蒂小姐真正的威脅不是那令人毛骨悚然的大宅、或是那傳說的鬼魂，而是邪惡的人類，特別是林黛。林黛的邪惡不只見諸於她對堅自的怨憤和對蒂小姐的攻擊，其實她還是女主人死亡的間接兇手。女主人本來是林黛應好好服侍的病人，可是她卻對這個女主人動了殺機，因為林黛要完全擁有堅自。於是，林黛鼓動女主人自殺，又故意讓她失救而死。這個不能控制自己慾望的怪魔，是這個歌德故事的邪惡核心。

25　同上註。
26　同上註，頁 18。

《最後一個音符》裏的歌德三部曲為日本攻佔香港時失去所有親友的孤女陳蘭心、海邊遺世獨立的大屋，以及屋主的一個秘密。陳於香港光復後從大陸重回這個城市，「沒有親友、空虛、孤寂」，[27] 受聘到海邊別墅為一個失母的九歲女孩當鋼琴教師。這個女孩的媽媽因病離世，而陳必須要住進這間大屋裏照顧教導她。陳搬進大屋時，覺得這屋子「恬靜而荒涼，氣氛有點恐怖」、[28] 還有「一室的悶氣，好像一座墳墓」。[29] 屋裏的陳設裝潢詭異破舊，例如，客廳內掛着一幅退了色的女人畫像（後來得知那是屋主死去的愛人）、一張破爛古老的扶手椅、一個兩年前的年曆、緊閉的窗子，以及拉不開的窗簾。最讓女主角心慌的是夜裏不時傳來的鋼琴聲。這屋子不單氣氛詭異，而且藏着一個非常不光彩的秘密，因為這裏曾是屋主（男主角）與一個既是人妻又是人母的女人偷情之地，這個女人還因此而在屋子裏誕下一個私生女，那便是陳的學生。

陳本為這個私生女的鋼琴老師，後來對屋主由憐生愛，並與之結婚，成為這間屋子的女主人。女主角並沒有因此而幸福快樂地生活下去，因為，歌德小說的女主角一定得受苦受難，而她所受的苦難來自她的丈夫。這個男人在他們結婚後，本來陰沉的性情變本加厲，而且充滿妒意及控制慾。他要求陳對他

27 孟君：《最後一個音符》（香港：大同出版社，1953），頁 17。
28 同上註，頁 4。
29 同上註，頁 83。

絕對服從、絕對忠心，所以他不讓她離開這所屋子外出探朋友或是工作。這所房子及這段婚姻變成了她的監獄。他，變成了她在這所屋子裏所面對的威脅。後來他更患上了妄想症，誣告她要把他們全家毒死，並要把她送進真正的監獄裏去。陳的丈夫越來越不正常，不單放棄了他的工作，每日在家裏酗酒，避不見人，晝伏夜出，像一個活死人一樣，連她女兒也哭着說：「爸爸……好好的一個人，為甚麼偏要把自己弄得不像人不像鬼？」[30] 他已經變成陳及他女兒的恐懼來源。這個像鬼一樣恐怖的父親丈夫，是傳統歌德小說裏對女主角迫害的壞男人；他也象徵着父權社會裏的家庭噩夢和壓迫，因為他禁錮女主角，使她失去自由和個人成長發展的機會；他還把她當作以前情人的替身，剝奪她的自我和個人身份。這噩夢般的生活，其實指的便是由男性主宰一切的父權婚姻體制，而陳一直想從中逃走。

這個故事除了這些傳統歌德元素外，孟君還添加了墳場這詭異的場景。它是男女主角初遇的地方，同時，也是男主角女兒的母親最後的歸宿，而這個母親死時卻仍是別人的太太和媽媽。墓地是西方歌德小說常見的場景，除了增加恐怖氛圍外，也用來探討生死課題。[31] 不過，它在這個故事裏並不用來討論生死，而暗喻一個必須要被埋葬的骯髒秘密：一段男主角與有婦

30 同上註，頁 234。
31 Andrew Smith, *Gothic Literature*, 2nd ed. (Edinburgh: Edinburgh University Press, 2013), p.52.

之夫有違傳統道德的戀情，以及他們那個因此而出世的私生女身世。

前面討論的兩本小說的故事背景設在荒涼的大宅，《瘋人院》則把背景設在精神病院裏，而精神病院也常出現在歌德文學裏，其中一個著名的例子便是瑪莉．窩史東卡夫（Mary Wollstonecraft）的《瑪莉亞》（*Maria: or, the Wrongs of Woman*，1799）。此小說被認為是女性歌德文學的經典，而且更被推舉為女性主義的開山之作。故事講述一個妻子給丈夫誣衊為精神失常而把她關進瘋人院的經歷。小說以瑪莉亞觀察她現時所處的瘋人院為始，作者這樣形容這個瘋人院：「有關恐怖住所的描寫很多，例如滿是鬼魂精靈的城堡，那是一些天才作家想像出來，用以折磨那些迷失的靈魂，然後再一一吞併它們。但是，這些只不過是作家的幻想和虛構，根本與瑪莉亞現時正坐着的這個絕望之地難以相比。她坐在這個絕望之地的一角，正努力地召回散亂的思緒。」[32] 瘋人院對瑪莉亞而言是一個「恐怖住所」（abode of horror），也是一個「絕望之地」（mansion of despair）。女性主義批評者愛倫．摩爾（Ellen Moers）認為精神病院是歌德文學傳統裏一個很重要的元素，因為它代表了「一個試練女孩求生能力的場地，它經過精心設計，周圍是密

32 Mary Wollstonecraft, *Maria: or, the Wrongs of Woman*, 1799, reprint (New York: Norton, 1975), 7.

封的，並且很女性化」。[33] 在摩爾看來，精神病院比城堡更真實及陰森，足以鼓動女孩最強的求生意志。[34]

《瘋人院》也是一個刻劃女主角如何求生的故事，分別由一對女性朋友的兩個愛情故事表達出來。孟君在這小說裏以一個真實的及一個象徵性的精神病院作為這兩個女性的人生體驗場所。第一個故事是敘述者孟君在一間真正瘋人院的經歷：孟君在一個精科醫生的建議下，實地到精科病院裏寄宿和實習，為的是學習治療一個情緒及精神有問題的富家子。她也一如前面討論過的其他女主角一樣，必須獨自一人從市中心搬到荒郊的精神病院去。

把精神病院設為故事背景有一個很大的優點，那就是能輕易地營造出很不寫實及令人不安的歌德氣氛。小說裏瘋人院的外觀已經給人一種震撼的可怖感，因為它是一座巨大的建築物，孤零零的坐落在山上，四周「凜靜而恐怖」。[35] 裏面的設施有重重的大鐵閘，以及幽森無盡頭的走廊，同樣令人產生窒息及迷惑之感。夜晚的瘋人院更令人膽戰心驚，常常傳來怪異的聲音，「那聲音像哭，像罵，像啼，像叫」，[36] 而且「淒厲」。[37] 除了怪聲，在黑黝黝的花園裏「疏冷地聳立在園裏的燈柱好像

---

33 Ellen Moers, *Literary Women: The Great Writers*, 1976, reprint (New York: Oxford University Press, 1985), p.133.

34 Ibid., p.132.

35 孟君：《瘋人院》（香港：星榮出版社，1952），頁 48。

36 同上註，頁 50。

37 同上註。

都是一些瘋人」，[38] 這些燈柱的「燈光暗淡地閃耀正如瘋人的眼睛」。[39] 這所瘋人院的外觀、內部設施，還有它的夜晚把怪異的氣氛淋漓盡致地呈現出來。不過，真正令女主角覺得害怕的卻是那些精神病人。他們有着形形色色的瘋癲，最令女主角難以忍受的是那些有露體狂又喜歡自殘的病人，他們不但赤身露體，還暴力地摧殘自己的身體，讓她「竟至於不忍目視！總之是太可怕了！太使人羞澀了」！[40] 儘管承受這樣的驚嚇，她還是堅忍地學習，還成功地治癒了一個女精神病人。正如摩爾所認為的，精神病院能召喚起女主角頑強的求生意志和能力。

雖然她能在瘋人院內安全地完成她的挑戰，不過她還有一個更艱巨的試練，那便是單獨治療一個有幻覺的男人，地點是在另一個也很可怕的大宅裏。這個大宅是一座「孤零零的別墅」[41]，「氣氛非常冷寂」。[42] 女主角要搬進去與那個男人一起住。剛開始時，這個大宅的夜晚把女主角嚇壞了。「夜顯然使人害怕！我樓上住着的是個隨時都可以發狂的病人，試問，我怎可以安心入睡？」[43] 更令人寢食難安、精神緊張的是樓上常傳來徹夜不停的腳步聲。不過，她漸漸發現，那令人心慌的環境沒有對她構成任何的威脅。她要應付的，（又）是一個精神失

38 同上註。
39 同上註。
40 同上註。
41 同上註，頁 80。
42 同上註。
43 同上註，頁 90。

常的男人。他是一個因失戀而患上妄想症的人，他把她當作他失去的戀人，常在言語及身體上冒犯她，例如把她叫作愛人、抱她等。最後，也是憑着她的機智、沉着，以及從精神病院裏學來的知識把他從幻想世界中帶回到正常的人間，完成了她對他的治療任務。

這個故事除了孟君的經歷外，還包含着她的朋友瑪莉的故事，瑪莉在這個小說中與她同樣重要。這個故事比孟君的經歷要複雜得多，因為還牽涉了瑪莉的丈夫、女兒，還有她的情人。這段故事也設有可怕的場景，那是瑪莉的家，還有外面的真實世界。這個家讓瑪莉及她的女兒既驚懼又厭惡。對瑪莉而言，這個家代表着令她憎恨的婚姻制度及她的丈夫，因為她覺得婚姻和丈夫使她的人生及愛情變得平凡無味，那是她痛苦的來源。她也憎恨她的女兒，因為她使她成為一個平凡的母親。另一方面，這個家也給瑪莉的女兒帶來了恐懼、不安及孤寂，而把這個家弄至這般田地的，不是別人，正正就是瑪莉本人。首先，瑪莉在她離婚後，對女兒不聞不問之餘，還把家弄得昏天暗地，冰冷無光，變成一個「狹小的黑暗圈」。[44] 然後，瑪莉曾在一個夜裏想把自己的女兒親手捏死，嚇得女兒離家出走哀求孟君收留，於是，這個冰冷黑暗的家更成為一個對女兒有生命威脅的地方。這個母女兩共同居住的地方本應是一個充滿溫

44　同上註，頁 75。

暖和歡樂的地方，現在卻成為母親的囚牢、女兒求生的競技場所。

《失望的靈魂》裏雖然還是有受迫害的女主角、灰暗無望的生存場景，以及一連串的考驗和險阻，但它的歌德風卻有點不同：受害的女主角由一個變成三個，而那個圍困女主角的地方由一所大宅別墅，擴大成一座城市——香港。

故事圍繞着一宗謀殺案，事主是懷孕少婦霜瑩，正在與丈夫夢蘅舉辦婚宴。隨着案件偵查展開，這宗謀殺案還牽扯出與夢蘅有關的另外兩個女人：一個是男主角的前女友錢茵，另一個是與男主角曾有過一段短暫關係的有錢寡婦。

除了那個寡婦外，裏面的主要角色均因不同的理由從中國大陸來到香港。夢蘅被公司委派來港工作及定居，而死者霜瑩則被「維多利亞港那豪放熱情的生活」[45]吸引而同意與夢蘅結婚並在此定居；錢茵則因其夫要在港尋找更多商機而與之移居香港。小說一開始已經頗有驚嚇的味道：淒清的街道、滂沱的大雨、閃着陰冷藍光的救護車，還有霜瑩死狀恐怖的屍體。所有角色被困於此，還遇上致命的考驗：霜瑩和陪她一起來的媽媽先後被謀殺、夢蘅與錢茵變成謀殺疑犯。而這些一連串的災難，肇因夢蘅在初來港時抵受不住這個城市裏一個寡婦的性誘惑。作者把香港變成了一個放大的鬧鬼城堡，裏面危險又詭

45　孟君：《失望的靈魂》（香港：星榮出版社，1951），頁123。

秘，一如傳統歌德小說裏的古堡。

故事裏的幾位主角因涉疑謀殺而先後被送進警察局、監獄，還有上法庭接受各種審問。這些現代社會的司法機構是古老歌德小說裏密室、地牢和秘道的變異，本來是保障市民安危的這些司法機構卻變成了危害生命的試煉場域。不過，最大的危險卻是那個富有、寂寞又邪惡的寡婦，她不但是一個物質追求者，還是一個放縱慾念的人。她色誘夢蘅，執意要把他據為己有，還殘酷地欲把他身邊的女人殺光。故事裏有個私家偵探批評她的慾念是因過多的物質享受繁殖出來，而這麼豐富的物質享受全出自這個物質化的城市。言下之意，是香港孕育了這個魔鬼，因為這座城市的「物質文明」[46]過份發達，「增加人類的慾念，慾望無止無盡，失望也愈來愈深，社會的病態更顯著」。[47]在這個故事裏，香港被歌德化為醜惡的、墮落的、不道德的，充滿物質及性誘惑的現代古堡。這些主角，本來對來港定居充滿美好的期待，結果不是被殺便是返回大陸，成為一個個對香港失望的靈魂。

《從相逢到離別》的歌德風味可說最淋漓盡致、最令人不安。神秘的城堡變成一座不知在何處的小島，更有聳人聽聞的亂倫及性暴力的情節。在歌德世界裏，常有一些超現實的、煽情的情節和人物，它們被認為是用作對抗那些寫實地呈現正常

46 同上註，頁 129。
47 同上註，頁 128-129。

孟君小說《從相逢到離別》的封面。這個故事有着最淋漓盡致的歌德風味。（來源：孟君，1955）

世界的表達手法。蘇珊・貝克（Susanne Becker）宣稱這是一種對「反寫實主義」的禮讚。在她看來，要達至這種反寫實主義的其中一種方法是運用極端的修辭技巧，諸如大量的意象、描述，以及第一人稱敍述觀點，把角色的經歷及所敍之事加以更多的激情。[48] 在貝克形容歌德文學為「反寫實主義」之前，另一重要的歌德文學學者品特已討論過歌德作家對抗寫實表達方法的其中一個途徑便是大量運用「比喻及象徵手法」。[49] 他認為歌德作家很努力地用另類的視覺及技巧呈現世界的另一面，這些

48 Susanne Becker, *Gothic Forms of Feminine Fictions* (Manchester and New York: Manchester University Press, 1999), pp.21-33.

49 David Punter, "Mutations of Terror: Theory and the Gothic," in *The Literature of Terror: A History of Gothic Fictions from 1765 to the Present Day: The Gothic Tradition*, vol. 2, 2nd ed. (London: Longman, 1996), p.188.

歌德文學作家相信寫實的描述手法並不是把這個世界的故事說出來的唯一方式，因為這世界存在着另一面不為一般人所知也不為一般人所見的領域，裏面充滿着負面的、脱序的、黑暗的力量。他們不以刻劃「文明」世界為鵠的，而把焦點放在「原始」的境地，放縱地讓「亂倫、性暴力以及強暴」[50]等情節在他們的作品裏上演。和浦的《奧特蘭多城堡》是一著名的例子，裏面那個惡棍想娶自己兒子的未婚妻，便是公公與媳婦亂倫的象徵。

《從相逢到離別》的故事發生在1950年，以女主角正在看着一群罪犯上船到另一座荒島勞動開墾為始，作者呈現了以下一段超現實的場景：

> 一批被「充軍」的犯人陸續地走上輪船的吊板……鐵鍊條和手銬的聲響……如死人行列中的安息號，又像教堂裏傳來的喪鐘……士維被放逐去的地方還是個未開荒的孤島，此去廿年，犯人將要帶着沉重的鐵鍊參加開墾的工作。[51]

男主角被充軍到孤島上開墾這個情節確實有點誇張。但這只不過是開始而已，故事發展下去也同樣離奇怪誕。故事最根

---

50 Iibd., pp. 181-216.
51 孟君：《從相逢到離別》（香港：藝美圖書公司，1955），頁1。

本的超現實色彩來自它的背景及四周的氛圍。故事發生的地點在一座名為「M」的孤島上，它是座「浪漫而奇妙的小島；鴉片、娼妓、賭博都是合法而公開的。『充軍』犯人的法例到現在還保持着」。[52]故事的怪異不單在於這個地方那條犯人充軍的奇特法律，還有島上仍容許鴉片、娼妓、賭博合法存在；再者，這座島像無政府狀態，被一個「嚴密的組織」[53]統治着，「這個社會到處都是他的人」。[54]這個組織的首領是一個非常顯赫的人，但他卻從未公開露面過。這個組織也有一些古怪的儀式，比如喊口號，像是女主角思嘉從小便要經常對其父親說「服從你，我才可以生存，並且活得很好」，[55]及「反對你，我就會死亡，並且死得很慘」等。[56]

除了這些迷離的氣氛外，這個故事也有很多因詐騙和暴力而產生的恐怖場面。這兩個活動彷彿是島上僅有的活動。鴉片、娼妓、賭博和所有的商業活動均與詐騙有關，而暴力似乎比詐騙還要普遍。這個故事裏所有的壞蛋均以暴力對待他人，甚至他們自己的身體。女主角、她的媽媽，和男主角都曾經在地牢裏被壞人狠狠毆打過。思嘉有一次被重打的經過更有詳細的描寫，例如描寫她的手指如何被施以分離的極刑。思嘉的姑

52 同上註，頁 5。
53 同上註，頁 152。
54 同上註，頁 73。
55 同上註。
56 同上註。

姑也是一個充滿暴力的人。有一次，她為了阻止女主角見她的情人，竟不停掌摑她直至她口角流血，還在她背上狂咬，咬得鮮血直流。

身體暴力之外，還有性暴力。品特指出性暴力在歌德小說是慣有的情節。這個故事裏最令人不安的要算是女主角與其繼父的亂倫關係。她的繼父對她「特別迷戀」，[57] 而且他把她當作洩慾工具。女主角的那個所謂姑姑，年輕時亦受害於這個有性暴力傾向的男人。其後，她因年老色衰而被他拋棄。不過，姑姑自己也是一個性暴力的施害者，她施害的卻不是別人，而是借自殘身體來獲取性滿足。

這個小說裏的世界完全扭曲及不正常，而造成這些扭曲和異常的卻不是來自超自然界裏的鬼怪，而是一些心理失常的人。也許還可以這樣說，造成這些人的失常，其實是那個強大但又秘密的組織。這個組織以一種極不人道又殘暴的方式統治及操控這座小島的一切，其手法之不仁把人的身體、心靈、家庭，以及整個社會戕害得不能正常運作。小說裏沒有人能把它神秘的面紗揭開來，也沒有人能從中逃走。那是一個惡托邦（dystopia），只有恐懼、絕望和飢渴感。故事裏的每一個角色都被剝奪了愛、人性和希望，沒有一個人有滿足感。這個只由男人統治的神秘組織，壟斷了社會的經濟和政治領域，壓迫

57 同上註，頁 74。

那些手無寸鐵的人，使他們活在無望的境地。孟君這小說似乎並不只以令人驚恐又超現實的歌德比喻來攻擊父權式的婚姻制度，同時還把矛頭指向另一社會制度——一個專制獨裁又腐敗不堪的「政府」。言情之餘，充滿政治批判的能量，絕對是香港流行文學裏別樹一幟的創作。

第四節

英雌本色：孟君的女性歌德寫作

孟君的這些歌德式風格的小說還有着非常顯著的性別意識，主要表現在三方面。第一，這些作品全部集中描寫女性經驗，並只以女件為主角。她往往孤身一人，從中國大陸漂泊到香港，遊走於這個城市裏不同的空間、不同的心靈。這些外在內在的世界陰鬱黑暗，而且險阻處處。這些灰暗無光又不正常的世界，一方面影射父權社會裏的家庭婚姻制度，另一方面也暗喻這個城市是一個充滿威脅的世界。第二，這些小說全以表達女性對家庭婚姻的焦慮及不滿、以及她們要建立一個全新的女性社會的渴望為主。第三，這些小說透過另外一個與女主角個性完全相反的重像故事來挑戰傳統女性特質的定義，以及呈現女性本質的複雜性。這些作品所強調的性別關注和性別經驗，延承着那些被稱之為「女性歌德」小說的風格。

「女性歌德」這個名詞最先由女性主義批評者摩爾在她

1970 年代末出版的《文學的女人：那些偉大的作家》（*Literary Women：The Great Writers*）一書中提出。這本著作以研究 18 世紀末以來一些女作家及其作品為主，其中兩章特別研究那些採用歌德風格創作的作品，章題為〈女性歌德〉（"Female Gothic"）及〈遊歷的女英雄：歌德裏的女主角〉（"Traveling Heroinism: Gothics for Heroines"）。〈女性歌德〉這一章主要研究幾位創作歌德文學的女作家及其作品，以 19 世紀的拉克里夫及雪莉為首，接着有佐治．珊特（George Sand）、愛美莉．布朗蒂（Emily Bront）、戴安．艾拔士（Diane Arbus）、羅賓．摩根（Robin Morgan），最後以 20 世紀的蕭維亞．柏芙（Sylvia Plath）作結。摩爾認為女性歌德文學的創始者是拉克里夫。她分析說，拉克里夫的作品往往只集中在一個女性人物，「她既是一個歷經劫難的受害者，同時也是一個勇敢的女主角」，[58] 像這樣的角色設定及其故事情節更成為歌德文學其中一種固定的風格。此外，摩爾在這一章還給女性歌德文學下了兩個定義。第一個比較簡單直接，專指「那些女性作家以那種 18 世紀以來所謂歌德文學的方式創作的作品」。[59] 第二個定義則較為具體，她認為女性歌德文學除了必須由女性創作外，內容也必須以女性經驗為主，即「以女人作為女孩、姐妹、母親、自己的視角

58 見註 33，Ellen Mores, *Literary Women: The Great Writers*, p.90。
59 Ibid.

來檢視女人的一切」。[60] 所以，女性歌德文學必須由女性創作有關於她的感受和經歷的作品。從此，研究女性歌德文學便以這兩個定義為基礎，從不同的方向和角度進行探討，發展出琳琅滿目的女性歌德文學的研究。其中，以女主角的冒險旅程、母女情節，以及女主角的重像故事為女性歌德文學的基本又核心的元素。以下筆者也會依照這三種創作特徵來討論孟君小說裏的女性歌德風格和內容。

四・一　遊歷的女英雄（Traveling Heroinism）

女性歌德文學裏其中一大內容特色是描繪女主角必須要實行的旅程。摩爾在其研究中特闢一章〈遊歷的女英雄：歌德裏的女主角〉來探討這些旅程的意義。摩爾說拉克里夫在她的小說裏創造了一個「遊歷的女人」，例如在拉克里夫的《奧多芙的秘密》裏，女主角愛美莉便遊歷了好幾個不同的地方。首先，她因父母相繼去世後，便從自己的家移居到她姨姨的家；後來因為她可惡的姨父的迫害，她又從姨姨的家被送到奧多芙的城堡。不單如此，到了城堡，她也要在這個封閉的巨宅裏從不同的上鎖密室和迂迴曲折的走廊中遊走，逐一揭露家族裏隱

60　Ibid., p.109.

秘的過去。後起作家如夏洛特．布朗特（Charlotte Bront）和珊特的作品也以這樣的女性為女主角。

雖然女主角被各式各樣的危險包圍，不過她卻在這些危難中顯示了她驚人的行動力，「這個女孩勇於探索、承擔、對付各種變遷及險境」。[61] 摩爾稱這個無畏的女主角是「遊歷的女英雄」（traveling heroinism），[62] 這個女孩在故事裏必須執行一些「遙遠又驚險的旅程」[63] 以實現她的自我。要達到這個目的，她必需具備「膽識、堅定的意志、機智，以及良好的體能」。[64]

孟君的歌德式小說裏均有着這樣的女英雄，不過，她在有形的物質空間遊歷外，還要深入人類無形的心靈空間探索，而這些心靈空間的旅程，比起物質空間的探索更詭譎更陰暗。這跟西方女性歌德文學的那些女英雄為實現自我而冒險不同，孟君的女英雄充滿利他主義，她深入人類的心靈世界，為的是探究人們的內心秘密，從而醫治他們變異的精神和心靈。

《我們這幾個人》的女主角便是這樣的英雌。女主角蒂小姐一開始便是一個旅人，從中國大陸來到香港的市中心定居，又從市中心搬到鄉郊的別墅。不過，她真正的旅程卻是在別墅裏探索屋主和他情人的內心秘密，並要解開他們的心結。在這個歷程裏，她機智地運用了不同的方法以達成她的任務。首

61 Ibid., p.126.
62 Ibid., p.122.
63 Ibid., p.126.
64 Ibid.

先，她先與堅自成為好朋友，並假裝接受他的愛，爭取他的信任，從而使他放鬆警戒，說出他的秘密。女主角也以此方法來對付林黛。此外，女主角還運用無比的忍耐力對付堅自的追求所帶來的騷擾。她在施展其機智和耐力之餘，更要付出莫大的精神和體力，用以對抗林黛對她的身體傷害。她成功地運用她的智力、耐力和體力，完成了醫治他們心靈創傷的使命，使他們從內疚和仇恨的心靈牢獄中解脫，重獲精神的自由。

《瘋人院》的女主角也是個勇氣可嘉的人。她為了治療一個患有抑鬱和妄想症的年輕富家公子，於是積極裝備自己，大膽地接受到精神病院學習的建議。她不只勇敢，她還是一個求知慾極強的人，她本着「一份探險的好奇心和追尋了解一些問題的奇怪的興趣」，[65] 接受了到精神病院實習的挑戰。對她來說，這個「新奇的體驗」[66] 可以增加她對心理學的知識和對生命的了解，同時她認為這能啓發她更多的創作靈感。

其實，在她成功「治癒」那個富家公子之前，她在精神病院裏已拯救了另一個失常的「靈魂」。這個靈魂屬於一名女病人，她離開在中國生活的父母獨自來港謀生，後來因為被人解僱，沒錢交租被人逼遷，而她在港的唯一親戚又拋棄她遠嫁國外，在貧困無依的打擊下患上精神病。女主角認為這個病人患

---

65 見註 35，孟君：《瘋人院》，頁 49。
66 同上註，頁 50。

病的根源是香港這個「金錢王國的天堂」[67]造成。這個金錢王國既物質主義又冷酷無情。於是她決定以愛心及同理心來治療那個女病人。

事實上，孟君以這個女病人來突顯香港的社會問題，同時作者也藉她的患病原因來批評香港的金錢主義，以及弱肉強食的殘忍。女主角想要醫治的不只是一個人，她也希望能醫治社會的問題。在精神病院及在大宅裏的兩個旅程不單讓她有自我實現的機會，最重要的是，讓她對社會有所貢獻，因為女主角最關心的是社會問題，還有社會裏那些潦倒墮落的人。孟君小說的女主角，是一個以拯救人類為目的的利他理想主義者。

有關女主角的旅程，摩爾在她的研究裏還細分為室外與室內。她分析歌德小說裏的女主角所遊之地通常充滿異國風情，而風景又誇張地壯麗，給人一種「不真實及夢幻」[68]的感覺。這些壯觀的大自然風景在摩爾看來，其實旨在讓女主角和讀者產生一種崇高敬畏之感，好讓他們的精神和心靈得到慰藉。不過，孟君的小說裏那些女主角所經歷的旅程可沒那麼充滿靈性，這群東方女主角的遊歷常常與生死攸關，有時甚至是致命的。像《失望的靈魂》裏的霜瑩，她來香港本來為了追求愛情的圓滿，結果卻遭遇毒害，命喪異鄉。這個故事裏的另外兩個女主角，雖不用為她們的旅程付上性命，可是在警局、監獄與

67 同上註，頁 62。
68 見註 33，Ellen Mores, *Literary Women: The Great Writers*, p.127。

法庭的遊歷，讓她們受盡了不公義的對待和屈辱。

這故事裏的女主角遊歷的地方遠不止這些，其中一個女主角為了尋找證據調查霜瑩真正死亡的原因，還要到寡婦的豪華別墅裏當卧底。另一女主角也因為調查此案而扭盡六壬，她先製造一個假車禍讓自己死亡，讓自己免於成為寡婦的下一個謀殺目標；同時也讓自己能更自由地查案。她的遠見和善於籌謀的頭腦，讓她得以保命，並找到寡婦下毒的證據。這兩個女主角的勇和謀，讓故事裏被冤枉的人得以洗脫罪名、死者得以沉冤得雪、施害者得以受法律的制裁。

四・二　母與女

孟君的這些言情小說除了以男女的愛情故事為主軸外，均以母女關係的情節作為小說的副線，而母女關係的故事可以說在這幾本小說裏是不能或缺的情節。還有一點值得注意的是，她們的關係往往充滿敵意和怨恨。

在西方的女性歌德文學裏，母女關係是其中一個反覆出現的情節。舉例來說，在拉克里夫的《西西里的浪漫史》（*A Sicilian Romance*, 1790）裏，女主角茱莉亞（Julia）因為不服從她父親安排的婚姻，與她的情人一起逃走，不過後來給父親抓回並囚禁在城堡的地下室裏。她在這個地下室裏卻發現了那失蹤已久的母親，而且還與她一起從城堡逃走。貝克這樣形容這些西方母女故事：

> 女主角想從自己作主的婚姻中追求自我滿足時，往往被一個壞蛋干擾，諷刺的是，女主角也因為這些干擾而讓她解開了一個與她母親有關的謎團，也讓她在達到她原來的目的前，在心理、社會和語言三方面獲得一個更清晰的身份。[69]

很多學者對於這樣的母女情節提出不同的觀點和研究。例如茱莉安．菲諾（Juliann Fleenor）提出了「尋母主題」（quest-for-mother motif）[70]的概念；克莉．嘉安（Claire Kahane）形容母親是「幽靈般的存在」，代表了「女主角一定要面對的有關何謂女性特質的難題」；[71]譚美．海勒（Tamer Heller）則指出母親讓女主角產生了強烈的焦慮感和排斥感。這些情緒反應，海勒名之為「恐母症」（matrophobia）。據她的定義，所謂「恐母症」指的是「女兒害怕變得像母親一樣無力及受壓迫」。[72]根據她的研究，很多歌德小說，特別是拉克里夫創作的那些作

---

69 見註 48，Susanne Becker, *Gothic Forms of Feminine Fictions*, p.47。

70 Juliann Fleenor, "Introduction," in *The Female Gothic* (Montreal: Eden Press, 1983), p.15.

71 Claire Kahane, "The Gothic Mirror," in *The (M)other Tongue: Essays in Feminist Psychoanalytic Interpretation*, ed. Shirley Nelson Garner, Claire Kahane, and Madelon Sprengnether (Ithaca: Cornell University Press, 1985), pp.334-340.

72 Tamar Heller, *Dead Secrets: Wilkie Collins and the Female Gothic* (New Haven and London: Yale University Press, 1992), p.19.

品，均強調了女主角意識到母親的無力軟弱而感到不安。《奧多芙的秘密》裏的愛美莉便是一個實例。在城堡裏，她發現了兩個姑母那不幸的遭遇，兩個姑母事實上是母親形象的化身，她們的遭遇讓女主角極度震驚和不安。其中一個因被迫嫁給她不愛的人而鬱鬱早逝；另一個則被安排嫁給了一個冷酷無情的丈夫，最後更因他的怠忽漠視而使生病的姑母缺乏照顧而死。

孟君小說裏的母親同樣遭遇坎坷，受盡命運百般的搬弄。除此之外，這些母親還有更糟糕的情況：她們有不同程度不同方面的精神問題。孟君的歌德女主角，也承襲了「恐母症」，故事裏除了描述女主角害怕像母親一樣的無能，更描繪她們害怕變成像母親一樣的瘋癲及怪異，她們害怕像其母一樣失心瘋遠超過害怕變得無力可憐。這些東方女主角除了「恐母」外，還生出厭母之心，進而拒絕認同這個母親，更想與這個心智有問題的母親分離。更特別的是，她們有一個這樣的一個渴望：與一個身心健康的女性組織一個優生共同體。

《從相逢到離別》、《瘋人院》及《最後一個音符》裏的女主角這種「恐母」、「厭母」，以及渴望一個優生的女女世界特別強烈。《從相逢到離別》裏思嘉的恐母症可以說加倍強烈，因為她除了看到母親，還看到她那個所謂「姑姑」的坎坷婚姻。這個姑姑也是繼父的情人，年輕時非常美麗，但因年老色衰，不能再為他賺錢，也不能給他性愛的滿足，於是，他離棄她，讓她住進另一所別墅裏（女人被關押的象徵），負責看管思嘉的一舉一動，同時令思嘉「服從她父親的命令」。[73] 在思嘉的眼中，這個她叫作姑姑的女人，有着極強的自卑感，而且是一個喪失自由、寂莫、空虛又沮喪的人。女主角曾經有一次激動地對姑姑說「你是我的鏡子」，[74] 因為她意識到她自己的命運與姑姑的很相似，所以，她害怕自己會走上與她姑姑同樣的命途。不過，最令女主角害怕的，是姑姑畸形的性慾。她曾經無意中看到姑姑以一個很暴力詭異的方式自慰：

> 走過她的房間，聽見一聲寂寞的嘆息，跟着是喃喃地低語的聲音……她化好了妝，搽得像舞台上唱戲的人一樣紅，一樣濃，一樣難看。身上卻一絲不掛，她用她的雙手，用她的瘦得可憐的手殘忍地使人羞赧地傷害她自己的全身，傷害她的肉體，傷害她的乳房，傷害她的……啊！她瘋了！[75]

這個情境把女主角嚇壞了，她整個人呆在當場，同時不受控地顫抖，然後立刻生出「棄母」的念頭，她決定離開這個別墅返回她繼父的住處。女主角害怕像她姑姑一樣，變成一個肉體、精神，以至於性方面扭曲變態的人，這害怕更甚於要重回她繼父那個猥褻專制的「監獄」。

73 見註 51，孟君：《從相逢到離別》，頁 10。
74 同上註，頁 50。
75 同上註，頁 130。

思嘉也有着要脱離親生母親的渴望。她的媽媽是一個沒主見又沒行動力的人。她因無知而失身於她當女傭的一個已婚外籍僱主，後來更懷了思嘉；不過，她最後還是給他趕了出來。她只好找另一幫傭的工作。很可惜，她還是被這個新僱主欺騙，成為了他的情人。這個男人，便是思嘉現在的繼父。女主角憶述説她以前從來沒有想過要逃離這個家，但隨着她日漸成熟，她意識到她可能會重蹈母親的覆轍，開始有與母親分開的想法。在看到母親因她私會情人而被鎖在地牢裏受嚴刑拷打的那一刻，她下了離開的決定。在那一刻，她雖然極度心痛於母親因她而捱打的可憐狀況，不過，她卻發覺她不能再依賴這個女人了，因為她覺得母親開始「精神不太健全」。[76]從這刻開始，她心裏對母親生出了否認的態度，所以，她開始把母親形容為「意志薄弱」[77]的「舊式女人」，[78]並認為她們兩人之所以有今天的命運，全因母親「缺乏了抗拒誘惑的堅強的意志」。[79]從她對母親的這些想法中，我們可以看到母親智能上的不足是嚇走女主角的關鍵因素，是母親的無知和薄弱的意志讓女主角對母親生厭而決定離開她。

在《瘋人院》及《最後一個音符》裏，這個受驚的女兒不但是女主角本人，還包括女主角的下一代。《瘋人院》的另一

76 同上註，頁 76。
77 同上註，頁 149。
78 同上註，頁 151。
79 同上註，頁 148。

個女主角瑪莉有一個七歲的女兒，這個第二代的女兒可是對母親充滿恐懼。瑪莉因移情別戀另一男人而與丈夫離婚，可是那男人最後還是離開了她。經歷這些打擊後，瑪莉變得很暴力，而且有妄想症，不但對女兒不瞅不睬，還想扼死她。女兒當然害怕極了，於是她逃到孟君那裏；女兒覺得媽媽要殺害她是因為「她不喜歡我」。[80] 自己的媽媽不喜歡自己的這個感覺，也許根本就是女兒自己意見的投射。所以，基於又害怕又不喜歡自己的母親，於是她也選擇離開媽媽。

母親瑪莉也同樣有着「恐母症」，不過，她不是看到她的母親而恐懼，而是恐懼成為母親，以至於她拒絕她的女兒，要把女兒送到寄宿學校。瑪莉拒絕成為母親的極至表現便是把女兒的生命也一併毀滅。她討厭母親的角色，因為她討厭她的婚姻，以及厭惡她成為交際花後那不潔的身體。這個母親的瘋狂，非因受男性壓迫，而是不能接受她自己所作的錯誤選擇，這讓她身心墮落。她以及她女兒真正害怕和討厭的，正正就是這個身心墮落的女人，所以母女倆才一致要求互相分離。

《最後一個音符》裏的恐母厭母的女兒是女主角的繼女，不過這個繼女恐懼和討厭的，不是女主角這個繼母，而是她的生父。由於她的生母一早已過世，她與父親相依為命，可以說，這是一個父兼母職的父親。不過，這個父親，卻沒有父親

80　見註 35，孟君：《瘋人院》，頁 28。

該有的男性特質，反而是一個體弱多病、多愁善感、充滿女性陰柔特質的男人；所以，他是母親角色的化身。這個「母親」未能在失去愛人（即女兒的生母）的創痛中復原過來，更因為他過度的多情而把自己推向滅亡，讓瘋癲及酗酒把他毀滅。所以，當女兒看見父(母)親活成這樣時，她深深地受驚了，喊着對他説他變得人不像人鬼不像鬼。這個神志不清的父（母）親讓她害怕不安，所以儘管他後來死了，她反而覺得很放心，還熱切地期待與女主角組織一個新家庭。

恐母厭母情意結在《我們這幾個人》裏的女主角林黛中有着最直接又激烈的表現，它可簡單地演繹為「不要成為母親」。林黛有過兩段婚姻，每一次都曾經懷孕，不過，孩子最後不是胎死腹中便是夭折。然而，失掉孩子不但沒有給她帶來傷痛，反而讓她如釋重負，因為這些婚姻沒有給她帶來快樂及享受，而是滿滿的憤恨，這恨意那樣的深，讓她壓根兒不想有下一代。

她的第一次婚姻已經讓林充滿怨氣，因為那是繼承姑母的遺願而結婚。婚後又要與丈夫的父母同住，更加劇她的不滿，再加上公婆的傳統守舊又迷信的生活習慣，還有丈夫經常不在家，令她的不滿變成深深的怨憤。這個家讓她討厭，除了有令人發笑的迷信陳設外，還有令人窒息的過時家規，諸如每朝跪拜父母、限制她出門的自由等。這個家也讓她害怕，因為裏面陰陰森森，她覺得「（她）的生命縱不危險，也至少要使（她）

變成瘋子！」[81] 所以，她經常向她的丈夫說她很害怕。作者又再強調「家」對女性所造成的身心破壞。令林黛更怨恨的是丈夫對她的害怕不滿表現得很冷漠，讓她覺得孤立無援。於是她在婚後幾個月便準備跟丈夫離婚；可是，她卻在這時發現自己懷孕。這不但沒有令她高興起來，反而生出更大的憎恨，因為她「恨我那將要出世的孩子。這孩子使我不能實現離婚的計劃，並且，我不知道有多少年月要住在這常使我憎厭的地方」。[82] 除了憎恨，她對孩子也充滿驚懼，例如，她會說：「內心的恐慌使我在接近分娩的一個月中不能好眠。」[83]

不過，孩子出生後不久，卻因迷信的祖父母在他大病時讓他吃香爐灰而死去。林黛卻沒有任何傷感之情，而且「找不到能哭一哭」[84] 的理由。相反，她有一種放下心頭大石之感，因為她不用再擔心她和孩子那可悲的將來。於是，我們看到林黛在孩子死了四十八小時後即向丈夫提出離婚。這一決絕的舉動說明了她對於婚姻及母親角色的極大不滿。她不想活在封建的婆婆與丈夫的控制下，她也不願看到她的兒子將來長大了也像他的爸爸一樣盲目地服從父母的權威。對她來說，那個令她窒息的封建婚姻和家庭，是她厭惡成為母親、成為妻子的主因。

她的第二次婚姻還是讓她失望，而且她雖然懷孕了，最後

81 同上註，頁 175。
82 同上註，頁 177。
83 同上註，頁 176。
84 同上註，頁 178。

還是流產了。第二任丈夫雖然是自己所選，但她錯愛了一個執意要為以前的情人復仇而甘願接受死刑的男人。她懷孕時知道了這個消息，「因為母體受刺激太重而流產了」。[85]不過事實上，她不是因傷心而失掉她的孩子，她是因為深深的怨恨而傷害了自己和胎兒。她恨丈夫為了以前的情人甘願付出自己的性命，不顧自己及他們未出生的孩子。在見丈夫最後一面時，她狠狠地對他說：「『恨我沒有槍，否則，我先把你槍斃!』我恨恨地向他的臉吐了一口口涎」。[86]即使在他死後，她還是「恨他，他死了，我依舊恨他。」[87]她恨丈夫的無情、恨他讓她失掉了孩子和婚姻；不過，同時，她也恨自己沒有足夠的智慧作正確的選擇，所以她這樣批評自己：「愛情使人變成傻子！」[88]她認為，做母親的必要條件是對男人有理性的認識，而不是感性的投入。

恐懼、不滿，甚至憎恨讓女兒急欲與母親脫離關係，拒絕認同母親。有些時候，母女雙方也同樣因這樣的情感而想與對方分離，也有些時候連母親本人也不想承認母親的角色及身份。不過，在恐懼與討厭母親的情緒外，她們卻對另外一個女人心生渴望，並欲求與之建構一個另類的健康的女女世界。孟君的這幾個女性歌德故事搬演了女性不同面貌的情感慾望，貝

85 同上註，頁 204。
86 同上註，頁 203。
87 同上註，頁 204。
88 同上註，頁 205。

克說這是「女性慾望的故事」。[89] 在貝克的研究裏，她發現這個女性的慾望還包括對另外一個女人的渴求，例如，窩史東卡夫以及布朗特的《簡愛》（*Jane Eyre,* 1847）裏便表現了這樣的慾望情感。她指出《簡愛》的女主角珍（Jane）對她的情敵，那個閣樓上的瘋女人柏花（Bertha），表現出同情和諒解，而不是憎恨與競爭；而且珍的內心深處也看到她們很多共同之處。另一方面，貝克指出柏花有時更像珍的守護神天使，而不是她的情敵。[90] 貝克也在《瑪莉亞》看到相同的慾望情節，因為故事的主要內容其實敍述瑪莉亞如可想得到她的女兒，也就是說，那是瑪莉亞如何渴求另一個女性的故事。[91]

《瘋人院》及《最後的一個音符》也上演着女主角想要得到女兒的情節，不過有趣的是，通常女主角均沒有結婚，卻想收養人家的女兒，這也正正顯示了女主角一方面否認、另一方面又重新演繹母親生育責任的規範。《最後的一個音符》的女主角本可更早與他的丈夫離婚，但為了她的繼女，她忍受了八年的煎熬與折磨。她對這個女兒的感情可說是充滿激情的：「小抒九歲的時候即已愛着她，她自己從未生過孩子，但她養過孩子，她了解到母親的感情，記得她是那樣亡命地癡戀着這個女孩子的。」[92] 她對女兒的愛從她一進入那個別墅成為她的鋼琴教

89 見註 48，Susanne Becker, *Gothic Forms of Feminine Fictions*, p.52。
90 Ibid., pp.52-53.
91 Ibid., p.53.
92 見註 27，孟君：《最後一個音符》，頁 240。

師時已開始，而且越來越濃烈，有時甚至比她與她丈夫的愛情還要深濃。

她與丈夫失敗的婚姻沒有讓她苦惱太久，因為在婚姻快要結束時，她渴望「最後的一個音符把整段音樂結束」。[93] 在她丈夫死後，她一心要與女兒重聚，並熱切地期望「由她和小抒去創作一個新的音階的開始」。[94] 她已預備好「開始了要建設她的另一個希望」。[95]

《瘋人院》的女主角在她的好朋友瑪莉死後也執意要收養她的女兒。這個可憐的孩子在瑪莉生前已經與女主角感情很好，而且她曾經在母親發瘋時哀求女主角孟君收留她。在瑪莉死後，女主角想盡辦法收養她，甚至計劃與一個男人結婚後申請收養，成功後再跟那個男人離婚。不過，最後女孩的父親把她帶回家，讓她沒法達成這個渴望。這個沒能達成的願望，也反映了女女世界的組成是充滿困難，因為這是一個必須由男女組成的異性戀世界。

在孟君的小說裏，女女世界的組成有時候不一定是母女的組合，它也可以是由兩個情敵組織起來，就像《簡愛》的珍與柏花那種亦敵亦友的關係。很多研究已指出柏花在珍與男主角結婚前夕毀了珍的頭紗，其實象徵着柏花給珍善意的警告，

93 同上註，頁 271。
94 同上註。
95 同上註，頁 278。

提醒她這是一段不道德及不合法的婚姻。而珍對柏花偶爾表現的同情，也代表珍在某程度上認同柏花。《我們這幾個人》也描寫了一個亦敵亦友的女女世界。早在故事開始時，林黛也像柏花一樣是女主角的守護天使。是林黛提醒女主角愛上的男人是一個有婦之夫，而這個有婦之夫卻從沒有對蒂小姐說過他已婚。而在故事結尾時，蒂小姐因為要追回她那個已婚戀人而被火車撞至嚴重出血，不過，幸運地，那個曾經想把她趕走的「情敵」林黛給她輸血，她因而被救活過來。她們二人因而變得「你血中有我，我血中有你」。蒂小姐復原後，還主動回到別墅，與林黛及堅自一起生活。這樣看來，林黛與蒂小姐不單朝夕相對，還血肉相連。這也許是當時女性創作中對「女女」世界最富想像力的描繪。

值得留意的是，這個孟君建構的女女世界有着獨特的要求：必需由身心健康及正常的女性組成。她們要受過教育、獨立、有批判的精神，以及沒有結婚，或是處女。《最後一個音符》及《我們這幾個人》裏的第一女主角均是音樂家；而《瘋人院》及《失望的靈魂》的她則是一個作家。這些女主角像男性一樣無畏及愛冒險，她的陽性特質有時甚至比小說裏的男性角色還要強烈。在《失望的靈魂》裏，她勇敢地扮演臥底的角色去查案；在《瘋人院》裏，她勇於接受到精神病院學習的挑戰。同時，她也是理性的、分析能力強的人。她會時常提醒自己不要太過感情用事，像在《最後一個音符》裏，她能冷靜地分析自己婚姻失敗的原因在於太過感情用事；《瘋人院》的她時常壓抑自己對她那個男病人的感情；在《失望的靈魂》和《我們這幾個人》裏，她憑藉她敏銳的觀察及分析能力，成功破解了死亡的謎團。此外，這些獨立的女主角均有着一個有意思的共同點：她們都是職業婦女。工作使她們能自食其力，自由地生活、思考、四處探險，而且不受任何男人的經濟控制。經濟上的依賴及不自由是女性歌德小說裏女主角最大的恐懼，像拉克里夫的《奧多芙的秘密》裏的愛美莉及她的姨姨，一直受着城堡被姨丈佔有後失去經濟支援的威脅。孟君這些小說描繪了一個女性烏托邦的同時，也提醒讀者：經濟獨立是建構這個烏托邦的重要基石之一。

此外，這個女女世界特別之處還在於它有着崇高偉大的目標。它必須具有社會責任感及正向的生活態度方式，像《最後一個音符》裏女主角所說的，「不怕風霜雨露」，[96] 還要有「全心全意地為人類服務」[97] 的意志。在這個女女世界裏，她的目標是每天要有身心的進步來教育下一代。

96 同上註，頁 284。
97 同上註。

四・三　歌德式的重像（Gothic Doubling）

重像的主題在西方歌德文學裏很普遍。像《簡愛》裏的珍和柏花：被關在閣樓的「瘋婦」柏花便是女主角珍的重像。柏花不單是一個瘋婦，還被他的丈夫暗諷為粗野及妖媚；可是珍卻被描繪成一個貞潔的、有自制力的、自我要求嚴格的女子。蘇珊・古柏（Susan Gubar）及珊迪・潔拔（Sandra M. Gilbert）對這兩個角色提出了一個影響深遠的評論。在她們的研究《閣樓上的瘋女人：女性作家與十九世紀的文學想像》（*The Madwoman in the Attic: The Woman Writer and the Nineteenth-Century Literary Imagination*, 1979）裏，她們認為柏花是珍「最真實又最黑暗的重像」，[98] 而且，「重像被塑造成怪物一樣，使天使般的作者變得黯然失色；同時，這些瘋瘋癲癲的反派女主角還使那些精神健全的女主角的生活變得複雜」。[99] 孟君的歌德式小說裏，每一個女主角均有一個重像，她們在故事裏是反派女主角，而且，她們的性格和遭遇跟女主角完全相反。這個作為女主角「她者」的重像，往往是偏執妄想、自我放縱、自私與道德敗壞的，與女主角的理性、自控、仁慈與貞潔形成一個對比。這個「她者」是女主角分裂的人格，也是她壓抑的另一

98 Susan Gubar and Sandra M. *Gilbert, The Madwoman in the Attic: The Woman Writer and the Nineteenth-Century Literary Imagination* (New Haven: Yale University Press, 1979), p.360.

99 Ibid., p.80.

面。孟君小說裏這些重像的人物及其故事，展現了女性複雜的性格及特質，在當時的流行文學中甚為罕見。

這個邪惡又瘋癲的重像在《從相逢到離別》中便是女主角思嘉的那個被她繼父打入冷宮的姑姑麗絲。她正正是思嘉的反面：暴力、殘忍、因年老色衰而失去魅力，可是對性的渴求卻仍然強烈。她沒有能力再找一個男人滿足她的性需要，她便靠自慰來滿足自己。思嘉跟她的姑姑完全兩個樣子，她對她的性慾非常壓抑謹慎。例如，男女主角有一次在房間裏相聚一整夜，可是，在這麼難得的二人獨處的晚上，他們只是親嘴和互相擁抱，「用吻滿足了全部熱情的要求，他們還是保存了一線距離」。[100] 事實上，思嘉並非完全沒有性慾，她只是順從男主角的道德信仰而把自己的慾念抑制下來，「坦白說，思嘉是願意把自己完完全全地獻給他的，他卻並沒有這樣做，他認為真愛一個人並不是肉體的佔有，除非他們已經成為夫婦……否則他們的愛也就並不是超然的愛了」。[101] 思嘉的性需要完全受着男主角的左右。她這種自我節制，與姑姑不顧一切的放縱形成強烈的對比。在故事的後半部份，當兩個女人同時愛上男主角時，這種對比越加強烈。

雖然思嘉對男主角的性渴望沒有得到滿足，不過，她的重像姑姑替她達成了她的心願，她主動與他發生關係。其實姑姑

100 見註 51，孟君：《從相逢到離別》，頁 87。
101 同上註。

早就見過男主角，在第一次看見他時，她已被男主角的俊朗外貌吸引，不過苦無與他認識的機會。直至他被那個邪惡繼父打暈後捉到別墅關起來，要麗絲看管，她馬上抓緊這個佔有他的機會。她在房裏獨自面對着這個昏睡了的男人：

> 她注視着他……他閉着眼睛，長長的睫毛深深地蓋下來，似乎是一幅畫像。那輕閉着的嘴唇那樣甜蜜而自然，使她禁不住低下頭去輕輕地吻他。
>
> 及至接觸到他的肌膚，她就感到全身有着奇異的反應，好像是誰把那一具大電流放進她體內，以至除觸電的感應外，似乎全身都有着特異的力量……她再也不能忍耐了。於是，把她自己的整個身體壓在他的身上，做夢似的閉上眼睛。[102]

麗絲控制不了她的性本能，或者說，她根本不想控制，而且甘願被性慾操控。另一方面，這段充滿詩意與激情的性衝動描寫與思嘉的那段對性的理性反思有着明顯的不同。這裏把姑姑寫得像初戀的女孩，態度溫柔無比，如「低下頭去輕輕地吻他」、「做夢似的閉上眼睛」，還有那強大電流的震撼等。這兩個女人，從外表、行為，以至對性的反應均是一個強烈的對比。如果思嘉是一個正面的女主角，她的姑姑就是她的反面，

102 同上註，頁 164-165。

不過這個反面又無時無刻不反映着這個正面的女主角，提醒着思嘉她們的相似，無怪乎思嘉會説她的姑姑就她的鏡子，不光反映着她未來的命運，還有她不為人知的另一面。

在《失望的靈魂》裏，霜瑩便是女主角孟君的重像。孟君在故事裏是一個既理性又能自我克制的人。她的理性甚至被私家偵探稱讚，邀她一起調查霜瑩的死因；她對自己的感情也很克制，時常提醒自己為了過世的男朋友，不要與任何男人發生感情瓜葛。不過，孟君的朋友，霜瑩則是一個對愛情非常進取又充滿心計的人。她為了得到當時還是錢茵的男朋友夢蘅的愛，可以説是不擇手段。首先，她刻意與錢茵交朋友，為的是從中離間他們二人的感情及打探夢蘅的喜好。霜瑩在日記裏承認她的機心：「那就是我應該先和錢茵發生友誼！雖然我知道這是卑鄙的，但我不能為了顧全道德，而放棄我理想中的對象。」[103] 為了爭取她的愛情，她把道德放在一邊。

她不只工於心計，而且容易被自己的慾望控制。有一個晚上，夢蘅因與錢茵分手而傷心地喝得酩酊大醉，霜瑩便趁此機會引誘了他，與他發生了關係。「我們的愛火焚燒每個細胞！我們擁抱着，擁抱着！這情境是太神秘了！太神秘時把我們的理智壓死了！」[104] 她這時明顯地把理智拋開，讓自己成為情慾的奴隸。與孟君的理性相比，她是一個越軌的女孩，敢於爭取

103　見註 45，孟君：《失望的靈魂》，頁 80。
104　同上註，頁 83。

自己的愛慾，不理會世俗的道德規範。當她面對性衝動時，她會把理智壓下去，本能地和應它，與慾望共舞。

《我們這幾個人》裏正派女主角蒂小姐的重像是林黛。蒂小姐是一個端莊自重、聰慧理智的女孩，最重要的是，她堅守傳統的婚姻制度。堅自及另一男主角朱白對她的追求確實曾讓她心動，她還真的愛上了後者；但是因為兩個男人都有另外的一半，她便強迫自己對二人謹守朋友之禮，她努力控制自己不要「殘忍到扮演第二個林黛」，[105] 即不要像林黛一樣介入堅自夫婦的婚姻中。蒂小姐一直提醒自己要做個「有道德」的人，對感情要負責任，不要因為控制不了自己的慾念而傷害了另一個女人。所以，雖然她真的愛上了朱白，但她還是克制自己的真感情，欺騙朱白她不愛他，不讓朱白為了她而傷害他的太太：

> 我不知道是不是應該跑過去，抱着他，吻着那皺紋，那眼睛，告訴他我愛他。最後，我終於以一句我不想講的話掩飾了我衝動的感情。我說：「請你給我一支煙。」[106]

在她內心深處，她其實很想與朱白有更進一步的親密行動，像抱他、吻他、說愛他；但是，她的理智戰勝了激情，她

105 見註 24，孟君：《我們這幾個人》，頁 89。
106 同上註，頁 92。

要一支煙，而不是朱白。

又例如有一次，當朱白對她有進一步的行動時，她有那麼的一刻迷醉了，不過，不用一會兒的功夫，她便清醒過來：

> 他……深深地看着我……我感到一陣做夢的迷離的情緒……很突然地……他瘋狂地擁着我！吻着我！我也吻了他，抱了他……可是當我從吻的醉意裏醒來的時候，我覺悟到這行為的無知。為了表示我少女的尊嚴不容污辱，我用力朝他臉上打過去，打了兩下，我又低下了頭。[107]

蒂小姐是一個恪守傳統禮教、維護正統婚姻制度的女人。從這段描述，我們可以看到，對於她來說，貞節、還有抵抗誘惑的理性才是她行為的準則，而男女之間逾越道德的愛違反她的價值觀，必須用力地把它排除於她的生命之外。

蒂小姐的反面性格體現在林黛身上。她是一個對情和慾毫無節制的人。堅自的太太還在生時，她已經愛上她，她並沒有因此而放棄要得到他的慾望，並且還處心積累地破壞他們的婚姻。她知道他的太太有病，於是自動請纓當他太太的私人看護，並以照顧她為由搬進了他們的別墅與他們同住，她承認「對

107 同上註，頁 92-93。

她從沒存好心腸」。[108] 更可怕的是，她間接害死堅自的太太。她在照顧她期間，已不停地對她灌輸她拖累了堅自的想法，讓她放棄治療自己癌症的機會；然後，她開始以隱晦的方式鼓動堅自的太太自殺。她的邪惡在堅自太太自殺死前的一刻更表露無遺。她在堅自太太彌留時沒有馬上打電話求救，只在旁邊看着她慢慢死去。她還說：

> 是的。我不喜歡她。她死了，我才能得到堅自。我知道，當時只要我去通知堅自，她還可以救。我沒有，我讓她就此找到自己的歸宿。她死了快樂些。[109]

林黛追求她的愛情時不擇手段，追求性愛的滿足也是這般肆無忌憚。她承認在堅自太太死後，「幾乎由我主動」[110] 色誘堅自。她以一種毫不掩飾的態度面對及承認自己為愛所作的一切，與蒂小姐的含蓄內斂相反，她霸道自私又敢愛敢恨。

《瘋人院》的女主角也是一個理智、自我克制、富同情心又充滿求知慾的女孩。當她被要求到一個被認為是危險及惹人討厭的瘋人院工作時，她沒有顯出很遲疑害怕的樣子，還表示對這個工作充滿「濃厚的興趣」。[111] 雖然住進精神病院的初期

108 同上註，頁 205。
109 同上註，頁 207。
110 同上註。
111 見註 35，孟君：《瘋人院》，頁 71。

確實讓她非常害怕，但很快她已克服了她的恐懼，並且讓自己融入病人的圈子和他們的精神世界裏。她也是一個對愛情很認真、而且近乎節慾的人；她同時也能嚴守專業操守；所以，當她跟她的第二個年輕英俊的病人互生愛火時，她警告自己：「我記得我是以協助醫生的資格而來的，我決不能帶着愛情而去。如此，我忍耐地裝成非常鎮靜。」[112] 她認為，男女之間的愛情，包括她的男病人對她的愛，都像「孩子似的衝動」，[113] 需要小心節制。因此，她刻意迴避及拒絕他的愛，她還教導他控制自己的感情。最後，兩人都把對對方的感情壓抑下來，「默默地蘊藏在彼此的心上」。[114]

這個女主角的反面角色便是她的好朋友瑪莉。她是一個憂鬱的已婚婦人，與丈夫育有一個七歲大的女兒；不過，她卻漸漸對她的丈夫、女兒，以及她的婚姻產生厭惡不滿的情緒。她是一個有着豐沛感情的人，極度自我，沉溺於追求個人情感愛慾的滿足，因此，她對日漸平淡的婚姻及她的丈夫生厭，覺得他們令她失去自由，令她的生命沉悶枯燥，她形容自己「如荒山的迷途者，如黑夜裏的趕路人」，[115] 所以，她要追求不受限制的自由、「很多很多溫情」[116] 和「詩意的調劑」。[117] 她還形容

112　同上註，頁 105。
113　同上註，頁 107。
114　同上註，頁 120。
115　同上註，頁 154。
116　同上註。
117　同上註，頁 164。

她的家是一個「魔鬼的洞」，[118]而自己因為這個家變成了一個行屍走肉的人。她對他的丈夫是「由衷地憎恨」，[119]這恨意如此強烈，讓她失去正常生活的動力。不過，她後來遇到了另一個她以為明白及了解她靈魂的男人，她覺得自己的靈魂及生命又再復甦了。面對着這個新的戀人及感情，她「滿腔熱情難以遏制」，[120]就「好像一個初戀的女孩子，擁抱着無盡美好的意念沉醉在愛神的懷抱中」。[121]他們見面的次數愈多，她便愈覺得自己狂熱與迷醉，「好像一個醉酒的人再也控制不住感情的奔放」。[122]二人更是「忘記了現實，盡情地從彼此所渴望的熱情中滿足了我們的精神的飢餓」。[123]瑪莉多情不羈、不安於室、忠於自己之餘又放縱自己，與那個律己律人以嚴的女主角，可謂一天一地。

小說裏面她與女主角最大的對比是兩人的結局。女主角在精神病院遊歷完之後，能成功返回常人的現實世界，但是瑪莉卻從現實世界中主動走入她說的瘋癲世界裏。她所說的瘋癲世界並不是一般人說的精神病院，而是她生存的真實世界。她在她的男友離開後，整個人崩潰了，她不想再回到真實世界裏，

118　同上註，頁 154。
119　同上註。
120　同上註。
121　同上註，頁 153。
122　同上註，頁 156。
123　同上註。

於是她故意「扮成了瘋子，扮成了無知覺的人」。[124] 她或許以此來逃避現實世界，其實不也同時是一種對正常世界加諸於女性身上的規範的控訴及背叛？

《最後一個音符》裏正面的女主角是音樂家陳蘭心。父母在國共內戰中雙亡後，她獨自一人從中國大陸移居香港。面對如此境逆，她表現得堅強獨立，同時也是一個充滿同情心的人。因為她那大愛的性格，她很快被男主角的喪妻遭遇吸引而愛上他，並嫁給他。她對男主角那沒有母親的女兒也充滿憐愛，甘心受男主角的折磨而不願離開她。不過，她始終是一個理性的女人，當她發現婚姻狀況出現了問題，她很快恢復了她的理性，並自我分析及檢討：

> 一個人不能為憐憫和感動而結婚，她自己所決定的畢竟太快了，那時候，她還沒想到後果，還沒考驗過那一種所謂愛到底到了甚麼程度，或者有甚麼價值！[125]

她不單理性，還是一個充滿革命意識的女人。當她的丈夫變得越來越神經質時，她越想推翻她的婚姻，「她感到她的生活太死板了！那是落後的，那是隔絕了現實，那是違背了理想

124　同上註，頁 192-193。
125　見註 27，孟君：《最後一個音符》，頁 170。

的！她要新生！」[126]所以，她最終向他提出離婚的要求。不過，她的丈夫卻拒絕了；經過三番四次的爭論，她最後不顧他的反對，執拾行李，自己搬離這個家，先找工作，然後實現她的理想：與繼女展開新生活。

她的覺醒與改革精神讓人想起了1930年代冒起的左翼文學中常見的那些「進步」的女主角，其中一個代表人物是丁玲《1930年春上海》（1930）的女主角美琳。她是一個後五四時期的知識分子，當時革命思想與熱潮席捲中國，她對革命滿是希望；另一方面，她不滿她只顧寫作而毫無革命理想與熱情的丈夫，所以她決定離開她安逸舒適的家和丈夫，參與革命。故事以她與一個充滿革命理想熱情的男人加入了一場街頭運動作結。唐小兵指出這個故事的其中一個主題是「尋找有意義的生活」，[127]裏面有着通俗劇裏常見的衝突，而主角要在個人慾望與集體幸福之間作抉擇。[128]這種為群眾服務貢獻的渴望，以及鄙視個人私利的態度在陳蘭心離開她的丈夫之後有明顯的發展。

首先，陳認為丈夫從沒有好好地利用過他音樂的知識去服務社會，她覺得：

126 同上註，頁196。
127 詳情可參閱 Tang Xiaobing 唐小兵，"*Shanghai, Spring 1930*: Engendering the Revolutionary Body," in *Chinese Modern: The Heroic and the Quotidian* (Durham, NC.: Duke University Press, 2000), pp.97-130。
128 Ibid., p.97.

> 他是音樂家，卻從沒有發揮過音樂天才，他自己埋沒了自己，他是為不健康的愛情而損傷了正常心理的，跟着，還要害他的下一代。……她自己也是學音樂的，半生中過着自我的日子，從沒有睜大眼睛看人類……但是，她還年青，她還有一半生命力可以發揮，今後，她決定了要為大多數人做一點事，要彌補她的人生責任。[129]

陳離開了她那只有個人情感又如監獄一般的生活後，她決定捨棄她個人的、家庭的生活方式，把自己投向更大的集體責任上。她看見她的丈夫沒有好好利用他的音樂才能使他自己及女兒受益，更不要說貢獻廣大群眾了。面對這樣的丈夫、這樣的婚姻生活，她突然覺醒了，她決定把她的學識與技能回饋社會。

相比於陳的無私與大我，她的重像是一個極端個人主義的人。這個女人是她丈夫去世了的情人林倩萍。其實林已婚，還是三個孩子的母親，她的丈夫是男主角的老師，而她卻愛上了丈夫的學生，並為他誕下一個女兒。師母與學生有這樣的私情可說是違反了傳統道德禮教，頗為驚世駭俗。林本身的性格也如前面討論過的所有重像一樣，有着同樣負面的、令人不安的特質。

林是一個蔑視母親及妻子責任的人，她把情慾的追求置

129　見註 27，孟君：《最後一個音符》，頁 271。

於這兩個責任之上。當男主角發覺他們的愛對不起自己的老師及自己的良心時，他決定避見林，希望結束這段關係；可是她卻十分抗拒這個決定，並主動找他，在一個音樂會之後，她使勁地誘惑他：「迎面有一個黑色的影子，向着我，呻吟似的聲音……『子抒，到我這兒來吧。』說着，一把拖着我的手。我們鑽入了叢林，互相緊抱着。」[130] 當男主角在這時要跟她說分手時，她卻淚眼漣漣，「『分開？』她哭了」。[131] 她根本不願意接受這個安排，只想維持他們偷情的關係。男主角抵受不了她的誘惑，他們繼續見面，直到他畢業。他離開了大學後，便借機躲開她，但是她卻把行動升級。在他離開學校三個月後，林直接找上男主角的家，之後還在他家住了好一陣子。原來她這趟「公然入室」早有預謀，她在她來之前，已經編好了一個故事騙丈夫說要回上海看她的母親。就這樣，這個敢愛敢做但又無恥自私的女人丟下了丈夫及三個兒女，在男主角的家裏同居了起來。他們：

> 陷入了火海，火燒着青年人的心，靈魂被燒熱了，忘記了醜惡的世界，自己創造了自己的世界，用複雜的心情纏綿地苦戀着，每一分鐘裏都享受了自己。[132]

130　同上註，頁 120。
131　同上註。
132　同上註，頁 125。

他們的這個世界與女主角陳所要建立的世界形成強烈的對比，後者希望的是一個正向的、理性的世界，充滿希望、理想與抱負；而林的世界則混雜着快感、罪惡感與感觀刺激。他們「以貪婪的心情盡情地享受了歡悅」，[133] 這種歡悅當然包括了性愛的滿足，所以，他們後來有了私生子。這個與陳完全相反的故事，讓我們看到了女性的另一面，它是個人的、私密的、充滿慾望本能的小我，這一面與貢獻服務人群的大我、循規蹈矩的母親形象大相逕庭。不過，這些小我的追求，也許可以說是女性的另一種自我實現。

以上討論有關女主角重像的故事，其實是文學作品裏常見的主題，它呈現了人性裏更本能、更狂野、更複雜的一面。以女性歌德創作來說，重像把女性特質不為人所承認的一面顯示出來，並以此質疑以男性為主導而強加女性身上的有關家庭責任、女性身份及性慾的行為準則；同時，它也為女性內心深處的慾望發聲，最重要的是，它展現了女性的另一種生存狀態和心理面貌。

筆者認為這些重像不但是主角的鏡像反映，深化和立體化主角的性格和精神面貌，它更是一個「文本重像」（textual doubling），意即與主線故事幾乎平行發展、又與主故事看來相似但有充滿矛盾的一個「次」故事。簡單地說，它可稱之為「鏡

133　同上註。

像故事」，這個鏡像故事，起着對主線故事顛覆及懷疑的效果。以下會就文本重像這個觀念來探討它如何在孟君的這些歌德故事裏運作，從而發掘這些小說更多閱讀的可能。

以下將要討論的文本重像是受貝克的相關研究啟發。她在研究女性歌德文學時，以「鏡像文本」（mirror-text）[134]來形容母女情節，她說這個母女關係的情節是男女主角的愛情主線之「下」的「副」線，它在「浪漫的情節之『下』發展，並挑戰這個主要情節的支配地位」。[135]貝克認為它批判、顛覆及反駁女主角追尋男主角、並從他那裏得到愛與安全感的主要故事。而那個在主故事之下發展的第二故事，雖然不太顯眼，但卻充滿着質疑的性質，因為它挑戰了所謂浪漫愛情與女性慾望的傳統定義。[136]孟君的歌德式小說裏，那個次要的情節是女主角重像的故事，這個重像所經所歷所思所作與女主角完全相反。她的故事，與女主角的主要故事情節平行發展，有時甚至比女主角的主故事還要矚目。孟君在一本正經地敍述一個正面的、值得尊敬的女主角故事的同時，往往加入一個或幾個的重像故事，並以她們的私人日記、信件、和獨白作為這些重像故事的敍述形式，它們的意識大膽、愛恨分明、遣詞用語狂放直接，這些充滿戲劇性的敍述挑戰了那個正統卻公式化的主敍述，削弱了主

134　見註 48，Susanne Becker, *Gothic Forms of Feminine Fictions*, p.50。
135　Ibid.
136　Ibid., pp.46-56。

要故事的主導地位。它的存在，正如貝克所說的那樣，「質疑」及「顛覆」了主要情節。這個副文本裏的越軌女人，是那個正常的、合法的女主角的「她者」，這個「她者」的故事，對「主文本」構成重大的威脅。

《我們這幾個人》裏的「她者」是林黛。在故事的後半部，作者安排她以第一人稱把自己的故事說出來，裏面是一段又一段狂妄、放肆又直接的情愛剖白，其驚心動魄處讓讀者們差點把第一女主角蒂小姐的故事忘了。在《瘋人院》裏，主角孟君在精神病院裏的經歷，以及她與她第二個男病人的戀愛情節，與她的好友瑪莉的故事平行發展，而瑪莉的經歷是以她的日記來呈現。她在日記裏盡情又大膽地把自己對婚姻及丈夫的失望憎恨、以及她出軌的內心掙扎說出來。我們看到一個追求情愛慾望滿足的女人如何由正常變成失常、由循規蹈矩變得墮落隨便、由充滿幻想希冀變成麻木不仁。在故事完結時，她變得像女主角在精神病院看到的精神病人一樣，不過，她不在山上那座瘋人院裏，而活在社會這個真正的瘋人院裏。作者巧妙地把兩個精神病院並置，以一個「社會瘋人院」質疑對比那個正統的、合法的精神病院，就像是瑪莉這個鏡像文本及重像故事一樣挑戰主文本的地位。《最後一個音符》裏主故事下的副文本是師母與男主角的敗德愛情；而在《失望的靈魂》裏的副文本是霜瑩及錢茵的故事；這兩人的故事同樣以日記、書信及第一人稱來敘述。

這些重像及他者的故事干擾了主線情節發展之餘，還干擾了主角的聲音。本來主文本通常由第三人稱以單一又統一的觀點敍述出來，可是那些「她者」紛陳的獨白和日記的第一人稱敍述卻掩蓋了那個單一的主聲調，使女主角幾乎失聲。再者，由於這些「她者」的故事往往發生在女主角敍述時間的過去，故此，她們也把充滿着邏輯順序的時間關係打亂了，造成故事的發展擺盪在過去與現在之間，使有機的時序失衡。這些鏡像文本呈現的那些矛盾的內容、結構、和角色設定擾亂了流行文學創作要求統一與穩定的公式，同時也搖撼了女性情慾和女性特質的定義，因而製造了「曖昧含混」（ambivalence）[137] 的效果。品特認為這是歌德文學其中一個基本特色。他指出，歌德文學的作家「根本無意『提倡』任何東西，因為歌德小說幾乎從來都不是說教的。它們都是試驗性質的，其觀點也是猶豫不決的。可是，它們卻不斷以隱晦的方式向我們表達了既定模式的不可靠」。[138] 如此看來，孟君的那些歌德風小說，正如品特論說的歌德文學那樣，充滿歧義與可能。

137 見註 49，David Punter, "Mutations of Terror: Theory and the Gothic," pp.190-191。

138 Ibid., p.191.

第五節

「東南亞第一暢銷」女作家：鄭慧的歌德風

1950年代充滿歌德元素的言情小說不只在孟君的作品裏出現，另一個流行女作家鄭慧的作品也充滿這些歌德元素。鄭慧的歌德式小說也以被迫害又四處漂泊的孤女為主角，背景多設在荒涼或神秘的大宅，大宅裏有瘋女人、死亡的秘密等。

據說鄭慧的小說跟當時其他男性流行小說作家一樣，同樣很受讀者歡迎，作品也很有影響力。[139] 最近，還有人評論過改編自她同名小說的電影《黛綠年華》（1957）。例如，鄭政恆評論說這部電影的導演左几成功地塑造一種令人難忘的氣氛，呈現女主角在一個腐敗社會裏的心理掙扎。[140] 不過，鄭慧的原著則顯然沒有把這種心理掙扎放在首要的位置。此外，讓人談論的還有這個故事的開頭，因為人們發現這部電影的開頭與張愛玲的名作〈沉香屑．第一爐香〉（1944）有頗多相似之處。[141]

139 許定銘：〈鄭慧和她的作品〉，《舊書刊摭拾》（香港：天地圖書公司，2011），頁39。

140 鄭政恆：〈電懋與左几——略談《愛情三部曲》、《璇宮艷史》、《黛綠年華》〉，《香港電影》，2010年10月，頁22-24。

141 這種抄襲張愛玲小說的印象基本上來自改編電影後的內容，大概沒有人真正看過原著。筆者閱畢原著後，發覺這個抄襲的評論只對了一半，因為小說的後半部份與張的故事大相逕庭。

鄭慧作品裏以〈黛綠年華〉[142]及〈太平山的晨霧〉（1958）兩個故事最有歌德風味。兩者均以歌德「經典三部曲」裏的要素為故事的基本架構：一個孤女無意中流落到一個陰深神秘的大屋，她在那裏遇到一連串的歷險和考驗，然後獲得一個美滿的結局。〈黛綠年華〉講述的是有關一個女孩在大屋裏的墮落和重生的經歷。故事一開始便以一個被火災洗禮過後一片頹垣敗瓦的大宅拉開歌德式的序幕：

> 那裏是一個廢墟，地上鋪滿了一堆堆破瓦和碎礫，從那些縱橫錯亂的斷瓦殘垣中，發現了很多斑痕纍纍的焦木，被火薰炙成黑色的門窗，以及一堆堆化成了灰燼的傢具和衣物殘骸……只見老鴉低飛，在頭上啞啞盤旋，天上的黑雲，一直籠罩到山腰；山上有冷風料峭，枯禿的老樹被它吹得索索地顫抖。[143]

這是一個位於香港半山、曾經很豪華熱鬧的大屋，現在只剩焦木破瓦一堆。故事的敍述者在某一天經過這廢棄之地，被它荒涼的氣氛吸引，於是走進這座破敗的大宅中閒蕩，並在地上一堆焦木中發現了一本日記。雖然它被火燒過，但大部份內

142 〈黛綠年華〉最初在雜誌《西點》出版，從 1956 年 1 月起連載了十一期，到 4 月止，同年馬上出版單行本，但現時香港找不到此小說，故本文的討論依據《西點》上連載的版本。

143 鄭慧：〈黛綠年華〉，《西點》，第 121 期，1956 年 1 月 15 日，頁 31。

容仍是完好無缺。敘述者好奇地把日記剩餘的部份看完，得知日記是一個曾經住在這裏的女孩寫的，裏面記載了這大宅裏發生的荒唐故事。

這個女孩從鄉下隻身來到城裏念高中。她本來在學校寄宿，後來，她的好朋友兼同班同學邀請她到她位於半山的家去住。這個同學的家是一座美輪美奐的別墅，是她的爸爸留給她的母親。女孩第一次來到這個別墅時，被它的豪華外觀和裝潢所震懾。但是，當女孩住進去後，她漸漸發覺這個房子的醜惡面目：虛偽、奸詐、人慾橫流。任何女孩子進入這座房子後，不是被燒得遍體鱗傷便是被燒死。這些女孩可憐的遭遇源自別墅女主人的卑鄙計劃。

驟眼看來，這些情節的確很像張愛玲的〈沉香屑．第一爐香〉，不過，鄭慧比張愛玲更聳動煽情，因為裏面加入了不少懸疑和恐怖的情節場景。例如，這座房子有性買賣的秘密和陰謀、發瘋、血淋淋的墮胎死亡事件、

在《西點》連載的〈黛綠年華〉其中一幅插圖，描繪了女主角被大宅女主人説服去試穿新衣的情形。（來源：《西點》，1956 年 1 月 25 日）

性病、迷姦、暴力、火災等情節。這個故事也上演女主角與女主人恍若母女關係的情節。女主人在女主角初到家時，代替了女主角的母親，給她無微不至的照顧，例如，給她一個漂亮的房間、送她禮物、給她買衣服，還教她彈琴跳舞。這時女主角認同這個母親，接受了她安排的一切，她因此墮進了這個「母親」所設的陷阱裏。當她住久了，虧也吃夠了後，她意識到這個母親的邪惡恐怖，於是，她開始反抗，不再對她的安排唯命是從，並決心擺脱她，離開這個地方。不單如此，她還鼓動女主人的三個女兒也一同離開。這個對母親的否認，代表了她身份建構的完成，她也因此而獲得了她的自我。

這個故事有一個算是圓滿的結局，女主角因為她的堅強意志，以及男朋友的精神支持，讓她能從被迷姦及好同學墮胎死亡的打擊和陰霾中站起來，繼續生活下去。此外，她還與她好同學的兩個妹妹合租了一個房子，一起過新的生活，完全擺脱了大宅和那個敗德的母親的桎梏，共同組織了她們健康的「女女新世界」。

中篇小說〈太平山的晨霧〉把故事地點設在經常被大霧遮蔽的太平山頂的一座別墅裏，而身為護士的女主角因為要照顧別墅男主人的病妻而搬到別墅去，並因此而遭到一連串的迫害。故事一開始時已瀰漫着歌德式的詭異氣氛，因為在女主角第一次到這個地方時，看到「山色是那麼昏暗，只看見傾斜的房屋和樹木遽爾間像魅影般向我身上壓下來⋯⋯在昏暗的晨曦中我簡真分辨不出五丈以外的東西……我感到一陣徬徨、孤獨和恐懼」。[144] 晨霧讓女主角看不清前路，它也像「鬼魅」一樣令人害怕。女主角住進別墅後也遭遇一連串考驗和折磨：被脾氣爆躁又猜疑妒忌的女主人辱罵、被男主人額外要求兼做其私人秘書、被控謀殺女主人和與男主人通姦、被女主人的表弟騷擾等。這一切把她帶到一個令她難堪及無助的境地，讓她幾乎精神崩潰，她差點還想從山岸上跳不去自殺。幸好，最終真相大白，她得以保住清譽，免受囹圄之苦。

鄭慧的這兩個故事有着與孟君那些小說相同的女性歌德元素，除了都是出自女性之手，還有「女人加住所」的中心結構、神秘的死亡事件和各式各樣的威脅、母女關係情節；最重要的是，這些小說以呈現及探討女性的生存及心理狀況為主要內容。〈黛綠年華〉質問了家庭的安全。家庭本應是給人安定及溫暖的地方，可是，在這個故事裏，它卻變成一個地獄一樣的地方，它是一個淫窟，是一個買賣女性身體的地方，母親及她的朋友肆意從年輕女孩身上榨取性及金錢的滿足，殘害她們的身體與心靈。那個只想從女兒身上獲得金錢利益的母親是一個「無處不在」又「吃人」的女性形象，女主角及她的女兒無不想躲開逃避她。〈太平山的晨霧〉則揭露了女人外出工作時所面對的困難。故事以女主角得到一份薪酬優厚又受男僱主欣賞

144　鄭慧：〈太平山的晨霧〉，《西點》，第198期，1958年3月25日，頁93。

的工作開始，可是故事發展下去，我們會發覺原來這份夢幻一樣的工作需要付上很沉重的代價，因為她還要當起男僱主的私人秘書，除了打點他的日程，還要跟他出席應酬宴會，更慘的是，女主角還因這個工作讓她變成謀殺和通姦的嫌疑犯，名譽受損，幾乎精神崩潰。

不過，這些對女性生活及生存環境的關注使鄭慧的女性歌德小說呈現了一個頗為特別的面貌。在這兩篇小說裏，我們不單看到父權社會產物下的「可怕的居所」帶給女孩限制、束縛和壓迫，鄭慧也關注到學校與工作地方的安全。〈黛綠年華〉的女主角最初因為學校裏好同學的關係而遇上那些不幸的遭遇，而這個同學其實早已陷入她自己母親所安排的色情交易裏，可是，學校從未發覺這些女孩身上發生的悲劇，可見學校對自己學生身心安全的忽視。而在〈太平山的晨霧〉裏，女主角的所有災難全肇因於她的工作。她要承擔額外的秘書責任，又要擊退男僱主及女主人弟弟的追求，還因這份工作而惹上官非。這些刻劃女性在學校和工作的不幸遭遇，在在顯示了作者對女性在社會上生存狀況的關注，女性雖然已能自由地在不同的社會場合從事不同的活動，可是整個大環境還是充滿威脅，讓她們身心不安。

這一章詳細論述了孟君言情小說裏人物角色、場景設置，以及情節發展的歌德色彩。這些故事一定有一個無家的孤女，她從中國移居到香港，或從中國返回香港；故事發生的地點必會在這個城市中荒涼偏僻的豪華大宅、或封閉幽深的精神病院裏，要不，就在一座怪誕無序的孤島上。故事情節則必與秘密有關，如謀殺、婚外情、秘密組織等；而故事發展便集中在女主角如何破解這些秘密，並描述其在破解過程中所經歷的艱辛與危難。這些危難往往來自她身邊一些心理不正常的人，他們有時是她的家庭成員，有時是與她共住的人。這些故事發生在陰深可怖的地點，再加上神秘的故事情節，時而充斥着死亡，時而暴力橫行，增加了恐懼及驚嚇的情緒，而這些情緒正正就是歌德文學的根基。不過，孟君會把西方的歌德色彩添上本土風味，例如，傳統歌德文學裏的故事背景只發生在一座古堡之內的幽閉空間，但孟君會把這個室內空間延伸到更廣闊的室外，如香港的司法機關，甚或香港整座城市，把香港歌德化為瘋癲恐怖之地。故事裏給女主角的威脅也不限於惡棍型的男性角色，它也可以來自這個現代城市裏的某些現象，諸如城市裏的物質誘惑，或是不公義的司法體制，或是一個獨裁的神秘組織。

孟君的小說其實混合着更多女性歌德文學的元素。首先，主角一定會有一段又一段的的歷險旅程，她要以自己的勇氣和智慧化險為夷，除了自我實現外，並解救了她身邊心陷險境的心靈。其次，便是以一個母女關係作為男女主角的愛情故事以外的另一重要內容，它描寫的母女關係大多是有恐母與厭母的複雜感情。最後，通常會有一個與主要故事平行發展的重像故事，二者連合起來精妙地呈現了女性複雜的生存狀態、心理和情慾面貌。

鄭慧的一些小說同樣表現了歌德的色彩，兩個作家的作品裏只以女性的經歷為故事的中心，而她們的經歷又被不安和驚恐籠罩着，折射了戰後香港女性面對的困難和險阻。此外，故事裏母女關係及重像的故事，展示了這些受害女性那些曖昧、複雜的心理特徵。這些言情小說表面述說了一個正向的、有抱負的、充滿大愛的女性在一個頹廢破敗又壓抑幽暗的城市成長與追尋的故事，但是故事裏卻有個與之完全相反的「她者」故事，兩者在小說中平行發展，創造了一個個既充滿希望又滿懷絕望、既自律又放縱、既個人主義又集體主義的女性群像。這些複雜曖昧、又充滿性別意識覺醒的女性群像，在當時的文學創作來說，可說非常創新及大膽。

第五章

結語

打破界限　不拘一形：
一個無「雜」不歡的年代

本書討論了1950年代四位言情小說家如何挪用、結合來自不同地方文化和不同媒介的藝術作品來創作他們的小說，並利用了這些材料打造了充滿他們個人特色和風格的作品。筆者認為這種創作手法及作品以「大雜燴」來形容最貼切不過。其實，研究香港文學的學者和讀者對這個形容詞一點也不陌生，因為，早已有不少研究以此來形容當時香港的藝術創作特色和風氣，不過，卻鮮有深入分析這「混雜」在創作裏的運用及表達。本書詳細論述了四位當時得令的言情小說家如何把混雜的精神發揮到他們的創作裏，他們分別利用了舊式中國小說的敘事技巧、電影，還有歌德文學的創作手法及藝術元素，創造了他們的「社會文藝小說」、「電影文藝小說」，還有「歌德式文藝小說」。

不過，結束這個討論之前，有關這些言情小說的混雜特色還有幾點需要詳加說明，以便更全面呈現當時那些錯綜複雜又饒有港式風味的「大雜燴」創作特色。首先，這些小說混雜的不只有中國傳統小說的敘事形式及技巧、電影及歌德色彩，其中還有攙和其他古今中外的文學文本。其次，雖然四位作家各自有其獨特的混雜風格和材料，但他們「專屬」的風格和材料卻彼此互相重疊，例如，俊人的作品會出現中國傳統小說的寫作技法，鄭慧和傑克的小說有不少也充滿電影感。換句話說，他們的作品或多或少地出現了其他風格和材料的混合。第三，除了創作手法及內容大混雜外，就連故事裏的人物和故事場景也是中外混雜，有在香港發生的跨種族戀愛，也有跨地域的浪漫史，充份體現了香港實在是一個中西文化交流及交會的地方。最後，這種大混雜的特色不只反映在他們的作品中，還反映在他們在文化領域所擔當的角色上。其時他們不單是流行作家，還是嚴肅文學的創作者、報人、雜誌編輯、翻譯者、編劇等等。有些角色在現在看來還帶點衝突的意味，像傑克那樣，同時是嚴肅及流行小說的作家。有趣的是，他們均能從容又和諧地一人兼事不同的身份，就像他們把各式各樣的材料混合在他們的作品裏那樣得心應手。當時香港文藝創作這種跨領域的創作模式，創造了無數名副其實多元和多樣的、充滿無限創意和可能的作品。以下會詳論以上四點特別的混雜特色，冀能展現香港 50 年代文化中「五味雜陳」的複雜風味。

第一節

古今共融　中西兼備

俊人的小說雖然充滿荷李活電影的影子，不過，他有些作品顯然也從外國文學中吸取養分，並以之為藍本，作其個性化的改造。例如《罪惡鎖鏈》（1951）的故事原型便是域陀．雨果（Victor Hugo）著名的《孤星淚》（*Les Misérables*，1862）。《罪惡鎖鏈》最初於 1947 年連載於《華僑日報》上，故事基本上跟原著一樣，講述一個越獄犯逃獄後的戲劇性經歷

俊人小說《罪惡鎖鏈》封面（第三版）。這本小說當時應該頗受歡迎。小說1947年於報刊連載，單行本在短短三年內已出了三版，第三版的出版量更達5000冊。它還於1950年被改編成電影。（來源：俊人，1951）

和改變。不過，俊人為他的故事加了不少調味料，讓本來已很戲劇性的情節變得更煽情。例如，逃犯成了大慈善家後，有一次無意中救了一個女人及她的孩子，這個女人原來是他年輕時失散了的兒子的太太，而她的孩子就是他的孫子；不單如此，這個女人還是他逃獄後救他一命的恩人的女兒。又例如，原著裏逃犯最後自首是出於個人自省的力量，但在俊人東方式的改編下，逃犯為了拯救他的兒子，便與警官交換條件，以他的被捕換取兒子的自由，讓兒子回到太太的身邊，重建下一代瀕臨破碎的家庭。他的自首因而充滿了「家庭」的責任。他們之間錯綜複雜的關係把故事弄得有點像肥皂劇，充滿命運弄人的老套情節，反而更像那個年代粵語片中的家庭倫理大悲劇。

此外，俊人也以他常見的後設式幽默給他自己的作品開玩笑，讓平淡無奇的地方變得惡作劇般的嬉鬧。例如，逃犯的恩人名為朱愚齋。這個名字對當時的人來說一點也不陌生，而熟悉黃飛鴻故事的人，對這個名字更不會陌生，因為朱愚齋便是黃飛鴻傳奇的創作者。他最初是在《華僑日報》的副刊發表黃飛鴻的故事，而當時俊人也在這個副刊發表《罪惡鎖鏈》，二人可說是「鄰居」。俊人給故事裏這個恩人起了朱愚齋的名字，實在充滿了我們現在說的「惡搞」的意味。更好玩的是，這個主角逃犯又像混合了朱愚齋的師傅林世榮的故事。林世榮曾是黃飛鴻的徒弟，據說在廣州打架，釀成好幾個人死傷，林為了逃避刑責，便逃到了香港，以授武術為業，其中一個徒弟便是朱愚齋。《罪惡鎖鏈》裏的這個逃犯也是因打架傷人而從廣州逃到香港，變成了由朱愚齋拯救他，並成為逃犯的師傅。俊人把一個西方家傳戶曉的故事，滲入了本土傳奇，成為別樹一幟的東方言情故事。

俊人的另一篇小說《畸人艷婦》（1960?）也混合了雨果的另一名著《鐘樓駝俠》（*The Hunchback of Notre-Dame*, 1831）。俊人這本小說曾被改編成電影《畸人艷婦》。小說講述一個美麗的女孩為了拯救她瀕臨破產的家庭而下嫁給貌醜駝背但心地善良的富家子，最後他憑種種善行感動了女主角，成功贏取其芳心，成為一對真正的夫妻，還生了一個孩子。作者為他的這個故事補上一個童話式的圓滿結局，並突出了現代社會男性經濟地位的重要性，強調它是男人維持及獲得幸福的主要途徑。

孟君的小說除了滲透着噩夢式的歌德風格外，她也創作普通的愛情故事，把驚嚇元素剔除，改以實實在在的香港社會為背景。這些故事多以描述青年人在這城市裏如何經歷苦痛、有所啟悟而成長，像《日記》（1952）、《四月二十號》（1952）、《大街》（1952）、《煙火人家》（1953），以及《成年人的童話》（1957）。這類小說可稱之為成長小說（Bildungsroman），源自德國作家歌德（Johann Wolfgang von Goethe）的作品《威漢·麥斯特的學習生涯》（*Wilhelm Meister's Apprenticeship* 1785-96）。成長小說又名「形成小說」（novel of formation）、「教育小說」（novel of education），或「啟蒙小說」（novel of initiation），顧名思義，主要講述主角在少年時的一段歷練，讓他／她從天真無知變得懂事成熟的成長經歷。

《日記》關於一個16歲女孩如何在身份與性別認同的矛盾裏掙扎，最後學會了化解這些矛盾，從而進入成年人的階段。《四月二十號》講述了一個孤女如何在香港這個城市生存、建立她的寫作事業，還有她如何被她所愛的男人及母親所辜負，如何從失望中重新認識愛，而最後她還把這些痛苦的經歷變成她創作的泉源，成為一個很受歡迎的小說家。《大街》描述了一群從大陸移居到香港的青少年的成長故事，以一個參加了三合會的男孩為主要內容，講述了他如何從好男孩到加入黑社會再脫離黑社會的經歷。《煙火人家》是一個關於三兄弟姐妹如何擺脫一個充滿暴力傾向又對母親不忠的嚴父，最後學會積極樂觀面對困難，與母親重建他們沒有父親的新家庭。《成年人的童話》講述了一個從中國大陸來香港投靠有錢姨母的女孩，在姨母家經歷了初戀與被困的滋味，覺悟了對母親和對祖家中國的感情。

在《成年人的童話》裏，作者還混入了田納西．威廉士（Tennessee Williams）的話劇《玻璃動物園》（*Glass Menagcric*, 1944）裏玻璃動物、禁閉和逃走的主題。故事裏女主角的表妹像《玻璃動物園》裏的女孩一樣，收集了一堆玻璃動物，象徵女主角的表妹表哥像玻璃動物一樣，給富有的媽媽保護及關顧着，像動物園的禁閉生活。另一方面，作者還把玻璃之精緻易碎比喻為物質生活，表達了它的脆弱及虛幻；同時，這個精緻高級的動物園亦暗指當時被稱為天堂的香港，這個天堂只有物質沒有靈魂，它是一個不能使人心智正常成長的地方，也是一個令人窒息又荒誕的空間。

前面第二章已介紹過傑克小說裏混雜的外國文學，例如，《東方美人》以西班牙的傳奇人物大情聖塘璜為主角，還混入了另外兩個英國文學作品。第一個奧斯卡．王爾德（Oscar Wilde）的《多雷格的畫像》（*The Picture of Dorian Gray*, 1890），多雷格因看到畫像中青春的自己，便希望把青春留住，因而與魔鬼進行交易。而《東方美人》的前半部主要集中在西方塘璜在未投胎轉世成中國人的故事，講述年老的塘璜在情場征戰多年後回到家鄉西維爾，因年老色衰，已沒有人認得他，令他傷心不已。當他看着一幅自己年輕時的巨大油畫像，並與此時的自己相比時，更讓他覺得時間的殘酷。這個情節與多雷格青春畫像的寓意一脈相承。此外，《東方美人》講述了塘璜好色性格的形成原因，其實改編自英國詩人拜倫（Lord Byron）的諷刺史詩《塘璜》（*Don Juan*, 1820s）。拜倫詩中第一章原本內容為塘璜與一個有夫之婦通姦，傑克把它變為塘璜的母親與另一男人通姦被塘璜的父親捉個正着，父親追捕姦夫時意外摔死，臨死前警告當時只有四歲的塘璜說不能相信女人。傑克的塘璜便因着這童年慘事及父親的警告而變得對女人玩世不恭。這個改編明顯有着仇恨女人的情緒，不過，這也不奇怪，因為傑克的作品裏很多時候也流露出這種「仇女」情感。

傑克的另一本小說《銀月》（1957）則混合了法國作家居伊．德．莫泊桑（Guy de Maupassant）的一篇短篇小說〈月光〉（"Moonlight", 1880s）。傑克自己在序裏直言《銀月》受莫泊桑〈月光〉的啟發，他認為莫泊桑成功地刻劃了崇高又美麗的月色，讓讀者看後「掀起心靈的大地震」。[1] 他還指出〈月光〉是一個「揭露眾生相」[2] 的故事。原著講述一個女人與丈夫到瑞士度假時，受湖邊那令人暈眩的月色迷惑，與一男子發生了一夜情，回家後受不了良心的折磨而向姐姐傾訴。她的姐姐聽完後，只簡單地對女主角說她根本沒有愛過那個人，她只是愛

1 傑克：〈序〉，《銀月》（香港：幸福出版社，1957），頁 1。
2 同上註。

上了愛情。這個妖魅的月色便是《銀月》的主題，不過傑克把它改頭換面一番，變成一個滿足男性幻想的故事。小說以一個已婚的男主角被海邊的月色迷惑開始，這月色讓他發昏，誘發他與一交際花發展婚外情。可是，後來卻因此而被妻子及情婦折磨。不過，結局卻頗為出人意表，因為兩個女人後來互相體諒，並協議和諧地同屋而住，共事一夫。

鄭慧的小說也混合了西方文學。例如她的中篇小說〈戀人〉（1954）便是取材自珍·奥斯汀（Jane Austen）的《傲慢與偏見》（*Pride and Prejudice*, 1813）。奥斯汀的小說是關於一個傲慢的男主角與一個對人有偏見的女主角互相討厭最後卻互相了解相愛的故事。而〈戀人〉的內容基本上也與原著如出一轍，只是男女主角的性格互調了而已。鄭慧顯然沒有擔心抄襲剽竊的問題，因為她在故事結局前更明白地顯示了它與原著之間的關係：

> 他們過去本着自己個人的**傲慢**和**偏見**，在狹隘的圈子外去量度揣測別人，引起了許多無端的猜忌與疑惑；一旦他們打開了界限，彼此發掘到了對方的靈魂深處，找到了生命韻律的共鳴⋯⋯再也沒有一種力量能夠去把他們分得開來了。[3]

3 鄭慧：〈戀人〉，《戀人》（香港：環球圖書雜誌出版社，195?），頁 105。

這個放在結尾的敍述，總結了男女主角因不同性格而發生的愛情，作者還刻意把「傲慢」和「偏見」二詞粗體化，彷彿在提醒讀者她的小説與原著的關係。

鄭慧的另一個短篇小説〈四千金〉（1954）從露意莎．馬．亞確（Louisa May Alcot）的《小婦人》（*Little Women*, 1868-1869） 變種而來，以《小婦人》的四個女主角為藍本加以改造。亞確的小説是一個長篇故事，分上下兩集，講述了四姐妹從小孩轉變成女人的成長經歷。〈四千金〉曾被改編成電影，與小説同名，於1957年放映，並在1958年亞洲電影節中獲得最佳電影獎；不過，小説比電影的輕鬆溫情來得黑暗深沉。小説以四姐妹的愛情經歷為主要骨幹，鄭慧拋棄了《小婦人》對女人美德的頌揚，轉而描寫女性心理及情慾的黑暗面，及現代女性在婚姻與事業的兩難掙扎，因此這個故事裏的四姐妹不再是《小婦人》裏那些善良正直又相親相愛的好女孩。這四姐妹分別是大姐Hilda（希達），二姐Helen（希倫），三姐Hedy（希棣）及小妹妹Hazel（希素）。希達身為大姐，成為家庭經濟支柱，因只顧工作而未能兼顧愛情和婚姻，所以便渴望結婚。可是這個願望卻給二妹希倫屢次破壞。她因為長得美麗，父親給她改名為希倫，寓意其美貌像希臘神話裏的海倫。可是，她是一個善妒陰險又放蕩的女人。她因為妒忌大姐的能幹及受父親的寵愛，便下意識地把姐姐心愛的東西搶走，例如，她屢屢色誘大姐的男朋友，使大姐的男友移情別戀於她，後來更與大姐的丈夫發生了一夜情，差點弄得大姐離婚。希棣雖然是一個善良樂天的女孩，但她也像兩個姐姐一樣，有着古怪的一面，那便是對婚姻莫名的恐懼，她還因此間接令一個追求她的男孩死去，她更因這個打擊到修道院去當修女。小妹妹希素則我行我素，未及 18 歲便與男朋友未婚懷孕。故事除了刻劃四姐妹各自不同的性格缺陷外，也呈現了現代女性面對的困境，例如，工作與愛情婚姻的難以平衡、未婚懷孕或未成年結婚的經濟及生活困境等。鄭慧借助了亞確小説裏四姐妹的角色，充滿社會意識地把故事改造，借此揭露了現代女性複雜的心理和情慾，還有她們在當時香港的生存情況。

除了摻雜着外國文學，我們還可以看到作家們挪用中國當代文學。前面幾章已討論提過每個作家都或多或少地借用中國一些著名的現代文學作品。例如傑克的《亂世風情》（1959）便混合了郁達夫的短篇故事〈沉淪〉（1921），其男主角曾有一段留學日本時的性啟蒙經驗。孟君的《最後一個音符》（1953）裏女主角有着丁玲《1930 年春上海》裏女主角美琳的影子，兩個女性都立志革命自己的人生和社會。俊人的作品《情之所鍾》（1957）裏也混和着丁玲作品裏另一個難忘的角色莎菲，二人均以自傳式的獨白坦率地表達其愛恨和慾念。

鄭慧還有好些小説也摻雜了一些既著名又很受歡迎的現代中國文學作品，例如《紫薇園的秋天》（1955）便是巴金《家》（1933）的變形。鄭慧借用了《家》裏那個封建古老大家庭的年青一代爭取自由戀愛的故事架構，放在她的《紫薇園的秋天》裏，把地點變為香港，並替故事注入新的元素：女性意識的張揚。首先，故事以一個女性為主角，而且，她還是一個受聘到名叫「紫薇園」的豪華大宅當家庭教師的外來者。這個外來者給這個家庭帶來翻天覆地的轉變，例如，鼓勵其中一個女角擺脫她祖母安排的商業婚姻，跟自己不愛的丈夫離婚，與自己心愛的人結婚。另一個新元素是以一個號令三代的一家之主——祖母，來代替《家》裏那些以男性為主導的封建勢力。更有趣的是，這個祖母並不是一個一成不變的老頑固，她在故事結尾時，接受了女主角提倡的現代婚姻和愛情觀。祖母的轉變表達了作者對女性智性成長及改變的希望和期許。這些新發明的女性角色，在在顯示了鄭慧在50年代的女性主義立場。

另一個鄭慧常借用的中國文學作品是張愛玲的小說。最明顯的例子是這三個故事：〈真假千金〉（1957）、〈相思巷〉（1958），以及〈黛綠年華〉。〈相思巷〉的開端及結語基本上挪用張的〈沉香屑．第一爐香〉，前者的開始是這樣的：

> 假如你們不嫌囉唆，請點上一爐好香，靜靜地坐在那裏，聽我給你敘述一則發生在相思巷裏的故事。至於這個故事是真是假，希望你們把它當作身邊那爐印度沉香一樣，各自領略追尋箇中的況味。[4]

4 鄭慧：〈相思巷〉，《西點》，第191期，1958年1月15日，頁91。

結尾則這樣寫：「我的故事也跟着到這裏說完了」。[5]這樣的開端和結束，根本就是張氏小說的模擬與改造。

鄭慧似乎特別鍾情於〈沉香屑．第一爐香〉，尤其是那段象徵着女主角開始墮落的場景：女主角被衣櫃裏滿滿的華衣美服所迷惑。這情節也給鄭慧挪用到她的〈真假千金〉裏，女主角被要求假扮富家千金，被人領到一個掛滿美麗的衣服的衣櫃前，她驚嘆地看着這些漂亮的衣服，深深地覺得自己的寒酸。

〈黛綠年華〉裏也有這麼一段「華衣的誘惑」，小說在雜誌上連載時還加上一幅美輪美奐的插圖加強視覺效果。除此以外，這個小說的前半部份基本上是〈沉香屑．第一爐香〉的變形，諸如女主角也是一個中學女生，她被邀請入住一個華麗的別墅大宅，震懾於其富麗堂皇；還有，別墅的女主人也是一個鴇母，連女主角第一晚入住別墅時被樓下傳來的音樂聲擾動的情節也源自張的那篇小說。不過，大眾流行小說始終還是要聳動人心，於是鄭慧加入了不少既煽情又頗為血淋淋的情節，包括強暴、少女黑市墮胎，各式各樣的死亡、大宅火災、鴇母變得瘋瘋癲癲等。不過，在幾番歌德式的黑色驚嚇後，女主角還是有個圓滿的結局，她靠自己堅強的意志，及她的男朋友的支持而獲得重生。這樣的情節搬演，就如詹明信所說的，流行作家善於操弄大眾情緒，一方面激起恐懼焦慮，但同時又提供一

5　見註 5，鄭慧：〈相思巷〉，第 197 期，1958 年 3 月 5 日，頁 105。

個虛假的烏托邦讓大眾紓緩這些不安情緒。[6]

這幾位言情小說家除了混雜中外文學的內容和情節外，他們的作品也套用了不少中國傳統章回小說的敍事技法及主題思想。這些技法及修辭技巧，並不是傑克所獨有，鄭慧及俊人的創作裏也混合了此等技巧，而這兩位小說家最常利用的便是楔子及說書人的表達套語。鄭慧其中一本小說甚至集合了晚清以來甚為流行的譴責小說及世情小說來創作她的現代愛情故事。

那些在章回小說裏用以表達時間、地點、角色，以及心情轉變的套語，混雜着現代的敍述語言，大量出現在鄭慧的《市井風情畫》（1958）裏，例如：「話雖如此」、「正說到這裏」、「無巧不成話」、「事有湊巧」、「原來」、「只見」、「歲月忽忽，不知不覺又到」、「春去秋來」等。而且，敍述者常如說書人般加入對角色行為及世事的批評，像有人因詐騙致富，其後卻意外死亡，敍述者於是說：「可見世事真有『塞翁失馬，難知禍福』的道理。」[7] 又例如，敍述者會對作惡多端的壞蛋的悲慘下場表達這樣的意見：「這一件事情，對於渺茫的人生，不免帶有多少諷刺」，[8] 以此灌輸道德教訓。

至於俊人那些充滿電影感的小說也迴盪着說書人的聲音，《危險女性》（195?）的開首便是一例。這個故事一開始便

6 Fredric Jameson, "Reification and Utopia in Mass Culture," in *Signatures of the Visible* (New York: Routledge, Chapman & Hall, Inc, 1990), pp.29-30
7 鄭慧：《市井風情畫》（香港：環球圖書雜誌出版社，1958），頁 94。
8 同上註，頁 116。

以敍述者的提問作為開場白，他說：「你接觸過危險的女性嗎？我曾經遇到一個，她使我畢生難忘。事情的經過是這樣的——。」[9] 在這裏，敍述者模仿着說書人的口吻，直接向讀者（觀眾）提出問題，以一個恍如對話的形式開始故事。古代的說書人，或模仿說書人的敍述者，便是以這種方式吸引觀眾繼續追聽／看。《危險女性》的敍述者還要負起介紹危險女性這個角色身世背景的任務。另外，在《情之所鍾》（195?）裏，傑人像章回小說的敍述者一樣解釋故事的來源及成因。他說這個故事是他的朋友把她自己寫的自傳給了他，要他讀完之後拿去出版。這個敍述者不單是說明者解釋者，他還是一個推廣高手，因為他說他在看完這個故事，覺得它很是吸引，於是，他作出這樣的評價：

> 每一段每一句都能夠緊扣着我的情緒。她的小說是成功的，如果書中所述的一切，都是她躬親經歷的故事的話，那麼她真是個不可思議的女人！下面就是她的小說，沒有經過我多大的修改。[10]

他把自己假扮成一個讀者，一方面模糊了小說真實與虛構的界線，引起讀者的好奇，同時，又模糊了讀者與作者的界

---

9 傑人：《危險女性》（香港：長興書局，195?），頁 1。
10 傑人：《情之所鍾》（香港：傑人書店，195?），頁 6。

限，以讀者的姿態來評價這本小説，提高了作品「不可思議」地好看的可信度，還減低了硬性推銷的不良反應。

俊人的《天堂夢》（1951）、《罪惡鎖鏈》和短篇小説〈逝去了的愛〉（1951）也加入了這個説書人的敍述口吻。在這三個故事裏，敍述者（説書人）在開始時負責介紹角色及故事背景。在《天堂夢》裏，敍述者這樣介紹故事的背景：「我的故事發生在這個天堂中的天堂……我的故事主人翁是這座大廈的主人翁」；[11] 在《罪惡鎖鏈》裏敍述者以「我的主角」[12] 來稱呼故事裏的男主角；在〈逝去了的愛〉中敍述者在開始時已指明這個故事是她朋友的一個真實經歷，敍述者只不過是替她説出她的經歷。

不單説書人的敍述模式被他們一再利用，就連楔子的模式、晚清以來甚為流行的譴責小説及世情小説這些文類也摻雜在他們的言情小説裏。例如，鄭慧的《市井風情畫》便以「楔子」作為首章。不過這楔子並不是寓言故事，而是作者藉此解釋説明寫作此故事的原因：「窺到很多五色繽紛、複雜錯綜、變幻無常的圖案，讓我們去體驗人生。」[13] 換句話説，這個故事以揭露人生百（醜）態和社會黑暗為主。這種寫作目的，遺傳自大盛於晚清的譴責小説和世情小説。魯迅給譴責小説下了這

11 俊人：《天堂夢》（香港：俊人書店，1951），頁 1。
12 俊人：《罪惡鎖鏈》（香港：俊人書店，195?），頁 1。
13 見註 7，鄭慧：〈楔子〉，《市井風情畫》，頁 1。

樣的定義：「揭發伏藏，顯其弊惡，而於時政，嚴加糾彈，或更擴充，並及風俗。」[14] 而所謂世情小說，他則說：「離合悲歡及發跡變態之事，間雜因果報應，而不甚言靈怪，又緣摹世態，見其炎涼，故或亦謂之『世情書』也。」[15] 譴責小說強調反映及批評社會腐敗黑暗的人和事；而世情小說主要描寫社會風尚及人的情感世界。《市井風情畫》融合了這兩種文類，一方面揭露了如小社會般的百貨公司裏各種貪污詐騙行為，另一方面也刻劃了公司裏人事傾軋的各種心理及情緒反應，還有描寫他們命運的變幻起伏。作者在楔子明言這本小說記錄「光怪陸離變化萬千的眾生相」。[16] 她更說：「都市，是社會的縮影，設立在都市裏的商店，是都市的縮影，而在商店裏終日來往穿梭奔忙熙攘的人物，又是人類的縮影。」[17] 這本小說便反映了公司「金玉其外，敗絮其中」的人和事，它還遵從章回小說的老路，滲入了做人處世的學問和道理，例如不隨波逐流、潔身自愛、貧賤不能移等。

14　魯迅：《中國小說史略》，重印（上海：上海古籍出版社，2004），頁 258。
15　同上註，頁 159。
16　見註 7，鄭慧：〈楔子〉，《市井風情畫》，頁 1。
17　同上註。

第二節

光影漫步　偷天換日

1950 年代可謂香港電影的第一個黃金年代，本地電影製作及放映的數量可謂空前絕後，更不要說外語電影，後者在香港上映的數量一直不受中國內戰或中日戰爭的影響。大量外語電影傳播的其中一個影響可見諸於俊人的電影式文藝小說。第三章已詳細探討了電影在俊人小說裏所產生的「化學作用」。然而，這個另類的藝術形式不只俊人才懂得欣賞利用，傑克及鄭慧的小說也常摻雜電影的痕跡；他們有時以電影院作為故事發生的背景，有時借用電影語言的表達方式，有時候則乾脆挪用電影的故事情節。

傑克的《心上人》（1951）便以電影院作為故事背景，講述一個電影院帶位員從其中一個男觀眾那裏聽來他的悲慘愛情故事，而這個愛情悲劇正正在電影院裏發生：男人在這裏認識他的未婚妻、在這裏埋下她被殺的禍患，最後，電影院更成為他的未婚妻葬身之地。電影院在這個故事裏成為推動情節發展不可或缺的場景，從中看到電影院在當時如何塑造現代人的生活，因為小說顯示了人們離不開電影院及看電影這些活動。

傑克的《東方美人》及《桃花雲》（1955）就更像一部武俠電影了，因為它們混雜了武俠小說的打鬥描寫，而動作是電影其中一個至關重要的元素。除此以外，在第二章裏已提過，

《桃花雲》的其中一章題為〈火燒松明樓〉，這個題目可能轉化自電影《火燒紅蓮寺》（1928 年在上海放映，後遺失；其後香港翻拍，先後於 1950 及 1954 放映）及《黃飛鴻下集：火燒霸王莊》（1949）。這三部電影在放映時賣個滿堂紅，哄動一時，言情小說家可能趁機仿傚，以吸引更多的注意和認同。

鄭慧小說的電影感首先體現在她的描寫手法上，以〈真假千金〉其中一幕為例，作者使用了電影的主觀鏡頭（point-of-view，或 簡稱 POV shot）及追蹤鏡頭，以外部描寫呈現了女主角逃獄的動作，過程和心理變化。主觀鏡頭指的是以女主角的視角描寫其所看到的景象，而追蹤鏡頭像電影推軌鏡頭的運用，緊貼着她的活動經過，呈現她的一舉一動。兩種鏡頭（描寫方式）在這段逃亡片段中交替使用。在女主角一開始逃亡時運用了主觀鏡頭呈現主角在空無一人的廚房看到的情景，接着便是以追蹤鏡頭描寫她的行為動作。首先，她「輕輕放下手中的鴨子，用布揩乾了手上的水份，她躡手躡足地走出了廚房」。[18] 然後「拍攝」着她如何溜進了另一個房間變裝：

> 她一閃閃了裏面去……她伸手從衣架上取了它［護士服］下來，她速速地解開制服的鈕子，罩在自己原有的長衫上……她以最快的速度推開了門，走到

18 鄭慧：〈真假千金〉，《西點》，第 173 期，1957 年 7 月 15 日，頁 92。

醫院的走廊上。[19]

記錄完她換衣服後，鏡頭轉到醫院的走廊上，裏面的陳設以女主角的主觀視角呈現：「走廊上一個人也沒有，只有電燈發着熒熒的光……只見樓梯開在走廊的左面。」[20] 然後，她開始往走廊上走，這時，推軌鏡頭又出動，記錄她接下來的動作：「她以最輕邁的腳步上了樓梯……她終於走盡了樓梯來到了下層……一路走盡長廊。」[21] 最後以女主角的主觀視點來結束這段逃獄過程：「門就開在這裏，可以望得見外面燈光下的街頭。」[22]

這段文字以極為視覺化的手法把女主角眼所見的每一景物及她的一步一行記錄下來，就像攝影機記錄影像一樣，讓觀眾／讀者跟隨攝影機的活動而了解女主角的經歷。作者在這段文字裏，完全沒有描寫女主角在經歷這些情況時的心理情緒，卻以外部細節呈現女主角的心理變化和反應。例如，當女主角在急急忙忙套上護士服時，只用近鏡頭聚焦在她臉上，並以一種攝影機般客觀又冷靜的描述說她臉上正冒着粒粒的汗珠，讓汗珠來表達女主角的緊張和焦急。另外，作者也像電影一樣，用燈光來傳達情緒和感覺，那「發着熒熒的光」的電燈，暗示

19 同上註。
20 同上註。
21 同上註。
22 同上註。

了女主角對於這次逃亡的不確定感，而門「外面燈光下的街頭」，代表了未來的希望。

除了融會電影語言，鄭慧也會以電影的主題來創作她的言情小說。短篇小說〈幻想曲〉（1955）便受電影《幻想曲》（*Fantasia*，1940，1947）的啟發。小說的題目本身已直接顯示了與電影的關係。另外，作者還在故事開始前再細述它與電影《幻想曲》的淵源：

> 卡通大師和路迪士尼曾經在「幻想曲」裏把音樂和圖畫打成一片，後來又在另一部作品裏使卡通和真人一同出現。我希望我也能獲得一支神奇的筆，寫成一首「文藝卡通」，把讀者、作者、與小說裏的人物，混而為一，作為西點一百期紀念帶給讀者的禮物。[23]

作者認為電影把音樂和圖畫打成一片很有趣，於是她借此概念來創作她的《幻想曲》，把讀者、作者和小說人物混在一起。故事是這樣的：鄭慧的一個讀者，同時也是她的朋友，感於鄭慧有兩個真人真事的故事均以悲劇告終，一個喪妻，一個喪夫；這個讀者便要求鄭慧安排這兩個真實的主角見面，欲撮合他們，希望這對鰥夫寡婦有個大團圓結局，鄭慧則負責記錄

23　鄭慧：〈幻想曲〉，《西點》，第 100 期，1955 年 7 月 5 日，頁 40。

這個故事。《幻想曲》便是講述這兩個分別喪偶的男女主人公如何相識最後相愛結婚的美滿愛情故事。所以這個故事就像作者在開場白所言，把讀者，即作者的朋友、作者本人、及小說的人物混合，如電影《幻想曲》的一樣真假大混合。

另一短篇故事〈醜小鴨的春天〉（1956）是荷李活電影與荷李活電影名星的大混雜。不過，這些與電影有關的混雜，並不像《幻想曲》一樣以一個小序言給讀者說明，作者以角色的對話來解釋其中的電影指涉。第一個指涉是女主角的造型，她是基於莉絲．嘉倫（Leslie Caron）所主演的《孤鳳奇緣》（*Lili*，1953）而來的。這部電影的而且確於 1953 年在香港上映過。小說裏的女主角被她兩個姐姐取笑為像她們剛看完的《孤鳳奇緣》裏那個給香港觀眾取笑為「醜小鴨」的莉絲．嘉倫。小說還附有插圖來讓觀眾清楚女主角的樣貌。第二個與電影有關的混雜是其中一段野餐的情節，它挪用自電影《狂戀》（*Picnic*，

〈醜小鴨的春天〉裏的插圖，大頭像為女主角醜小鴨。（來源：《西點》，1956 年 5 月 25 日）

1955，1956）。電影名稱可直譯為「野餐」，因為電影裏其中一幕野餐活動是劇情發展的轉捩點，各角色在這次活動中發生了矛盾與衝突，更觸發了男女主角相悅愛慕之情。〈醜小鴨的春天〉裏男女主角同樣因為野餐而互生情愫。書中的角色也開玩笑地說他們舉辦了「狂戀」的活動，以中文電影的譯名來指稱野餐活動。

其實，除了這些在小說裏直接道明的混合外，小說表達了兩個主題：醜妹妹與自卑感的掙扎，以及因為愛情而成長和獲得自我認同。這兩個主題也許與另一部同樣由嘉倫主演的電影《仙履奇緣》（*The Glass Slipper*，1955，1955）有關。這部電影是著名童話故事《仙履奇緣》的改寫，女主角是一個其貌不揚的女子，被兩個漂亮又才華出眾的同父異母姐姐排擠，其後生出了強烈的自卑感。電影開始時有旁白解說：除非找到願意真心接納她的真愛，否則其自卑感不會消除。這情節及主題，顯然被鄭慧吸收及利用，小說也是描述一個醜女孩被兩個姐姐的光芒掩蓋而對自我懷疑及不滿，最後，在一次野餐交遊中遇到欣賞她才華的男孩而找到自我認同感。由此看來，這個短短的小說可說是嘉倫所主演的兩部電影的混雜改寫。

第三節

中外互戀　跨境纏綿

早在 1943 年，上海作家張愛玲利用殖民地香港聚居的不同種族人士而寫成了她膾炙人口的〈沉香屑：第一爐香〉及〈沉香屑：第二爐香〉（1944）。前者是一個上海來的少女與歐亞混血兒的戀愛故事；後者講述了兩個在香港生活的英國人的悲劇戀愛。十多年後，英國籍歐亞混血女作家韓素音出版了半自傳式愛情小說《瑰寶》（*A Many-Splendoured Thing*, 1952），記述了一段歐亞女混血醫生與英國特派記者在香港的浪漫史。這些不同種族人士在香港的生活不只成為了這些作家的創作靈感，本地的流行小說作家也以這些外籍僑居人士作為他們故事的主角。這些外籍主角來自台灣、日本、馬來西亞、英國、美國、菲律賓，甚至葡萄牙。除了以外籍人士作為故事的主要角色，他們還會放眼島外，把故事發生的地點設在以亞洲為主的不同地區，諸如中國、馬來西亞、日本、澳門、星加坡和台灣。這些以不同種族人士為主角、又以不同地區為故事背景的小說，正正突顯了香港及香港文化的國際特色。

理查．馬遜（Richard Mason）的流行小說《蘇絲黃的世界》（*The World of Suzie Wong*, 1957）以香港為背景，創造了令人難忘的兩個角色：英國藝術家及在灣仔拉客的中國籍妓女。不過，傑克卻早在 1951 年已經創作了類似的小說，他以本地妓女與美國水手、英國商人，和馬來西亞詩人三個外籍人士的戀愛故事寫成《紅衣女》（1951）。

傑克的《東方美人》和《亂世風情》裏面也出現不同種族的人物。像《東方美人》的男主角本來是一個年老的西班牙人，後來才投胎轉世為年輕的中國人。《亂世風情》是兩代中國男人與日本女子的跨種族婚姻。俊人的〈逝去的愛〉是有關一個中國男人與英國女子的婚外情故事；而鄭慧的愛情故事主角則來自更多不同的地方。〈綠靄別墅的來賓〉（1954）記述了一名台灣男子與香港女子的戀愛悲劇，〈格雷恩的惆悵〉（1954）探討了移居香港的英國姑娘格蕾恩和菲律賓音樂人的戀愛掙扎；〈故國的戀人〉（1954）講述了一個在港工作的葡萄牙男子戀上本地一個有夫之婦，不過有夫之婦臨崖勒馬，還勸他回家娶未婚妻；〈女子公寓〉（1954）描寫了四位同住一起的女孩子的戀愛經歷，其中一個女孩來自馬來西亞，熱情性感，後來因非法墮胎而死。她的〈藍天使〉（1956）是一個關於空中小姐的故事，所以裏面的角色及場景更跨地域更國際化。故事裏的空中小姐與兩個男人發生三角戀，一個是本地人飛機師，另一個是因工作關係而認識的馬來西亞商人；不過，更複雜的是，本地機師正與他的英國太太辦離婚，因為她與一名菲律賓鋼琴師有婚外情。所以，這個故事的人物集合了四個不同國家的人士。

鄭慧在四位作家中最熱衷創作跨種族浪漫史。她特別喜歡

鄭慧〈藍天使〉其中一幅插圖 。（來源：《西點》，1956 年 10 月 25 日）

刻劃不同種族的人在戀愛中面對的文化差異。此外，值得一提的是，在這些外籍角色中，菲律賓人較常出現，而且通常是音樂人，這正正反映了當時香港文化界，或更準確地說，音樂界的普遍現象。據黃霑的研究，那些在香港的菲律賓人一般來說都是音樂人，而且他們在當時主導了香港的流行音樂創作。他們有些本來已移居上海，但內戰時陸陸續續跟他們的上海夜總會老闆來到香港；有些則直接從菲律賓移居香港，而黃霑還說他們的音樂水平及才華是名滿東南亞的。[24] 鄭慧這些愛情故事，無意中記錄了這些菲律賓音樂人在 1950 年代的足跡，同時也引證了黃霑對這些外籍音樂創作者在港活動的論說。

至於以外國地方作為故事背景，有傑克的〈春映湖〉

24 黃湛森：《粵語流行曲的發展與興衰：香港流行音樂研究（1949-1997）》（香港大學哲學博士論文，2003 年），頁 47-49。

（1953）、《亂世風情》及《東方美人》，分別以馬來西亞、日本，和西班牙為背景。澳門則屢次出現在俊人的小說裏，如《危險女性》和〈夢幻〉（195?）；他的〈花都之戀〉（195?），顧名思義，發生在巴黎；日本成為他《喋血櫻都》（195?）的重要場景。鄭慧的〈藍天使〉是有關一群空中服務員的愛情故事，他們的職業讓他們能夠遊走不同的地方，故此，小說便出現了馬來西亞、日本和星加坡等地方。

其實，把故事背景設在東南亞等地，是基於實際的商業考慮，因為這些小說很多時候賣埠到這些地方，為了吸引更多的當地讀者，自然會加以當地的色彩。不過，這些不同地域的故事，也許還表達了一種行動力的渴望，甚至可以說是反映了行動力的結果。當時香港航空業正起飛，航空不但便利，還實現了人們對行動力的渴望，而飛機及空中服務員自然成為人們談論、窺視、和幻想的對象，流行小說家如傑克及鄭慧均以此為題材創作了他們的愛情故事。鄭慧還以啟德機場為背景創作了不同的愛情故事，如〈啟德機場的傳奇〉（1955）及〈藍天使〉。這些以空中服務員為題材的小說，比同樣以此為題材的電影如《空中小姐》（1959）更早出現，可見這些流行作家靈敏的潮流觸覺。

第四節

身兼數職　角色多元

本書所討論的四位作家看來多才多藝，同時又身兼不同的工作，扮演不同的文化角色。他們除了寫言情小說以外，還從事不同類型的文學和藝術創作，所以，我們絕不能只以言情小說家統稱之。他們多方面的文學和藝術創作，實乃當時文藝創作的一大特色，這些身兼數職的作家，不單豐富了他們的文化身份，還豐富了香港的文化面貌。

傑克和俊人可說是大半個「報人」，二人曾經替幾份報紙當過編輯，而且編輯的身份長達半個世紀。他們也是出版社的創立人，因為他們自資成立自己的出版社，專門出版自己那些非常暢銷的言情小說。傑克從事言情小說寫作雖然達四十年之久，但其間從未放棄嚴肅文學的創作和推廣。他自資創立的純文學雜誌《文學世界》，便以把世界文學介紹給文學熱愛者為宗旨，雜誌裏有很多翻譯文學，尤以短篇小說為主，例如有嘉芙蓮·萬詩菲（Katherine Mansfield）、芥川龍之介（Ryūnosuke Akutagawa），及威廉·毛姆（William Maugham）等人的作品。此外，據說傑克本人精於中國古典詩詞的研究和創作，故他不時在雜誌發表他評論中國詩詞的文章。他也可說是翻譯者，因為他曾翻譯過托爾斯泰的短篇小說，並於他自己的出版社出版這些翻譯，結集為《托爾斯泰短篇小說集》（1952）。他是一個文學創作才能極高的人，能古能今，能西能中，橫跨了流行文學、嚴肅文學，以及現代小說與中國古典詩詞的範疇。

俊人也是一個出版人，他的出版公司不只出版他自己的流行小說，還包括了其他流行作家的作品，文類很多，有言情、偵探、歷史文藝，和武俠小說，書目多達二百項。可惜的是，這些流行文學作品現今所剩無幾，只能在其書的背面廣告中看到。如果真如廣告中刊登的那樣出版了二百多項流行小說，那麼當時流行文學真可謂繁花盛況，而他及他的出版社實應記一功。他對流行文學及文化的推動還包括他編輯的一本娛樂綜合雜誌《香港人》（很大可能也是他自資出版的），裏面有中外明星的新聞，也有中外電影的介紹，還有很多文藝創作，包括漫畫、偵探和言情小說。這本雜誌很可能有助於我們研究香港人身份的形成和建構，很可惜，香港現存只有兩期。

俊人除了身兼流行小說作家、編輯和出版商外，他也是一個翻譯者。據他的小說《繼任夫人》（1960）書後的廣告顯示，他曾翻譯並出版過十二本偵探小說，[25] 現存只有三本。十二本小說中其中三本名為《小寡婦》、《翻雲覆雨》和《綠屋疑雲》，翻譯自亞嘉莎．克莉斯蒂（Agatha Christie）的作品。[26] 廣告裏另外的兩本翻譯名為《藍色列車》和《殺人三幕劇》，從中文

25 俊人：《繼任夫人》（香港：俊人書店，1960），小說的最後一頁。

26 江門五邑大學圖書館藏有《小寡婦》和《翻雲覆雨》。該圖書館目錄記錄這兩本小說是俊人翻譯，亞嘉莎．克莉斯蒂原著，但沒有寫名原著的書名。而中文大學圖書館收藏有《綠屋疑雲》。

書名看，也可能是克莉斯蒂的小說 *The Mystery of the Blue Train*（1928，筆者譯為《藍色火車的秘密》）及 *Murder in Three Acts*（1934，筆者譯為《三幕殺人悲劇》）。

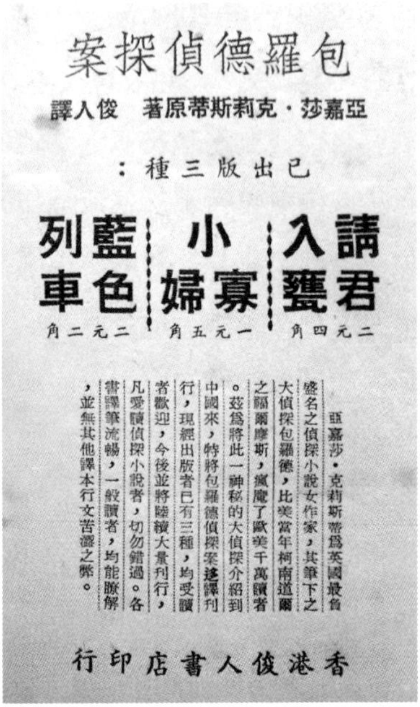

俊人小說《重見情天》的封底刊登了他自己翻譯自亞嘉莎．克莉斯蒂（Agatha Christie）作品的廣告。

孟君在創作她的言情小說的同時，也努力維持她的文學雜誌《天底下》，不但為雜誌親自撰寫作品，還奮力找資金維持它的運作。雜誌初期的路向及刊登的創作得到資深文學作家慕容羽軍的推崇。[27] 許定銘評論說這個雜誌在孟君當編輯時，同時兼顧了純文學和流行文學的創作。[28] 由此看來，孟君也可以說是跨越嚴肅與流行小說界限的作家。

鄭慧的流行作家身份也不完全非常純粹，因為她常以流

27 慕容羽軍：《為文學作證：親歷的香港文學史》（香港：普文社，2005），頁5-19。
28 許定銘：〈孟君的《天底下》週刊〉，《愛書人手記》（香港：天地圖書，2008），頁16-22。

行小說來表達或提倡女性主義的思想，所以，我們或許可把她當作一個隱身的女權主義者。她的愛情小說在描寫女主角溫柔和順從的同時，暗藏着對傳統女性定義的顛覆，《紫薇園的春天》裏那個敢言敢反抗傳統的女主角和那個覺醒的老太太便是顯例。除了以小說表達她的女性主義思想外，她還會在雜誌撰寫有關婦女自強的文章和評論。《婦女雜誌》便常見鄭慧有關這方面的文字。不過，現存的《婦女雜誌》不多，只找到五篇是她寫的文章。這些文章，幾乎每篇都是討論如何改善女性的生活，及提倡女性在現代社會的地位。例如，〈節育問題實錄〉極力數落傳統中國社會中女性的不停生育傳統，指出這個傳統對女人造成經濟上、心理上，及生理的損害。她甚至提倡墮胎合法化，以防止因為非法墮胎而造成嬰兒或及母親的死亡。[29]〈現代女性最實際的問題〉一文則竭力主張女性要培養不同的技能、要保持良好的身心健康，還要訓練適應新思潮新狀況的能力，以便在現代複雜的社會中生存。[30] 這些女性議題也在小說中出現，如〈四千金〉、〈黛綠年華〉和〈女子公寓〉。她的女性主義者身份被她那些老套的流行愛情故事掩護着，然而，她也通過她故事裏某些非傳統的女主角，以及她替婦女雜誌寫的文章表達了她支持及擁護女性自主的可能和必要。她是一個

29 鄭慧：〈節育問題實錄〉，《婦女雜誌》，第15期，1954年1月16日，頁1-3。
30 鄭慧：〈現代女性最實際的問題〉，《婦女雜誌》，第20期，1954年4月16日，頁4-5。

有雙面性格的流行小說家，一面是順從溫婉，另一面則是反抗顛覆。

這些作家在香港文壇和文化領域所扮演的多重角色是香港文化混雜性的終極示範，展現了一種充滿流動力、彈性，和包容的文化特質。他們以充沛的、「鬼馬」的創造力，把古今中外文字和影像的藝術作品不斷拼貼重組，創造了一些充滿歧義、既本土又外來、既時髦又懷舊的言情小說。這種風格可說是戰後香港文化上一個既流行又不可或缺的創作模式。其時香港風起雲湧，「人」「財」「才」川流不息，引發了不同界別、以及不同界別裏參與者的頻繁接觸和互動，間接培養了一種不能同質化、本質化的空間和精神，而這些小說作家在這種環境下，創造了一個充滿多元符號體系的言情世界，這個多元符號體系更成為香港文化的標誌。我們甚至可以說，是這些流行文化的創作人奠下了這個標誌性特色的基石，形塑了香港的流行文化身份和特色，及後經過各方的創作者及香港人的努力守護和發展，成就了從50年代直至2000年這幾十年不衰的文化魅力。

參考資料

原始資料

專著

Alcott, Louisa May. *Little Women.* Ed. Valerie Alderson. Oxford and New York: Oxford University Press, 1994.

Byron, George Gordon. *Don Juan*. Ed. T.G. Steffan, E. Steffan, and W.W. Prat. Hardmonsworth: Penguin, 1977.

Hugo, Victor. *Les Misérables*. Trans. Christine Donougher. New York: Penguin Books, 2015.

——. *The Hunchback of Notre*-Dame. Trans. Walter J. Cobb. New York: Signet Classic, 2001.

De Maupassant, Guy. "Moonlight." In *The Complete Short Stories of Guy de Maupassant.* New York City: Walter J. Black, 1903. 418-421.

Wilde, Oscar. *The Picture of Dorian Gray*. London: Penguin, 1985.

Williams, Tennessee. *The Glass Menagerie*. New York: Signet, 1987.

Wollstonecraft, Mary. *Maria: or, the Wrongs* of Woman. 1799. Reprint, New York: Norton, 1975.

巴金。《家》。香港：天地圖書，1993。

曹雪芹。《紅樓夢》。台北：智揚出版社，1986。

陳森。《品花寶鑑》。北京：中華書局，2004。

丁玲。〈莎菲女士的日記〉。載張炯編：《丁玲全集》，第三冊，頁41-78。石家莊市：河北人民出版社，2001。

——。〈1930年春上海〉。載張炯編：《丁玲全集》，第三冊，頁266-338。石家莊市：河北人民出版社，2001。

傑克。《亂世風情》。香港：亞洲出版社，1959。

——。《珊瑚島之夢》。香港：自由出版社，1957。

——。《銀月》。香港：幸福出版社，1957。

——。《隔溪香霧》。香港：友聯出版社，1956。

——。《東方美人》。香港：星聯出版社，1955。

——。《桃花雲》。香港：基榮出版社，1955。

——。《癡纏》。香港：基榮出版社，1954。

——。《大亨小傳》。香港：基榮出版社，1953。

——。《鏡中人》。第三版。香港：基榮出版社，1953。

——。《春映湖》。香港：聯合出版社，1953。

——。《名女人別傳》。香港：基榮出版社，1952。

——。《長姐姐》。香港：基榮出版社，1952。

——。《花瓶》。香港：大同書局，1952。

——。《紅衣女》。香港：基榮出版社，1951。

——。《無意之間》。香港：基榮出版社，1951。

——。《心上人》。香港：基榮出版社，1951。

——。《野薔薇》。香港：基榮出版社，1951。

——。《荒唐世界》。香港：基榮出版社，195 ？。

——。《香港小姐》。香港：大光書局，1940。

俊人。《女大不中留》。第二版。香港：海濱圖書公司，1962。

——。《繼任夫人》。香港：俊人書店，1960。

——。《有家室的人》。香港：俊人書店，1954。

——。《天堂夢》。香港：俊人書店，1951。

——。《逝去了的愛》。香港：俊人書店，1951。

——。《魂兮歸來》。香港：俊人書店，1951。

——。《罪惡鎖鏈》。香港：俊人書店，1951。

——。《愛情的噩夢》。香港：俊人書店，195?。

——。《喋血櫻都》。香港：俊人書店，195?。

——。《情花》。香港：長興書局，195?。

——。《情之所鍾》。香港：俊人書店，195?。

——。《夢幻》。香港：俊人書店，195?。

——。《殺人犯》。無出版社資料。195?。

——。《危險女性》。香港：長興書局，195?。

——。《長恨歌》。香港：俊人書店，195?。

俊人編。《香港人》。1951 年 1 月 4 日。

——。《香港人》。1950 年 12 月 28 日。

林紓。《巴黎茶花女遺事》。北京：商務印書館，1981。

魯迅校錄。《唐宋傳奇集》。濟南：濟魯出版社，1997。

孟君。《成年人的童話》。香港：藝美圖書公司，1957。

——。《從相逢到離別》。香港：藝美圖書公司，1955。

——。《最後一個音符》。香港：大同出版社，1953。

——。《煙火人家》。香港：萬里出版社，1953。

——。《大街》。香港：星榮出版社，1952。

——。《瘋人院》。香港：星榮出版社，1952。

——。《日記》。香港：星榮出版社，1952。

——。《失望的靈魂》。香港：文偉書店，1951。

——。《四月二十號》。香港：星榮出版社，1952。

——。《我們這幾個人》。香港：海濱圖書公司，1952。

蒲松齡。《聊齋志異》。重校本。香港：中華書局，2012。

施耐庵。《水滸傳》。台北：南港山文史工作室，2017。

小平。《死亡邊緣》。香港：環球圖書雜誌出版社，1953。

——。《三個女間諜》。香港：環球圖書雜誌出版社，1952。

郁達夫。〈沉淪〉。載《郁達夫選集》，頁 141-181。台北：黎明文化事業有限公司，1977。

曾樸。《孽海花》。台北：世界書局，1978。

張愛玲。《傳奇》。北京：人民文學出版社，1986。

張愛玲、宋淇、宋鄺文美。《張愛玲私語錄》。宋以朗編。香港：皇冠出版社，2010。

鄭慧。〈太平山的晨霧〉。《西點》，1958年3月25日：頁93-103；1958年4月5日：頁93-102；1958年4月15日：頁91-101；1958年4月25日：頁93-103；1958年5月5日：頁95-104。

——。〈相思巷〉。《西點》，1958年1月15日：頁90-101；1958年1月25日：頁92-97；1958年2月5日：頁94-102；1958年2月15日：頁94-103；1958年2月25日：頁99-105；1958年3月5日：頁95-103；1958年3月15日：頁93-105。

——。《市井風情畫》。香港：環球圖書雜誌出版社，1958。

——。〈真假千金〉。《西點》，1957年7月15日：頁85-102；1957年7月25日：頁84-99；1957年8月5日：頁86-94；1957年8月15日：頁80-89；1957年8月25日：頁90-100；1957年9月5日：頁82-91；1957年9月15日：頁90-00；1957年9月25日，頁84-98。

——。〈浮生傳奇〉。《西點》，1957年5月25日：頁74-81。

——。〈藍天使〉。《西點》，1956年10月25日：頁89-102；1956年11月5日：頁88-99；1956年11月15日：頁80-93；1956年11月25日：頁82-102。

——。〈醜小鴨的春天〉。《西點》，1956年5月25日：頁49-59。

——。〈黛綠年華〉。《西點》，1956年1月15日：頁30-38；1956年1月25日：頁84-91；1956年2月5日：頁84-93；1956年2月15日：頁66-74；1956年2月25日：頁80-90；1956年3月5日：頁12-23；1956年3月15日：頁28-36；1956年3月25日，頁92-102。1956年4月5日，頁26-35；1956年4月15日，頁84-93；1956年4月25日，頁92-102。

——。〈幻想曲〉。《西點》，1955年7月5日：頁40-45。

——。《紫薇園的秋天》。香港：環球圖書雜誌出版社，1955。

——。〈現代女性最實際的問題〉。《婦女雜誌》，1954年4月16日，頁4-5。

——。〈節育問題實錄〉。《婦女雜誌》，1954 年 1 月 6 日，頁 1-3。

——。〈四千金〉。載《四千金》，頁 71-101。香港：環球圖書雜誌出版社，1954。

——。〈格蕾恩的惆悵〉，載《四千金》，頁 59-69。香港：環球圖書雜誌出版社，1954。

——。〈啟德機場上的傳奇〉。載《啟德機場上的傳奇》，頁 1-22。香港：環球圖書雜誌出版社，1954。

——。〈綠靄別墅的來賓〉。載《女子公寓》，頁 63-83。香港：環球圖書雜誌出版社，1954。

——。〈女子公寓〉。載《女子公寓》，頁 121-146。香港：環球圖書雜誌出版，1954。

——。〈故國的戀人〉。《西點》，1954 年 2 月 25 日：頁 40-47。

——。〈戀人〉。載《戀人》，頁 49-107。香港：環球圖書雜誌出版，195?。

報紙

《華僑日報》。1947 至 1948 年。

《成報》。1952 年 9 月。

《星島晚報》。1954 年 3 月。

《天光報》。1940 年 2 月。

電影

Double Indemnity. Directed by Billy Wilder. 1944. Los Angeles, CA: Paramount. https://www.youtube.com/watch?v=ZKdcYnlkhx8. 27 March 2015.

The Glass Slipper. Directed by Charles Walters. 1955. California: Metro-Goldwyn-Mayer. http://www.dailymotion.com/video/x1tozd9_the-glass-slipper-1955-1-2_lifestyle. 12 December 2015.

Lili. Directed by Charles Walters. 1953. California: Metro-Goldwyn-Mayer. https://www.youtube.com/watch?v=-rNnifLSui8. 14 December 2015.

Out of the Past. Directed by Jacques Tourneur. 1947. New York: PKO Pictures. https://www.youtube.com/watch?v=1WbqFncPiDg. 29 March 2015.

Picnic. Directed by Joshua Logan. 1955. California: Columbia Pictures. http://m4ufree.info/picnic-1955-full-movie-f6o77.html. 15 December 2015.

Possessed. Directed by Curtis Bernhardt. 1947. California: Warner Bros. http://putlocker.plus/possessed-1947-full-movie-putlocker-megashare9.html. 20 March 2015.

Pushover. Directed by Richard Quine. 1954. California: Columbia Pictures. https://www.youtube.com/watch?v=jWFo-2XeN9M. 1 April 2015.

Rear Window. Directed by Alfred Hitchcock. 1954. Los Angeles, CA: Paramount. https://www.youtube.com/watch?v=X-9OHkRiryw. 7 July 2015.

Raw Deal. Directed by Anthony Mann. 1948. California: Eagle-Lion Films. https://www.youtube.com/watch?v=Z0Fn_kC7NPA. 28 June 2015.

The Suspect. Directed by Robert Siodmak. 1947. Los Angeles, CA: Universal Studios. https://www.youtube.com/watch?v=2UEUiMlU9ZE. 25 March 2015.

Vertigo. Directed by Alfred Hitchcock. 1958. Los Angeles, CA: Paramount. http://moviesub.tv/watch/vertigo-1958-hd.online.html. 20 February 2015.

The Woman on the Beach. Directed by https://en.wikipedia.org/wiki/Jean_Renoir" \o "Jean Renoir" Jean Renoir. 1947. New York: PKO Pictures.http://putlocker.plus/the-woman-on-the-beach-1947-full-movie-putlocker-megashare9.html. 24 March 2015.

《紫薇園的秋天》。秦劍導，1958。香港：中聯。https://www.youtube.com/watch?v=ckcdp0ud60M。2015 年 12 月 25 日讀取。

《黛綠年華》。左几導，1957。香港：電懋。https://www.youtube.com/watch?v=dENSG9x7HlA。2015 年 12 月 17 日讀取。

《四千金》。陶秦導，1957。香港：電懋。https://www.youtube.com/watch?v=HvVmIO54XmQ。 2015 年 12 月 29 日讀取。

其他參考資料

專著及論文

Balázs, Béla. *Theory of the Film: Character and Growth of a New Art.* New York: Dover Publication, Inc., 1970.

Becker, Susanne. *Gothic Forms of Feminine Fictions*. Manchester and New York: Manchester University Press, 1999.

Benjamin, Walter. "Arrested Auditor of Books." In *One-way Street.* Trans. Edmund Jephcott and Kingsley Shorter. Thetford, Norfolk: NLB, 1979. Pp.61-63.

——. "The Work of Art in the Age of Mechanical Reproduction." In *Illuminations: Essays and Reflcetion*. Ed. Hannah Arendt. New York: Schocken Books, 1968. Pp.217-251.

Botting, Fred. *Gothic.* 2nd ed. London: Routledge, 2014.

Donald, James. *Imagining the Modern City.* Minneapolis: University of Minnesota Press, 1999.

Dyer, Richard. "Resistance through Charisma: Rita Hayworth and *Gilda*." In *Women in Film Noir*. Ed. Ann Kaplan. London: British Film Institute, 1978. Pp.91-99.

Eisenstein, Sergei. "Through Theater to Cinema." In *Film Form: Essays in Film Theory*. Edited and translated by Jay Leyda. New York and London: Harcourt Brace Jovanovich, 1977. Pp.3-17.

——. "Dickens, Griffith, and the Film Today." Pp.195-255.

Fleenor, Juliann. "Introduction." In *The Female Gothic*. Montreal: Eden Press, 1983. Pp.3-28.

Frye, Northrop. *The Secular Scripture: A Study of the Structure of Romance.* Cambridge: Harvard University Press, 1976.

——. *Anatomy of Criticism: Four Essays*. Princeton: Princeton University Press, 1971.

Gubar, Susan and Sandra M. Gilbert. *The Madwoman in the Attic: The Woman Writer and the Nineteenth-Century Literary Imagination*. New Haven: Yale University Press, 1979.

Hanan, Patrick. "Language and Narrative Model." In *The Chinese*

Vernacular Story. Cambridge, Mass.: Harvard University Press, 1981. Pp.1-27.

——. "The Nature of Ling Meng-chu's Fiction." In *Chinese Narrative: Critical and Theoretical Essays*. Ed. Andrew Plaks. Princeton: Princeton University Press, 1977. Pp.87-89.

——. "The Early Chinese Short Story: A Critical Theory in Outline." In *Studies in Chinese Literary Genres*. Ed. Cyril Birch. Berkeley and Los Angeles: University of California Press, 1974. Pp.299-338.

Harvey, Sylvia. "Woman's Place: The Absent Family of Film Noir." In *Women in Film Noir*. Ed. Ann Kaplan. London: British Film Institute, 1978. Pp.22-34.

Heller, Dana. "Housebreaking History: Feminism's Troubled Romance with the Domestic Sphere." In *Feminism beside Itself*. Ed. Diane Elam and Robyn Wiegman. New York: Routledge, 1995. Pp.218-234.

Heller, Tamar. *Dead Secrets: Wilkie Collins and the Female Gothic*. New Haven and London: Yale University Press, 1992.

Holland, Norman and Leona F. Sherman. "Gothic Possibilities." *New Literary History 8*, no. 2 (Winter 1977). Pp.279-294.

Hsia C.T. *The Classic Chinese Novel: A Critical Introduction*. New York: Columbia University, 1968.

Jameson, Fredric. "Reification and Utopia in Mass Culture." In *Signatures of the Visible*. New York: Routledge, Chapman & Hall, Inc., 1990. Pp.9-34.

——. "Magical Narratives: Romance as Genre." *New Literary History 7*, no.1 (Autumn 1975): 135-163.

Kahane, Claire. "The Gothic Mirror." In *The (M)other Tongue: Essays in Feminist Psychoanalytic Interpretation*. Ed. Shirley Nelson Garner, Claire Kahane, and Madelon Sprengnether. Ithaca: Cornell University Press, 1985. Pp.334-340.

Krutnik, Frank. *In a Lonely Street: Film Noir, Genre, Masculinity*. London and New York: Routledge, 1991.

Kundu, Gautam. *Fitzgerald and the Influence of Film: The Language of Cinema in the Novels*. Jefferson, N.C.: McFarland, 2008.

Lee, Amy. "Forming a Local Identity: Romance Novels in Hong Kong." In *Empowerment versus Oppression: Twenty First Century Views of Popular Romance Novels*. Ed. Sally Goade. Newcastle: Cambridge Scholars, 2007. Pp.174-197.

Leung Ping Kwan. "Modern Hong Kong Poetry: Negotiation of Cultures and the Search for Identity." *Modern Chinese Literature 9*, no. 2 (Fall 1996): 221-245.

Lu, Sheldon. *From Historicity to Fictionality: The Chinese Poetics of Narrative*. Stanford: Stanford University Press, 1994.

Ma, Caroline Zuqiong. "Female Gothic, Chinese and American Styles: Zhang Ailing's *Chuanqi* in Comparison with Stories by Eudora Welty and Carson McCullers." Accessed on 26 April 2015. Ph.D. dissertation, University of Louisville, 2010. Paper 872.http://dx.doi.org/10.18297/etd/872.

Magny, Claude-Edmonde. *The Age of the American Novel: The Film Aesthetic of Fiction between the Two Wars.* Trans. Eleanor Hochman. New York: Ungar, 1972.

Mores, Ellen. *Literary Women: The Great Writers.* 1976. Reprint, New York: Oxford University Press, 1985.

Mulvey, Laura. "Visual Pleasure and Narrative Cinema." In *Film Theory and Criticism : Introductory Readings*. Eds. Leo Braudy and Marshall Cohen. New York: Oxford UP, 1999. Pp.833-844.

Pfeil, Fred. "Home Fires Burning: Family *Noir in Blue Velvet and Terminator 2.*" In Shades of Noir. Ed. Joan Copjec. London, New York: Verso, 1993. Pp.227-278.

Plaks, Andrew. "Towards a Critical Theory of Chinese Narrative." In *Chinese Narrative: Critical and Theoretical Essays*. Ed. Andrew Plaks. Princeton: Princeton University Press, 1977. Pp.309-352.

Punter, David. "Mutations of Terror: Theory and the Gothic." In *The Literature of Terror: A History of Gothic Fictions from 1765 to the Present Day: The Modern Gothic*. Vol 2. 2nd ed. London: Longman, 1996. Pp.181-216.

——. *The Literature of Terror: A History of Gothic Fictions from 1765 to the Present Day: The Gothic Tradition.* Vol. 1. London: Longman, 1980.

Radway, Janice A. *Reading the Romance: Women, Patriarchy, and Popular Literature*. Chapel Hill: The University of North Carolina Press, 1991.

Rolston, David L. *Traditional Chinese Fiction and Fiction Commentary: Reading and Writing between the Lines*. Stanford: Stanford University Press, 1997.

Sage, Victor. "Gothic Novel." In *The Handbook to Gothic Literature.* Ed. Marie Mulvey-Roberts. New York: New York University Press, 1998. Pp.81-89.

Saunders, Corinne. "Introduction." *In A Companion to Romance: From Classical to Contemporary*. Ed. Corinne Saunders. Malden, MA: Blackwell, 2004. Pp.1-9.

Seldes, Gilbert. *The Seven Lively Arts.* New York: Sagamore Press, 1957.

Selinger, Eric Murphy, and Sarah S.G. Frantz. "Introduction: New Approaches to Popular Romance Fiction." In *New Approaches to Popular Romance Fiction: Critical Essays*. Ed. Sarah S.G. Frantz and Eric Murphy Selinger. Jefferson: McFarland & Co., 2012. Pp.1-19.

Smith, *Andrew. Gothic Literature*. 2nd ed. Edinburgh: Edinburgh University Press, 2013.

Spector, Robert Donald. *The English Gothic: A Bibliographic Guide to Writers from Horace Walpole to Mary Shelley*. Westport, Conn.: Greenwood Press, 1984

Tang Xiaobing. "*Shanghai, Spring 1930*: Engendering the Revolutionary Body." In *Chinese Modern: The Heroic and the Quotidian*. Durham, NC.: Duke University Press, 2000. Pp.97-130.

Tracy, Ann B. "Gothic Romance." In *The Handbook to Gothic Literature*. Ed. Marie Mulvery-Roberts. New York: New York University Press, 1998. Pp.103-107.

——. *The Gothic Novel, 1790-1830: Plot Summaries and Index to Motifs*. Lexington: The University Press of Kentucky, 1981.

Walker, Michael. "Film Noir: Introduction." In *The Book of Film Noir*. Ed. Ian Cameron. New York: The Continuum Publishing Company, 1993. Pp.8-38.

Wang Der-wei. *Fin-de-siecle Splendor: Repressed Modernities of Late Qing Fiction, 1849-1911*. Stanford, Calif.: Stanford University Press, 1997.

陳國球。〈「去政治」批評與「國族」想像——李英豪的文學批評與香港現代主義運動的文化政治〉。《作家》，第41期（2005年11月），頁39-51。

——。〈宣言的詩學－香港五、六十年代現代主義〉。《文學世紀》，第4期（2005年9月），頁62-68。

陳平原。《中國小說敘事模式的轉變》。北京：北京大學出版社，2003。

——。〈佛與道：三代小說家的思考〉。載《小說史：理論與實踐》，頁229-230。北京：北京大學出版社，1993。

陳智德。〈詩的探求：論四〇年代的戴望舒與柳木下〉。載梁秉鈞、陳智德、鄭政恆編：《香港文學的傳承與轉化》，頁43-56。香港：匯智出版，2011。

陳子善。〈多元與多樣：香港文學的獨特性〉。載香港藝術發展局編：《第六屆香港文學節研討會論稿匯編》，頁166-171。香港：香港藝術發展局，2006。

范伯群、湯哲聲、孔慶東編。《20世紀中國通俗文學史》。北京：高等教育出版社，2006。

黃仲鳴。〈香港鴛蝴派大師〉。《香港文化》，2012年

4 月 15 日。 http://hongkongcultures.blogspot.hk/2012/04/blog-post_5832.htm。2016 年 4 月 28 日讀取。

——。〈從看不見的文學到抗世〉。載香港藝術發展局編：《第七屆香港文學節研討會論稿匯編》。頁 196-199。香港：香港藝術發展局，2008。.

——。《香港三及第文體流變史》。香港：香港作家協會，2002。

黃湛森（黃霑）。〈粵語流行曲的發展與興衰：香港流行音樂研究（1949-1997）〉。香港：香港大學哲學博士論文，2003。

黃繼持。〈香港小說的蹤跡——五、六十年代〉。載黃繼持、盧瑋鑾、鄭樹森編：《追跡香港文學》，頁 11-25。香港：牛津大學出版社，1998。

黃淑嫻。〈重塑 50 年代南來文人的形象：易文的文學與電影初探〉。載《香港影像書寫：作家、電影與改編》，頁 69-81。香港：香港公開大學出版社、香港大學出版社，2013。

——。〈與眾不同：從易文的前期作品探討 50 年代香港電影中「個人」的形成〉。載《香港影像書寫：作家、電影與改編》，頁 82-95。香港：香港公開大學出版社、香港大學出版社，2013。

——。〈不妥協的流行文藝：電懋與邵氏鏡頭下的「三毫子小說」〉。載《香港影像書寫：作家、電影與改編》，頁 96-106。香港：香港公開大學出版社、香港大學出版社，2013。

金庸小說與二十世紀中國文學國際學術研討會編。《金庸小說與二十世紀中國文學國際學術研討會論文集》。香港：明河社出版有限公司，2000。

金聖歎評點。《第五才子書水滸傳》。第五冊。上海：上海古籍出版社，1990。

劉培基。《舉頭望明月：劉培基自傳》。香港：明報周刊，2013。

梁秉鈞（也斯）。〈1950 年代香港文藝中的一種亞洲想像：以桑簡流的《香妃》為例〉。載黃淑嫻、沈海燕、宋子江、鄭政恆編：《也斯的五〇年代——香港文學與文化論文集》，頁 117-127。香港：中華書局，2013。

——。〈1950 年代香港文化的意義〉。載梁秉鈞、黃淑嫻編：《痛苦中有歡樂的年代——五〇年代香港文化》，頁 3-11。香港：中華書局，2013。

——。〈「改編」的文化身份：以 50 年代香港文學為例〉。載梁秉鈞、陳智德、鄭政恆編：《香港文學的傳承與轉化》，頁

107-130。香港：匯智出版，2011。

——。〈香港小說與西方現代文學的關係〉。載陳炳良編：《香港文學探賞》，頁 68-88。香港：三聯，1991。

梁秉鈞、黃淑嫻編。《痛苦中有歡樂的年代——五〇年代香港文化》。香港：中華書局，2013。

——。《香港文學電影片目：1913-2000》。香港：嶺南大學人文學科研究中心，2005。

李雄溪。〈早期香港文學史料管窺——淺談《英華青年》〉。載梁秉鈞、陳智德、鄭政恆編：《香港文學的傳承與轉化》，頁 3-16。香港：匯智出版，2011。

李小菊、毛德富。〈論明清章回小說的開頭模式及成因〉。《河南大學學報》，第 6 期（2003 年 6 月），頁 80-85。

林芳玫。《解讀瓊瑤愛情王國》。台北：時報文化，1994。

劉乃濟。〈孟君：劉培基的媽〉。《新玄機》，2012 年 8 月。http://fengshui-magazine.com.hk/No.182-Aug12/A101.htm。2016 年 6 月 5 日讀取。

劉以鬯。〈五十年代初期的香港文學〉。載《暢談香港文學》，頁 99-114。香港： 獲益出版事業有限公司，2002。

——。〈三十年來香港與台灣在文學上的相互聯繫——一九八四年八月二日在深圳「台港文學講習班」的發言〉。載《暢談香港文學》，頁 78-98。香港：獲益出版事業有限公司，2002。

劉以鬯編。《香港文學作家傳略》。香港：市政局公共圖書館，1996。

魯嘉恩。〈回憶的花束——葉靈鳳在香港〉。載梁秉鈞、陳智德、鄭政恒編：《香港文學的傳承與轉化》，頁 91-104。香港：匯智出版，2011。

侶倫。〈寂寞地來去的人〉。載《向水屋筆語》，頁 29-31。香港：三聯，1985。

——。〈四十年代的光與暗〉。載《向水屋筆語》，頁 41-44。香港：三聯，1985。

魯迅。《中國小說史略》。1925 年。重印。上海：上海古籍出版社，2004。

慕容羽軍。《為文學作證：親歷的香港文學史》。香港：普文社，2005。

容世誠。〈從偵探雜誌到武打電影：「環球出版社」與「女飛賊黃鶯」（1946-1962）〉。載姜進編：《都市文化中的現代中國》，頁 323-364。上海：華東師範大學出版社，2007。

水橫舟。〈緬懷反共健筆萬人傑〉。《開放》，2014 年 1 月 11 日。http://www.open.com.hk/content.php?id=1674#.ViIHT-yqqko。2015 年 10 月 15 日讀取。

陶慕寧。《青樓文學與中國文化》。北京：東方出版社，1993。

鄭樹森。〈五、六〇年代的香港新詩及台港交流〉。載《通識人文十一講》，頁 153-163。台北：麥田出版社，2004。

——。〈遺忘的歷史．歷史的遺忘——五、六十年代的香港文學〉。載黃繼持、盧瑋鑾、鄭樹森編：《追跡香港文學》，頁 1-9。香港：牛津大學出版社，1998。

鄭樹森、黃繼持、盧瑋鑾編。《早期香港新文學作品選 (1927-1941)》。香港：天地圖書，1998。

王德威。〈女作家的現代「鬼」話：從張愛玲到蘇偉貞〉。載《眾聲喧嘩——三〇與八〇年代的中國小說》，頁 223-238。台北：友聯出版公司，1988。

王國華編。《香港文化導論》。香港：中華書局，2014。

王劍叢。〈香港文學思潮論〉。載楊玉峰：《騰飛歲月——1949年以來的香港文學》，頁18-35。香港：香港大學中文系「騰飛歲月」編委會，2008。

王梅香。〈隱蔽權力：美援文藝體制下的台港文學（1950-1962）〉。台灣：國立清華大學社會學研究所博士論文，2015。https://www.ntl.edu.tw/public/ntl/4216/王梅香全文.pdf。2019年8月25日讀取。

魏艷。〈女飛俠黃鶯——從上海到香港〉。香港亞洲研究學會第八屆研討會：亞洲的變革、發展及文化：從多角度出發，香港，2013年3月。未出版之會議論文。香港：香港教育學院。

吳昊。〈暗夜都市：「另類社會小說」——試論五十年代香港偵探小說〉。載梁秉鈞、陳智德、鄭政恆編：《香港文學的傳承與轉化》，頁151-169。香港：匯智出版，2011。

——。〈海角癡魂：論香港流行小說的興盛（1930-1960）〉。載《孤城記：論香港電影及俗文學》，頁146-171。香港：次文化堂出版社，2008

許定銘。〈黃天石的《文學世界》〉。載《舊書刊摭拾》，頁256-262。香港：天地圖書，2011。

——。〈幾種青年文藝刊物〉。載《舊書刊摭拾》，頁 222-239。香港：天地圖書，2011。

——。〈鄭慧和她的作品〉。載《舊書刊摭拾》，頁 38-42。香港：天地圖書，2011。

——。〈孟君的《天底下》週刊〉。載《愛書人手記》，頁 16-22。香港：天地圖書，2008。

——。〈《拂牆花影》的孟君〉。《大公報》。2008 年 6 月 30 日，C4 版。

須文蔚。〈葉維廉與台港現代主義詩論之跨區域傳播〉。《東華漢學》，第 15 期（2012 年 6 月），頁 249-273。

楊國雄。〈黃天石：擅寫言情小説的報人〉。載《香港戰前報業》，頁 131-153。香港：三聯，2013。

——。〈清末至七七事變的香港文藝期刊〉。載《香港身世：文字本拼圖》，頁 154-229。香港：香港各界文化促進會，2009。

葉維廉。〈現代主義與香港現代詩的興發〉。載香港藝術發展局編：《第六屆香港文學節研討會論稿匯編》，頁 105-138。香港：香港藝術發展局，2006。

易以聞，〈當粵語片遇上希治閣〉，粵片·Young Talk，粵語片研究會，百老匯電影中心，2012 年 6 月 7 日。

鄭蕾。〈葉維廉與香港現代主義文學思潮〉。《東華漢學》，第 19 期（2014 年 6 月），頁 449-476。

——。〈香港現代主義文學與思潮；以「香港現代文學美術協會」為視點〉。香港：嶺南大學博士論文，2012。 http://commons.ln.edu.hk/cgi/viewcontent.cgi?article=1027&context=chi_etd。2015 年 7 月 10 日讀取。

鄭政恆。〈電懋與左几——略談《愛情三部曲》、《璇宮艷史》、《黛綠年華》〉。《香港電影》，2010 年 10 月，頁 22-24。

中華民國當代名人錄編輯委員會編。《中華民國當代名人錄》，第 4 冊，頁 2285。台北；台灣中華書局，1985。

電子資源

故影集：香港外語電影資料網。2012。

http://playitagain.info/site/movie-index/，2016 年 4 月 10 日讀取。

鐵漢俊傑萬人傑（俊人）。Facebook，2015 年 9 月 21 日。
https://zh-tw.facebook.com/wanrenjie，2015 年 10 月 17 日讀取。

香港電影資料館：《港產電影一覽（1914-2010）》，香港電影資料館網頁，2011 年 10 月 28 日。 http://www.lcsd.gov.hk/CE/CulturalService/HKFA/documents/2005525/2007315/7-2-1.pdf，2016 年 6 月 6 日讀取。

香港影庫。2016。 http://hkmdb.com/db/movies/images.mhtml?id=3066&display_set=big5，2016 年 9 月 28 日讀取。

書　　名　文化雜交：1950年代香港言情小說

作　　者　黎秀明

策　　劃　林苑鶯

責任編輯　宋寶欣

美術編輯　郭志民

出　　版　天地圖書有限公司
香港黃竹坑道46號
新興工業大廈11樓（總寫字樓）
電話：2528 3671 傳真：2865 2609
香港灣仔莊士敦道30號地庫／1樓（門市部）
電話：2865 0708 傳真：2861 1541

印　　刷　亨泰印刷有限公司
香港柴灣利眾街德景工業大廈10字樓
電話：2896 3687 傳真：2558 1902

發　　行　香港聯合書刊物流有限公司
香港新界大埔汀麗路36號中華商務印刷大廈3字樓
電話：2150 2100 傳真：2407 3062

出版日期　2020年5月 初版・香港

ISBN：978-988-8548-68-2